文艺美学研究

2017年春季卷

教育部普通高校人文社会科学
重点研究基地山东大学文艺美学研究中心 编

中国社会科学出版社

图书在版编目（CIP）数据

文艺美学研究.2017.春季卷/教育部普通高校人文社会科学重点研究基地
山东大学文艺美学研究中心编.—北京：中国社会科学出版社，2019.3
　ISBN 978-7-5203-4017-5

　Ⅰ.①文…　Ⅱ.①教…　Ⅲ.①文艺美学—文集　Ⅳ.①I01-53

中国版本图书馆 CIP 数据核字(2019)第 021717 号

出 版 人	赵剑英
责任编辑	郭晓鸿
特约编辑	王顺兰
责任校对	石春梅
责任印制	戴　宽

出　　版	中国社会科学出版社
社　　址	北京鼓楼西大街甲 158 号
邮　　编	100720
网　　址	http://www.csspw.cn
发 行 部	010-84083685
门 市 部	010-84029450
经　　销	新华书店及其他书店

印　　刷	北京明恒达印务有限公司
装　　订	廊坊市广阳区广增装订厂
版　　次	2019 年 3 月第 1 版
印　　次	2019 年 3 月第 1 次印刷

开　　本	710×1000　1/16
印　　张	16.5
插　　页	2
字　　数	227 千字
定　　价	68.00 元

目　录

▲名篇选译

CONTENTS

▲ Ecoaesthetics

▲ Translated Papers

审美教育

Aesthetic Education

礼乐交融，人文化成

——儒家"礼乐教化"的现代解读

曾繁仁

摘　要　"礼乐教化"，中国传统社会长期形成的一种特有的政治、文化与教育制度。《乐记》集中地体现了儒家"礼乐教化"学说，也揭示以"乐教"为表现形态的中国美育的主要特征。儒家"礼乐教化"植根于"天人合一"观念，以"中和"为政治、道德、审美观念的核心，其实质是"德音"之教。既重视礼与乐在性质、功能上的区别，又注重两者的相辅相成、交融统一，从而使美育既承担了重要的政治、伦理教化责任，又具有相对独立的重要地位。儒家讲"礼乐教化"，以"成人"为重心，礼乐互补互济、内外交养，追求人生修养的德性之美与仪容规范之美的和谐统一。儒家认为，礼乐不仅能够通过教化人心达到社会的和谐，而且能够促进人类社会与天地自然的整体和谐，达到天人相通的自由的审美境界。

关键词　礼乐教化；天人合一；人文化成；美善相乐；生生

作者简介　曾繁仁（1941—），男，安徽泾县人。山东大学文艺美学研究中心教授，山东大学终身教授。主要从事西方美学、文艺美学、生态美学研究。

项目基金：2016年国家社会科学基金重大项目"生态美学文献整理与研究"（16ZDA111）阶段性成果。

　　"礼乐教化"是儒家文化的核心内容之一，是中国传统社会长期形成的一种特有的政治、文化与教育制度。孔子曾言："文之以礼乐，亦可以为成人矣"（《论语·宪问》）。又说："兴于诗，立于礼，成于乐"（《论语·泰伯》）。荀子也指出："乐者，圣人之所乐也，而可以善民心，其感人深，其移风易俗"（《荀子·乐论》）。可见，儒家文化对于"礼乐教化"的重视。徐复观认为，"礼乐并重，并把乐安放在礼的上位，认定乐才是一个人格完成的境界，这是孔子立教的宗旨"。① 这表明，"乐教"在"礼乐教化"中具有极为重要的地位。儒家礼乐教化学说的经典表述，是《礼记·乐记》篇。《乐记》成书于西汉，是以儒家礼乐教化观念为主对先秦以来"乐论"思想的系统总结，并构成后世中国美学、文艺思想的主要来源。因此，蒋孔阳认为，《乐记》在中国音乐美学思想史上的地位，完全可以与亚里士多德的《诗学》在西方美学史上的地位相媲美。"《乐记》在我国的音乐美学思想发展的历史中，不仅是第一部最有系统的著作，而且还是最有生命力、最有影响的一部著作。"② 但目前对《乐记》的研究还远远不够，起码没有达到对《文心雕龙》研究的热度与水平。

儒家"礼乐教化文化"特别是"乐教"传统，可以说源远流长，独具特色，无比丰富，是中国文化对于世界的杰出贡献，是中国古代美学的光辉异彩。它以"天人合一"为其文化理念，以"中和"为审美理想，以"礼乐刑政，四达而不悖"（《礼记·乐记》）为其东方特色，以"正声""德音"为其艺术诉求，因而明显区别于西方从古希腊柏拉图的《理想国》到席勒的《美育书简》的美育观念，彰显出光彩照人的东方特色与中国精神，充分说明中华民族在思想、文化、艺术，特别是美学上的成熟与伟大，值得我们为之骄傲与自豪，应该很好继承并发扬光大。

任何历史都是当代史。在中华民族伟大复兴之际，在21世纪反思与超越现代性的"后现代"语境下研究"礼乐教化"传统，必然要从时代的要

---

① 徐复观：《中国艺术精神》，春风文艺出版社1987年版，第4页。
② 蒋孔阳：《评〈礼记·乐记〉的音乐美学思想》，《蒋孔阳全集》第1卷，安徽教育出版社1999年版，第701—702页。

求出发，对儒家"礼乐教化"传统以《乐记》的观念做出我们的新解读，以贡献于社会，求教于同道。

一 "天人合一"的中和之美

儒家"礼乐教化"特别是"乐教"的核心内容是什么？可以说众说纷纭，莫衷一是。我们认为，"礼乐教化"的核心是"中和之美"。理解"礼乐教化"与《乐记》不能仅仅局限于其自身，而要从整个儒家文化进行整体的认识。儒家文化的核心无疑是"中和位育"。孔子说："君子和而不同，小人同而不和"（《论语·子路》），主张"过犹不及"（《论语·先进》），推崇"中庸"之至德（《论语·雍也》）。而礼乐，在儒家看来，就是"中和"的典型表现。孔子的弟子有子说："礼之用，和为贵。先王之道，斯为美。小大由之。有所不行，知和而和，不以礼节之，亦不可行也"（《论语·学而》）。《礼记·中庸》篇载，孔子称颂舜帝能行"中庸"之道，"执其两端，用其中于民"。《中庸》对"中和位育"观有经典表述："喜怒哀乐之未发，谓之中；发而皆中节，谓之和。中也者，天下之大本也；和也者，天下之达道也。致中和，天地位焉，万物育焉。""中和位育"发展了先秦以来"和实生物"（《国语·郑语》）、"中庸之为德""过犹不及""文质彬彬"（《论语·雍也》）等思想，包含着含蓄性、恰当性，生成性等丰富内涵，以"中和"为天地宇宙运行的基本规律，并赋予人"参天地""赞化育"的伟大使命。"中和位育"思想的根基是"天人合一"，代表着中国古代的原始思维，与古代农业社会的生产生活紧密相关，区别于古代希腊的"比例对称和谐"的科学思维，是东方特有的哲学与美学形态与智慧。《乐记》论礼乐教化，追求的就是这种基于"天人合一"的"中和之美"。所谓"乐者，天地之和也；礼者，天地之序也。和，故百物皆化；序，故群物皆别""大乐与天地同和，大礼与天地同节。和，故百物不失；节，故祀天祭地。明则有礼乐，幽则有鬼神。如此，则四海之内，合敬同爱矣"。礼乐是宇宙天地之和谐与秩序之象征，而"乐"更体现着人与天地自然的整体和谐的审美境界。"故乐者，天地之命，中和之纪，人情之所不能免也"（《乐记》）。

《乐记》所论之"乐"，或者说与"礼"既相对应又相辅相成的"乐"，并不是一般意义上的音乐或艺术，而是"雅颂之声"。《乐记》特别注重区别"正声"与"奸声""淫乐"与"和乐"，它推崇的是能够体现儒家政治、道德理想的"中和"之声，或曰"德音"。《乐记》通过孔子弟子子夏之口指出："圣人作为父子君子，以为纪纲。纪纲既正，天下大定。天下大定，然后正六律，和五声，弦歌《诗》《颂》，此之谓德音。德音之谓乐。"可见，唯有"德音"才可称为"乐"。这种"德音"，既内涵着儒家政治、伦理之"纪纲"，又是"天下大定"之政治和谐的体现，同时是六律正、五声和的。儒家认为，只有这样的"德音"才能起到感动人心、移风易俗的教化作用。

总之，"礼乐教化"追求一种"中和位育"与"乐而不淫，哀而不伤"（《论语·八佾》）的"中和之美"。这种"中和之美"作为东方之美，它的含蓄、有节与生生不息的品格，彰显了东方的生活方式与艺术存在的方式，值得我们加以珍惜与呵护。

二 礼乐交融的教化之美

中国古代的"礼"，起源于宗教祭祀之礼仪，发展为宗法政治制度、道德行为规范和社会交往之人文礼仪等，与中国传统的宗教、政治、道德等观念深刻联系。"乐"原本是"礼"的组成部分，是与"礼制"等相关的主要作为"礼仪"的乐舞歌诗的总称。因此,儒家讲的"礼乐教化",是政治、道德、审美等融为一体的整体性教化。

有学者认为,中国古代文化是一种关联性文化,而西方古代文化的科学性决定了它是一种区分性文化。在"礼乐教化"的整体结构中,礼与乐既具有各自相对独立的性质和功能,又能够相辅相成、互补互济、交融统一,可以说充分体现了中国文化的关联性特点。《乐记》对此有充分论述,主要有四点:其一,道德属性的相对与互补。《乐记》指出:"礼者,殊事合敬者也;乐者,异文合爱者也。"行礼需要"敬",乐则是"爱"之体现。"敬"属于"义","爱"则属于"仁"。因此,《乐记》说:"仁近于乐,义近于礼。"其二,社会功能上的相对与相辅。《乐记》说:"乐者为同,礼者为异。同则相亲,异则相敬""乐统同,礼辨异"。礼区别政治、宗法上的等级,乐则发挥着沟通情感,融各阶层为一体的作用。其三,教化作用上互补互济。"乐由中出,礼自外作""乐也者,动于内者也;礼也者,动于外者也"。礼侧重外在的行为规范,乐则集中于内在的情感陶冶。其四,本体性审美特征上的和谐统一。礼代表着秩序与规范,乐则体现了情感与和谐。这就是所谓的"乐者,天地之和也;礼者,天地之序也"。在儒家"礼乐教化"思想中,礼与乐的既相互独立又相辅相成的关系,一方面使以"乐"为主的审美教育、艺术教育承担着道德教化、人格培养等重要的社会责任;另一方面也使以情感陶冶为主的美育具有了不可取代的相对独立意义。从西周的"礼乐射御书数"之"六艺"之教到孔子的"文之以礼乐"的"文质彬彬"的"君子"之教,中国传统"礼乐教化"的交融性、关联性与综合性等特征,表现得非常明显。对于今天的中国教育注重专业的、技能的教育而忽视整体的人文素质教育来说,这一传统值得充分重视和借鉴。

儒家对"礼乐教化"的作用,有充分的自信。《乐记》指出:"致礼乐之道,举而错之天下,无难矣。"当然,这并不意味着否定法制、刑罚等的政治作用。春秋晚期,孔子曾提出:"道之以政,齐之以刑,民免而无耻；道之以德，齐之以礼，有耻且格"（《论语·为政》），将"德"与"礼"置于"政""刑"之上。但孔子也指出："天下有道，则礼乐征伐自天子出；天下无道，则礼乐征伐自诸侯出"（《论语·季氏》）。"天下有道"之时，也还是需要"征伐"的。《乐记》成书于儒法并重的西汉时代，因而在社会治理上主张"礼乐"与"政刑"并重，指出："礼节民心，乐和民声，政以行之，刑以防之。礼乐刑政，四达而不悖，则王道备矣""礼以道其志，乐以和其声，政以一其行，刑以防其奸。礼乐刑政，其极一也，所以同民心而出治道也"。当然，《乐记》显然把"礼乐"置于比"政刑"更高的位置。而且，如果说，"礼乐"与"政刑"的并重以及"四达而不悖"，主要侧重于文化、政治上的治理，那么，由这种治理达到的最高理想境界，则是由礼乐充分体现出来的。儒家"礼乐教化"的最高境界，不仅是政治和谐，而且是人与自然的和谐，是宇宙整体的和谐。

中国传统的"礼乐教化"当然并不只是美育，但无疑包含了美育，并且赋予了美育重要的社会责任和相对独立的地位。美育在今天，仍然是所有教育中最薄弱的环节，在经费投入、教师与教学方面仍然存在三个不到位。其实，更重要的是观念意识不到位。因此，我们需要回归传统，去汲取思想资源和智慧启迪。

三 "人文化成"的人文之美

儒家文化是最有代表性的人文主义文化，儒家思想充满着浓郁的人文精神。这种人文精神，在"礼乐教化"上的表现，就是它的"人文化成"理念。《周易》贲卦《彖传》云："刚柔交错，天文也；文明以止，人文也。观乎天文，以察时变；观乎人文，以化成天下。"离卦《彖传》云："离，丽也。日月丽乎天，百谷草木丽乎土。重明以丽乎正，乃化成天下。"按:《周易·序卦》说:"贲者,饰也。"贲卦象征文饰,离卦象征附丽,也有文饰之义。贲与离两卦都包含有离,离象日,象火,象电,有"文明"、光明、美之象。因此,所谓"观乎人文,以化成天下",即以文明、文化、美来教化、成就天下,使天下臻到文明、审美的境界。而"礼乐教化",可以说就是"人文化成"的具体表现。礼乐既是文明、文化,也是美的形态。徐复观指出:"对礼的基本规定是'敬文'或'节文'。文是文饰,以文饰表达内心的敬意,便谓之'敬文'。把节制与文饰二者调和在一起,即能得其中,便谓之'节文'。……因此,礼的最基本意义,可以说是人类行为的艺术化、规范化的统一物。"① 其实,礼乐可以说都是"文","礼乐教化"的目的可以说就是人生的艺术化、审美化。

"礼乐教化"的"人文化成"理念,最早由孔子的"文之以礼乐,亦可以为成人矣"揭示出来。"成人",即使人成其为人。"成人"的典范,大概就是孔子所说的"文质彬彬"的"君子"。因此,"文质彬彬"可以看作"成人"的标准。朱熹《四书章句集注》云:"彬彬,犹班班,物相杂而适均之貌"②。"文质彬彬"即内在美好的德性与外在审美的仪容的完美统一,用孔子称赞《韶》乐的话来说,就是"尽美矣,又尽善也"(《论语·八佾》)。孔子指出:"人而不仁,如礼何?人而不仁,如乐何"(《论语·八佾》),显然是把仁德之培养视为礼乐教化的目的。此后,孟子提出"性善论",以"仁义礼智"为人天性固有之"善端","礼"是"仁义"之"节文","乐"则是礼义全备所产生的快乐(《孟子·离娄上》)。礼乐成为"仁义"之德的外在的审美的表现,所谓"动容周旋中礼者,盛德之至也"(《孟子·尽心下》)。荀子虽主张"性恶",但仍然以礼乐为"化性而起伪"(《荀子·性恶》)的途径,其礼乐教化理想是"乐行而志

---

① 徐复观:《中国艺术精神》,春风文艺出版社1987年版,第3页。
② (宋)朱熹:《四书章句集注》,中华书局1983年版,第89页。

清，礼修而行成，耳目聪明，血气和平，移风易俗，天下皆宁，美善相乐"（《荀子·乐论》）。可见，孟子、荀子讲礼乐的 "成人"之道，都是主张内外兼修，以"文质彬彬"为标准的。

《乐记》论"礼乐教化"，受到了荀子的很大影响，但在人性论上主要吸取了孟子的"性善论"，认为"德者性之端也，乐者德之华也"，礼乐教化的主要作用表现在"教民平好恶，而反人道之正"，使礼乐体现的政治、伦理、审美等规范内化于心，成为人的德行，所谓"礼乐皆得，谓之有德。德者得也"。《乐记》重视礼乐在"成人"上的内外交养之功，强调"礼乐不可斯须去身"，指出："致乐以治心，则易直子谅之心油然生矣。易直子谅之心生则乐，乐则安，安则久，久则天，天则神。天则不言而信，神则不怒而威，致乐以治心者也。致礼以治躬则庄敬，庄敬则严威。心中斯须不和不乐，而鄙诈之心入之矣；外貌斯须不庄不敬，而易慢之心入之矣。故乐也者，动于内者也；礼也者，动于外者也。乐极和，礼极顺。内和而外顺，则民瞻其颜色而弗与争也，望其容貌而民不生易慢焉。故德辉动于内，而民莫不承听；理发诸外，而民莫不承顺。"这里的"内和而外顺"，就是荀子所说的"美善相乐"。

因此，儒家的"礼乐教化"作为"成人"教育，虽然以道德情感的凝聚、道德人格之造就为主，但并不完全是道德的化成，内在道德的外在"艺术化、规范化"的审美表现也同样得到了突出重视。《左传·昭公二十五年》载，鲁子大叔曾指出"人之能自曲直以赴礼者，谓之成人"，即以行为的合礼、"中礼"为"成人"之标准。《诗经》《左传》讲到西周到春秋时人的礼仪行为时，常用"威仪"一词，即强调"动容周旋中礼"的行为之艺术化、规范化的审美特征。西汉贾谊的《新书》有《容经》篇，对人在"朝廷""祭祀""军旅""丧纪"等典礼场合应有的"志""容""视""言"等仪容规范有细致规定，突出了"礼容"作为德行、情感之审美表现的意义。汉末徐干论"君子"之修养，特别重视"法象"的意义。"法象"，指人符合礼仪规范、作为德行之表现的仪容形象，也指足可为人所取法、仿效的仪容形象。"法象"主要体现于"容貌"，所以徐干说："法象者，莫先乎正容貌，慎威仪""夫容貌者，人之符表也。符表正，故情性治；情性治，故仁义存；仁义存，故盛德著；盛德著，故可以为法象，其谓之君子矣"（《中论·法象》）。

四　天人相通的"生生"之美

中国传统哲学的精髓是什么？诸多前辈学者将之概括为生命哲学，同时将传统美学概括为生命美学。例如，方东美即指出："'易'就是生生，'成性'乃成我、成人、成物而参天地也。……儒家的根本出发点是在此，宇宙根本是善的。此后的道德哲学、艺术哲学，均由此出发。"[1] 蒙培元指出："'生'的问题是中国哲学的核心问题，体现了中国哲学的根本精神。"[2]《周易·系辞传》的"生生之谓易""天地之大德曰生"等论述，是中国哲学"生生"之学的思想渊源。"生生"之学作为中国哲学的根本出发点，也体现在儒家"礼乐教化"观念中。

《乐记》论"礼乐"，指出："天尊地卑，君臣定矣。卑高已陈，贵贱位矣。动静有常，小大殊矣。方以类聚，物以群分，则性命不同矣。在天成象，在地成形，如此，则礼者天地之别也。地气上齐，天气下降，阴阳相摩，天地相荡，鼓之以雷霆，奋之以风雨，动之以四时，暖之以日月，而百化兴焉。如此，则乐者天地之和也。"这段论述显然是在《周易·系辞传》基础上的发挥。如上所述，《乐记》将礼乐视为宇宙自然之秩序与和谐的象征。《中庸》讲"中和"，指出"致中和，天地位焉，万物育

---

① 方东美：《人生哲学讲义》，中华书局2013年版，第88页。
② 蒙培元：《人与自然：中国哲学生态观》，人民出版社2004年版，第5页。

焉"，赋予人"参天地，赞化育"的责任使命。在《乐记》看来，礼乐是完成这一使命的基本途径。首先，《乐记》认为，"乐由天作，礼以地制"，因此，"明于天地，然后能兴礼乐也"。礼乐是天地之道的体现，天道与人事相通，所以礼乐能够发挥教化天地的作用。其次，《乐记》根据"天人合一"的理念，强调法天象地以制礼作乐。"圣人作乐以应天，制礼以配地。礼乐明备，天地官矣。"最后，《乐记》认为，礼乐教化的推行、实施，可以发挥"赞天地之化育"的重要作用。"礼乐偩天地之情，达神明之德，降兴上下之神，而凝是精粗之体，领父子君臣之节。是故，大人举礼乐，则天地将为昭焉。天地䜣合，阴阳相得，煦妪覆育万物，然后草木茂，区萌达，羽翼奋，角觡生，蛰虫昭苏，羽者妪伏，毛者孕鬻，胎生者不殰，而卵生者不殈，则乐之道归焉耳。"

因此，儒家推崇"礼乐教化"，不仅仅是将其作为政治治理的手段，更重要的是将"礼乐教化"视为达到人类社会和谐、人类与自然之整体和谐等政治、道德、审美理想境界的基本途径。这种理想境界，用《礼记·孔子闲居》所载的孔子的话来说，就是"五至"和"三五"。《孔子闲居》载，孔子说："夫民之父母乎，必达于礼乐之原，以致五至而行三无，以横于天下。"所谓"五至"，即"志之所至，诗亦至焉；诗之所至，礼亦至焉；礼之所至，乐亦至焉；乐之所至，哀亦至焉。哀乐相生。是故正明目而视之，不可得而见也；倾耳而听之，不可得而闻也。志气塞乎天地，此之谓'五至'"。所谓"三无"，即"无声之乐，无体之礼，无服之丧。此之谓'三无'"。"五至三无"的境界，虽然说得玄妙神秘，但从礼乐的"成人"之学来说，当是指诗、礼、乐等审美的教育达到的人与自然、与本性的完美和谐呈现的超越性的自然而然的审美境界。这种境界，大概就是冯友兰在《新原人》一书中揭示的"同天"的"天地境界"①。孔子的

---

① 参见冯友兰《新原人》，《贞元六书》（下），华东师范大学出版社1996年版，第626—649页。

"七十而从心所欲，不逾矩"（《论语·为政》），应该是这种"同天"境界的体现。

The Fusion of Rites and Music as a Way of Educating People to be Human: A Contemporary Reading of Confucianism Conception of "Education by Rites and Music"

Zeng Fanren

Abstract   "Education by Rites and Music" is a special political, cultural and educational system in traditional Chinese society expressed mainly in *Records of Music*, which also reveals the major feature of Chinese aesthetic education focusing on "music education. " Rooted on the conception of "The Unity of Heaven and Man" and taking "The Great Harmony" as the core of the political, moral and aesthetic ideology, the nature of the Confucianism Conception of "Education by Rites and Music" is the education of "Voice of Virtue. "It emphasizes the differences between the nature and function of rites and music, as well as their unity and fusion, so aesthetic education takes the responsibility for political and moral education and enjoys its relatively independent position.   Taking "To be Human" as its focus, the Confucianism Conception of "Education by Rites and Music" pursuits the harmonious unity of the beauties of virtue and of regulations of appearance. The Confucianism thinks that the social harmony can be reached by the cultivation through rites and music. Meanwhile, the harmony of human society and nature, the free and aesthetic state can also be reached by it.

Keywords   Education by Rites and Music; The Unity of Heaven and Man; To be Human by Education

Author   Zeng Fanren, a professor of research center of aesthetics and literary theory of Shandong University. His research interests are Western aesthetics, artistic aesthetics and ecological aesthetics.

论徐干《中论》的美育思想

祁海文

提　要　徐干的《中论》一书，继承发展了儒家美育观，是对汉代美育思想发展的重要贡献。徐干以"治学"为"成德立行"的主要途径，强调"治学"的"怡情理性"和使"仁德之可粹"的美育意义。在"艺"与"德"的关系上，徐干既强调审美修养与道德修养的本末关系，又重视它们在人生修养上的不可偏废的互补作用；既以"艺"为"成德立行"的基本途径，又突出了艺术审美修养的相对独立地位。徐干指出，"法象"既是"盛德"之审美表现，又具有作用于德行修养、产生审美感召力的重要作用。

关键词　怡情理性；因艺以立事；法象

作者简介　祁海文，山东大学文艺美学研究中心教授，主要从事中国文学批评史、中国美学研究。

徐干（170—217），字伟长，北海（今山东潍坊）人，主要活动于汉末三国时期。汉献帝建安年间（196—220），徐干先后做过曹操、曹丕的僚属，后因疾去职。建安二十二年（217），感疾疫而逝。

徐干是汉末著名文学家、"建安七子"之一。曹丕在《典论·论文》指出，徐干的辞赋与王粲匹敌，其《玄猿》《漏卮》等与张衡、蔡邕的作品水平不相上下。曹丕最欣赏徐干著有《中论》一书，他的《典论·论文》赞扬"唯干著论，成一家言"①，其《与吴质书》既颂美徐干的高洁

---

①　魏宏灿：《曹丕集校注》，安徽大学出版社 2009 年版，第 314 页。

人格，又赞扬徐干"著《中论》二十余篇，成一家之言，辞义典雅，足传于后。此子为不朽矣"①。《中论》是徐干的主要学术著作，该书继承发展了儒家美育观，对"治学"与"情性"修养之关系、"六艺"之教的美育功能、"法象"的美育意义等有丰富论述，是对汉代美育思想发展的重要贡献。

一 学也者所以疏神达思怡情理性

徐干继承儒家传统，把"治学"视为君子修身成德之要务。《中论·治学》开篇即指出："昔之君子成德立行，身没而名不朽，其故何哉？学也。"②"治学"是"成德立行"的主要途径。徐干强调，"君子"从心志到言行都以"治学"为中心："君子心不苟愿，必以求学；身不苟动，必以从师；言不苟出，必以博闻。是以情性合人，而德音相继也"（《治学》）。"德音相继"之"德音"，指美好的声誉。"情性合人"，则指使"情性"合乎人之为人的"道"。这是徐干"成德立行观"的总纲。

徐干论"治学"，以"习道"为对象。因为"圣人之德非取乎一道"，所以，他强调"学者，所以总群道也"，要达到"群道统乎己心，群言一乎己口，唯所用之。故出则元亨，处则利贞，默则立象，语则成文"（《治学》）。至于如何"习道"，徐干强调"以圣人为师"。《治学》篇指出，"太昊观天地而画八卦，燧人察时令而钻火，帝轩闻凤鸣而调律，仓颉视鸟迹而作书"。这些"大圣"都是"学乎神明而发乎物类"的，后世"圣人"皆"相因而学"，"贤者"则要"学于圣人"。"学于圣人"，当然主要依靠典籍，而儒家六经正是"群道"之所在："六籍者，群圣相因之书也。

① 魏宏灿：《曹丕集校注》，安徽大学出版社 2009 年版，第 259 页。
② 孙启治：《中论解诂》，中华书局 2014 年版。下引《中论》，只注篇名。

其人虽亡，其道犹存。今之学者勤心以取之，亦足以到昭明而成博达矣"（《治学》）。徐干所说的"习道"，并不单纯是"六籍"的研习，还要使由"六籍"领悟的"群道"深入内心，落实到人生行为之中。《虚道》篇就此指出："君子之于善道也，大则大识之，小则小识之。善无大小，咸载于心，然后举而行之。"就是要将"道"具体地落实到人的一切行动之中，使之成为行动的指南、行为的原则。"乘扁舟而济者，其身也安；粹大道而动者，其业也美"（《修本》）。"粹大道而动"，就是始终依"道"而行。《考伪》篇说："君子者，能成其心。心成则内定，内定则物不能乱。物不能乱，则独乐其道；独乐其道，则不闻为闻，不显为显。""心成""内定"是修德有成的标志，"独乐其道"即以"道"为乐，是"成德"之后的情感体验。"不闻为闻，不显为显"，是说美好声誉的取得是"成德""乐道"的自然结果。

徐干非常重视君子修养过程中具有审美愉悦意味的情感体验。他在《核辩》篇讨论言辩之道时说："君子之于道也，在彼犹在己也。苟得其中，则我心悦焉，何择于彼？苟失其中，则我心不悦焉，何取于此？"心之所"悦"在"于道"而"得其中"。徐干经常结合"情性"之修养讨论"君子"之"治学"的意义。在他看来，人的"情性"既是需要充分尊重的，又是要通过"治学"予以调理、修饰的，这样才能使之更加美好。《贵言》篇讲到"君子善导人"，而"导人必因其性"。《法象》篇强调君子要讲求"法象"之美，因为"符表正，故情性治；情性治，故仁义存"。《治学》篇指出："学也者，所以疏神达思、怡情理性，圣人之上务也。""疏神达思"，即疏通神志、通达思虑。"怡情理性"，则指调理"情性"，从而使之充满愉悦。这意味着，对徐干来说，"治学"的意义虽在"成德立行"，但其本身也包含着"怡情理性"并从而"独乐其道"的审美情感、精神愉悦。

徐干认为，"治学"还可以使人的"仁德"变得更加纯粹、美好。

《治学》篇说："学犹饰也。器不饰则无以为美观，人不学则无以有懿德。"这是用器物经过修饰才能成为"美观"来说明人要经过"治学"才能养成"懿德"。《治学》篇又说："人虽有美质，而不习道，则不为君子。故学者，求习道也。"《修本》也说："夫珠之含砾、瑾之挟瑕，斯其性与。良工为之，以纯其性，若夫素然。故观二物之既纯，而知仁德之可粹也。"珠玉虽美却有瑕疵，但经过"良工"的修饰加工，可以"纯其性"。同样，人虽有"美质"，通过"习道"，可以使"美质"得到充分的发展，从而"仁德"更加纯粹而成为君子。

春秋时，孔子与弟子论诗，曾引《诗经·卫风·淇奥》关于玉石加工的"如切如磋，如琢如磨"之句（《论语·学而》），以及有关绘画的"绘事后素"（《论语·八佾》）来比喻德行修养。汉代学者如扬雄、王符等，也都喜欢用器物之加工、珠玉之琢磨、绘画的创作等来说明"治学"对德行修养、人性发展的重要意义。这种做法虽然主要出于类比思考，但相沿成习，也影响到对"治学""立德"之意义的理解，赋予了德行修养审美修饰、艺术创造等审美意蕴，使之成为中国美育思想的重要组成部分。徐干的"学，犹饰也"之说，及其对"治学"的"疏神达思，怡情理性"之意义的突出强调，对这一思维传统的发展及其审美意蕴之赋予具有重要意义。

二 艺者所以事成德者也

徐干在讨论"治学"问题时，曾指出："故先王立教官，掌教国子：教以六德，曰智仁圣义忠和；教以六行，曰孝友睦姻任恤；教以六艺，曰礼乐射御书数。三教备而人道毕矣。""三教备而人道毕矣"，实际上是将"六德""六行""六艺"之教的推行、实施视为实现人之所以为人之"人道"的基本途径。"三教"之说,取自《周礼·地官·大司徒》。《中论·艺纪》篇又说:"先王之欲人之为君子也,故立保氏,掌教六艺:一曰五礼,二曰六乐,三曰五射,四曰五御,五曰六书,六曰九数;教六仪:一曰祭祀之容,二曰宾客之容,三曰朝廷之容,四曰丧纪之容,五曰军旅之容,六曰车马之容。"这段论述取自《周礼·地官·保氏》。从《中论》看,徐干的思想多受《周礼》的启发,《周礼》所载的古代学制,为徐干提供了丰富的礼乐教化思想资源。他的美育思想在很大程度上是通过对这一传统的阐发建立起来的。

《中论·艺纪》篇是汉代比较少见的谈"艺"论文。徐干所说的"艺",大体就是见于《周礼》的"六艺"和"六仪"。《艺纪》篇指出:"艺之兴也,其由民心之有智乎?造艺者,将以有理乎?① 民生而心知物,知物而欲作,欲作而事繁,事繁而莫之能理也。故圣人因智以造艺,因艺以立事。二者近在乎身,而远在乎物。艺者,所以旌智饰能,统事御群也,圣人之所不能已也。"圣人"造艺",是为了"因艺以立事",解决因"民心之有智"而导致的"欲作""事繁"等问题,即以"艺"教化"民心"而使之"有理"。这就是所谓的"统事御群"。徐干指出,圣人"造艺""立事"的主要目的就是"成德立行"。《艺纪》篇说:"艺者,所以事成德者也;德者,以道率身者也。艺者,德之枝叶也;德者,人之根干也。斯二物者,不偏行,不独立。"

从《艺纪》篇来看,"艺"与"德"的关系包含两个层次。一是作为人生修养的德行修养与艺术审美修养的关系;二是"艺"自身的"情实"与"华饰"的关系。就前者来说,徐干认为"艺"是"成德"的基本途径。徐干指出:"艺者,所以事成德者也","人无艺则不能成其德。"显

---

① 按:孙启治《中论解诂》作"造艺者,将以有理乎民",以"民"字属上读。见该书中华书局 2014 年版第 112 页。此不从。

然，"成德立行"，是"艺"的最基本的、最重要的功能，也是其价值的根本所在。人通过"艺"的修习来培育道德，而在"成德"的同时具备了"艺"的修养。徐干认为，对人生修养来说，"艺"与"德"都是不可或缺的，所谓"若欲为夫君子，必兼之乎""盛德之士，文艺必众"（《艺纪》）。"德"与"艺"虽有主次本末之分，但对人生修养来说，两者应该兼修并备，"不偏行，不独立"。

就"艺"本身来说，《艺纪》篇指出："存乎六艺者，著其末节也。谓夫陈笾豆，置尊俎，执羽籥，击钟磬，升降趋翔、屈伸俯仰之数也，非礼乐之本也。礼乐之本也者，其德音乎！"又云："故恭恪廉让，艺之情也；中和平直，艺之实也；齐敏不匮，艺之华也；威仪孔时，艺之饰也。通乎群艺之情实者，可与论道；识乎群艺之华饰者，可与讲事。……先王之贱艺者，盖贱有司也。君子兼之，则贵也。"所谓"末节"，指具体的礼器之布置、礼节之遵行、乐舞之表演等，徐干称之为"华饰"。"礼乐之本"在乎"德音"，即行礼应具备的"恭恪廉让"等情感心理，和奏乐、演舞应体现的"中和平直"等艺术特征，徐干称之为"情实"。尽管"艺"本身存在着"情实"与"华饰"之分，徐干还是强调"君子兼之，则贵也"。这首先是因为"艺"的"情实"与"华饰"之间密不可分、不可缺一。其次是因为有"情实"，"艺"才可以发挥"事成德"的作用。因为有"华饰"，"艺"的修习才能成为君子的人生修养的重要组成部分。最后，"情实"与"华饰"虽然可分，但"艺"本身是两者相互结合的统一整体，"艺"的"事成德"的作用只有在它作为统一整体的前提下才是可能的。"先王之贱艺"，也只是防止背离"情实"与"华饰"的一体关系而去单纯地追求"艺"之"华饰"。

徐干对"艺"与"德"之间关系的论述，既强调两者的"不偏行，不独立"，又注重本末之分。"德"是"艺"的"根干"，"艺"是"德"的"枝叶"。"六艺"是礼乐之"末节"，"德音"是"礼乐之本"。但他既赋予了"艺""所以事成德"的地位，又强调君子对"艺"与"德""必兼之"，实际上是赋予了"艺"作为人生修养的组成部分的相对独立地位。因此，"艺"的美育意义，在于其"事成德"与育"艺能"的统一。《艺纪》篇引《诗经·小雅·菁菁者莪》的"菁菁者莪，在彼中阿。既见君子，乐且有仪"，然后指出："美育群材，其犹人之于艺乎？① 既修其质，且加其文。文质著，然后体全。体全，然后可登乎清庙，而可羞乎王公。故君子非仁不立，非义不行，非艺不治，非容不庄。四者无愆，而圣贤之器就矣。""艺"承担了"既修其质，且加其文"的全面的美育功能。徐干把作为德行修养的"仁""义"和作为艺术审美修养的"艺""容"（"法象"，详下文）理解为人生修养的全部内容，而且认为"文"与"质"这两方面修养都是可以由"艺"来实现，并能使"四者无愆"的。他更具体指出："艺者，心之使也，仁之声也，义之象也。故礼以考敬，乐以敦爱，射以平志，御以和心，书以缀事，数以理烦。敬考则民不慢，爱敦则群生悦，志平则怨尤亡，心和则离德睦，事缀则法戒明，烦理则物不悖。六者虽殊，其致一也"（《艺纪》）。"六艺"分别承担不同的教育功能，礼乐射御尤其关乎心志之美育教养，"六艺"之教的最终目的是一致的，即造就"文质著"而"体全"的君子。

《艺纪》篇"美育群材"的"美育"二字，有学者视为一个词，即作为一个概念来理解，认为徐干指出了"'艺'是人类实行'美育'的重要手段"②。这实际等于说，徐干最早提出了"美育"概念。但这一看法是不能成立的。晋孙楚撰《故太傅羊祜碑》，赞扬羊祜"兼立学校，阐扬训典。

---

① 按："美育群材"的"群"，《中论》有的版本作空格，有的作"人"，有的作"群"。孙启治《中论解诂》作"美育人材"，见该书中华书局2014年版，第124页。

② 郁沅、张明高编：《魏晋南北朝文论选》，人民文学出版社1999年版，第55页。按：笔者曾接受这种看法，并撰文探讨。参见《徐干："美育"概念的最早提出者》（《长白学刊》2002年第5期）、《美育与"礼乐教化"——略论徐干的"美育群材"说及其意义》（《山东大学学报》2003年第6期）。

是以搢绅之士，鳞集仰化，云翔衡门。虽'泮宫'之咏鲁侯，'菁莪'之美育才，无以过也。"① "'菁莪'之美育才"的"菁莪"，即徐干所引的《诗经·小雅·菁菁者莪》。《毛诗序》称："菁菁者莪，乐育材也。君子能长育人材，则天下喜乐之矣。"郑玄注："乐育材者，歌乐人君，教学国人，秀士、选士、俊士、造士、进士，养之以渐，至于官之。"② 可见，《菁菁者莪》诗的主旨即"乐育材"，也就是孙楚的"美育才"、《中论》的"美育群材"的意思。"美"者，赞美，即郑玄说的"歌乐人君教学国人"。《艺纪》的"美育材群"直承上引《菁菁者莪》诗文，因此，它指的是《菁菁者莪》诗对"育才"之赞美。"美"与"育"二字虽连缀，却不能组成具有独立意义的概念。

徐干论"艺"，还有一个问题值得注意。《中论·务本》篇指出："人君之大患也，莫大于详于小事而略于大道，察于近物而暗于远数。……夫详于小事而察于近物者，谓耳听乎丝竹歌谣之和，目视乎雕琢采色之章，口给乎辩慧切对之辞，心通乎短言小说之文，手习乎射御书数之巧，体骜乎俯仰折旋之容。凡此者，观之足以尽人之心，学之足以动人之志。且先王之末教也，非有小才小智则亦不能为也。是故能为之者，莫不自悦乎其事而无取于人，以人皆不能故也。"这里所说的"小事""近物"，涵盖了上文提到的"六艺"，还包括雕饰、言辩、"小说"等艺术。徐干承认，对这些"小事""近物"的"观之""学之"，都可以给人带来审美愉悦，而且"能为之"可以显露人的才智。但他把它们称为"先王之末教"，与《艺纪》等篇对"六艺"的态度有明显的区别，似乎体现了对审美艺术的排斥、批判倾向。这里需要指出以下四点：其一，《务本》篇讨论的不是作为君子之人生修养的"艺"，而是作为"人君"之享乐对象的"艺"。

---

① （清）严可均辑：《全上古三代秦汉三国六朝文·全晋文》（中），商务印书馆1999年版，第631页。

② 《十三经注疏》整理委员会：《毛诗正义》，北京大学出版社2000年版，第735页。

其二，徐干是在把对这些"艺"的享乐与"人君"应注重的"大道""远数"相比较的情况下称它们为"末教"的。《务本》篇说："大道远数者，为仁足以覆帱群生，惠足以抚养百姓，明足以照见四方，智足以统理万物，权足以变应无端，义足以阜生财用，威足以禁遏奸非，武足以平定祸乱，详于听受而审于官人，达于兴废之原，通于安危之分。"这是"人君"应尽的职责，如果"略"之、"暗"之而专注于"艺"的享乐，必有亡国灭家之患。"故人君多技艺，好小智，而不通于大道者，适足以距谏者之说，而钳忠直之口也；只足以追亡国之迹，而背安家之轨也"（《务本》）。其三，徐干批评的与其说是"艺"本身，不如说是背离"艺"与"德"的统一关系而片面追求审美和艺术的形式之美和享乐取向。其四，即使是对"小事""近物"持批判态度，徐干也并不认为它们与"大道远数"不可并立、完全矛盾。他说："夫小事者味甘，而大道者醇淡；近物者易验，而远数者难效。非大明君子，则不能兼通者也。故皆惑于所甘，而不能至乎所淡；眩于所易，而不能反于所难"（《修务》）。理想的情况是"兼通"，只是因为大多数"人君"做不了"大明君子"，所以才"惑于所甘""眩于所易"。因此，《务本》篇对"艺"的看法，与《艺纪》等篇并无矛盾之处。

三　法象立所以为君子

徐干论君子之人生修养，以"文质著，然后体全"为目标。所谓"体全"，指"艺"的审美修养与"德"的道德修养的融合统一。这种融合统一，体现在"君子"的形貌上，就是仪容之美的养成。徐干把仪容之美称为"法象"，并把"法象"的确立视为君子之成为君子的标志，所谓"法象立，所以为君子"（《法象》）。也就是说，徐干理想的"君子"，是内在德行与外在仪容的统一，两者缺一或有不足，都不能称为君子。

徐干的"法象"观是儒家美育思想的发展。《诗经》描写当时的君子、《左传》载春秋时人谈论君子之修养，多用"威仪"一词。"威仪"虽然指人的仪容形象，但主要来自"君子"的社会地位和与之相应的礼仪。《周礼》载"保氏""养国子以道"有"六仪"，即"祭祀之容""宾客之容"等，主要是指与各种礼仪相符合的仪容。孔子主张"文质彬彬，然后君子"（《论语·雍也》），"质"，指内在的德行。"文"，从教养上讲，指礼乐等方面的修养；从教养之养成上讲，则指礼乐修养在形体、仪容上的体现。孔子以"文质彬彬"为完美人格的标志，对徐干的"法象"观影响很大。

"法象"一词，最早可能出自《周易》，原指有形可见的自然万物。自然万物中以天地为最大，故称"法象莫大乎天地"（《周易·系辞上》）。徐干的"法象"，则指人的符合礼仪规范、作为德行和审美表现的仪容形象，也指足可为人所取法的仪容形象。"法象"体现于"容貌"，所以徐干说："法象者，莫先乎正容貌，慎威仪。"徐干认为，"法象"是人之"盛德"的表现。"夫容貌者，人之符表也。符表正，故情性治；情性治，故仁义存；仁义存，故盛德著；盛德著，故可以为法象，其谓之君子矣"（《法象》）。"法象"本身也有其相对独立的意义。"正容貌，慎威仪"，可以使"符表正"，"符表正"则可以自外至内地作用德行修养，逐步地使"情性治""仁义存""盛德著"。

"法象"虽体现为"容貌""符表"，但不是静态的容颜相貌，而是动态的、整体的仪容风貌。《法象》篇指出："若夫堕其威仪，恍其瞻视，忽其辞令，而望民之则我者，未之有也""君子口无戏谑之言，言必有防；身无戏谑之行，行必有检""故立必磬折，坐必抱鼓；周旋中规，折旋中矩；视不离乎结绘之间，言不越乎表著之位。"显然，"法象"是人的"瞻视""辞令"、行仪等方面的符合一定规范的整体表现，是君子之"盛德"

在其身、行、言、视等方面的表现形成的整体形象。徐干对"法象"提出了"正容貌，慎威仪"的要求。"正"是积极性的要求，其具体内涵是尊严和庄重。徐干说："是故先王之制礼也，为冕服采章以旌之，为珮玉鸣璜以声之，欲其尊也，欲其庄也。焉可懈慢也？"（《法象》）"慎"是消极性的要求，是对"懈慢"的防御，其具体要求是"敬孤独而慎幽微"："人性之所简也，存乎幽微；人情之所忽也，存乎孤独。夫幽微者，显之原也；孤独者，见之端也。胡可简也？胡可忽也？是故君子敬孤独而慎幽微，虽在隐蔽，鬼神不得见其隙也"（《法象》）。"法象"作为"德行"的总体表现，不是一时的、刻意努力所能形成的，所以徐干特别强调，要使"法象"即使在容易被"简""忽"的"孤独""幽微"的情况也能保持始终如一。

徐干特别强调"法象"的意义，《法象》篇指出："君子者，无尺土之封，而万民尊之；无刑罚之威，而万民畏之；无羽籥之乐，而万民乐之；无爵禄之赏，而万民怀之。其所以致之者，一也。""所以致之者"，即"法象"。君子之"法象"以其端正、尊高、庄重的形象可以自然而然地产生审美感召力，既为人所尊重、敬畏，又可使人快乐、怀恋并效法，从而发挥典范性的审美教化作用。《法象》篇还指出，君子"声气可范，精神可爱，俯仰可宗，揖让可贵，述作有方，动静有常，帅礼不荒，故为万夫之望也"。《贵验》篇也说："夫贤者，言足听，貌足象，行足法，加乎善奖人之美，而好摄人之过，其不隐也如影，其不讳也如响，故我之惮之，若严君在堂，而神明处室矣。虽欲为不善，其敢乎？"从这里可以看出，尽管徐干也常用"威仪"一词，但他的"法象"不同于《诗经》《左传》等的"威仪"，它不是来自地位、权势，而是以"仁义"为中心的德行修养的自然流露。

"法象"既然是"盛德"之"符表"，它的养成当然要以德行修养为根本。但"法象"本身又有其独立意义，所以徐干论"法象"之确立，多从"正容貌，慎威仪"着眼。上引"先王之制礼也，为冕服采章以旌之，为珮玉鸣璜以声之，欲其尊也，欲其庄也"，侧重礼容的"尊""庄"，主要涉及"法象"之"象"的层面。《法象》篇还指出："夫礼也者，人之急也，可终身蹈，而不可须臾离也。须臾离，则惛慢之行臻焉；须臾忘，则惛慢之心生焉，况无礼而可以终始乎！夫礼也者，敬之经也；敬也者，礼之情也。无敬无以行礼，无礼无以节敬。道不偏废，相须而行。是故能尽敬以从礼者，谓之成人"（《法象》）。徐干将"礼"视为人的身、行、言、视等诸方面修养之法则，主要涉及"法象"之"法"的层面。"礼"既是视听言动的行为规范，又是德行修养的重要途径。徐干强调"敬"以行礼，强调"礼"与"敬""相须而行"，实际是把礼的遵行看作"盛德著"和"法象立"两方面相互关联的共同途径，所以他最后说"是故能尽敬以从礼者，谓之成人"。《左传·昭公二十五年》载："人能自曲直以赴者，谓之成人。"《论语·宪问》载，孔子云："若臧武仲之知、公绰之不欲、卞庄子之勇、冉求之艺，文之以礼乐，亦可以为成人矣。""成人"，即完成之人、完全之人、完美之人。根据《治学》篇的"三教备而人道毕矣"之说，"成人"意味着完满地实现了人之所以为人的"人道"。"君子"是徐干所说的"成人"的典范。《艺纪》篇指出："君子者，表里称而本末度者也。故言貌称乎心志，艺能度乎德行，美在其中，而畅于四支，纯粹内实，光辉外著。""心志""德行"与"言貌""艺能"虽有"表里""本末"之分，但它们之间是相称合度的。"心志""德行"是"纯粹内实"的美，但这种美是"畅于四支"的，有着与之相称的"光辉外著"的"法象"之美。

因此，徐干的"法象"既是以德行为主的内在修养的艺术表现，又是有独立的审美意蕴和美育作用。而以礼乐为主的"六艺"之修习，则是"法象"建立的主要途径。

On the Thought of Aesthetic Education in Xu Gan's *Of Zhong*

Qi Haiwen

Abstract   Inheriting and developing Confucianism conception ofaesthetic education, Xu Gan's book, *Of Zhong*, is an important contribution of aesthetic education in Han dynasty. Xu Gan takes "doing scholarly research" as the main way of "cultivating virtue and building up behavior," and emphasizes the significance of aesthetic education embodied in"doing scholarly research," which can be summed up in two points, "cultivating one's emotion and nature" and "cultivating ones benevolent virtue." As for the relationship of "arts" and "virtue," Xu Gan emphasizes the relationship between aesthetic cultivation and moral cultivation as the relationship between root and branch, and he also emphasizes their complementary functions in the process of life cultivation. Xu Gantakes "arts" as the fundamental way of "cultivating virtue and building up behavior" and emphasizes the relatively independent position of aesthetic cultivation through arts at the same time. Xu argues that "natural image" is the aesthetic embodiment of "great virtue," and italso plays an important role in the cultivating of virtue and producing aesthetic attractiveness.

Keywords   cultivating One's Emotion and Nature; Doing Work by Arts; Natural Image

Author   Qi Haiwen, a professor of Research center of aesthetics and literary theory of Shandong University. His research fields are the history of Chinese literary criticism and aesthetics.

文艺美学

Artistic Aesthetics

马克思主义人文文化理论的三大特性

——以艺术文化为理论考察中心

谭好哲

摘　要　从艺术研究走向文化研究，已经成为中国当下学界从者甚众的一个趋向。这一流行趋向为艺术文化的理论研究带来了新气象、新观念，也由于文化观念上的多样与混乱以及理论评判中价值尺度的缺失而带来不少的困惑与纷争。欲改变这种不尽如人意的状况，首先需要在一些基本的文化理论观念及其与艺术的关系问题上取得明确自觉的理论认识，其中一个重要方面就是马克思主义的人文文化观念及其在艺术文化研究中的指导地位问题。马克思主义的人文文化理论具有科学性、实践性、理想性三大理论特性，它们赋予马克思主义的文化理论和观念整体上的有机统一性，彰显出与古今各种非马克思主义文化理论和观念不同的思想与价值取向，在掌握这些理论特性的基础上自觉地运用马克思主义的文化理论和观念于艺术研究之中，是中国当代艺术文化研究走向科学致思和思想创新特别需要的。

关键词　马克思主义；人文文化理论；科学性；实践性；理想性

作者简介　谭好哲（1955—），男，山东栖霞人，文学博士，山东大学文艺美学研究中心教授，主要从事马克思主义文艺理论与文艺美学研究。

基金项目　本文是教育部哲学社会科学研究重大课题攻关项目"马克思主义文化理论发展研究"（项目编号：11JZD003）的阶段性成果。

一

　　将艺术①作为一种文化形式来看待，从文化学的角度开展艺术研究，或者说从艺术研究走向文化研究，已经成为中国当下学界从者甚众的一个趋向。这样一个趋向给当代文艺研究带来了新生面、新气象、新话语、新观念，其积极意义是不可否认的。然而，冷静思之，文化研究的种种热闹盛况也给文艺研究带来不少的困惑与纷争，择其要者而言主要有两个方面：一是艺术研究与文化研究的界限模糊，有一些泛文化化的所谓艺术研究到底还算不算是艺术研究成为一个问题，引起人们的质疑；二是文化观念上的多样与混乱，使人们在眼花缭乱之际无所适从，似乎各种沾染上文化的艺术研究都是有道理、有深意的，从而失去理论评判的价值尺度。关于前一方面，学术界已经多有争鸣和论说，此不赘述。而对后一方面学界尚有较少理论上的追问与反思，很有进一步加以讨论的必要。

　　英国文化研究学派的代表人物雷蒙德·威廉斯曾经指出，"文化"（culture）是英文里两三个比较复杂的词之一，部分的原因是因为这个词在一些欧洲国家语言里，有着极为复杂的词义演变史，而主要的原因是在一些学科领域里以及截然不同的思想体系里，都把它当作重要的概念②。从词义演变史的角度厘定"文化"一词的种种不同含义是文化学家们的职责，不是本文要解决的问题。对艺术文化的理论研究来说，要解决文化观念上的多样与混乱以及理论评判中价值尺度的缺失问题，首先需要在一些基本的文化理论观念及其与艺术的关系问题上取得明确自觉的理论认识，

---

　　① 本文所指的"艺术"概念，包括文学在内。文学是语言的艺术，是广义艺术概念的一种具体存在形式。

　　② 参见［英］雷蒙·威廉斯《关键词》，刘建基译，生活·读书·新知三联书店2005年版，第101页。

它们是具体研究得以展开的宏观性认识前提，明确了这些理论认识前提，研究者方能够进入文化的场域，把握好文化与艺术的确切理论关系，在艺术文化研究中获得真正有价值的思想成果。概而言之，这些宏观性理论认识前提主要包括如下三个方面。

第一，是"文化"的一般观念及其与艺术的关系问题。纵观国内外文化研究著述，一般都是将文化划分为物质文化、制度文化、精神文化（或观念文化）三大基本存在形态。国内有学者明确指出："在学术上给文化作界定，通常把它说成是'人类创造的物质和精神成果的总和'，其中包括物质文化、制度文化、精神文化等统统在内。这种广义的'文化'就成了一个几乎无所不包的概念；而时下国内文件和宣传教育中说的文化，则是重在强调'作为观念形态的文化'（语出毛泽东《新民主主义论》）……即'精神文化'。"① 在这样一种文化形态的划分中，包括文学在内的各种艺术属于"精神文化"的范畴。

艺术作为一种文化形式，有其物质存在的基础，有其本体存在意义上的物性，也要受到一定的制度文化的规范和制约，它生长、发展于一定的物质存在基础和制度文化之中，但在根本上是观念形态性质的东西，属于人类的精神创造之列。在艺术的文化研究中，既要看到作为精神文化的艺术与物质文化和制度文化之间的相互依存和有机联系，又要看到它们之间的差异与区别，不应随意加以混淆并作概念上的游移与置换，这是首先必须明确和坚持的一点。

第二，是精神文化、人文文化的界定以及文艺在其中的地位问题。在与艺术相关的文化范畴的使用中，精神文化、人文文化是两个常见的词汇。在广义文化的三分法中，物质文化主要指人类为满足基本生存需要而

---

① 李德顺：《如何把握文化的本质及特性》，载孙麾、林剑主编《马克思的文化观与当代中国文化建设》，中国社会科学出版社 2015 年版，第 151 页。

与自然之间进行物质变换活动的产品和产物，制度文化是人类调适个体与社会之间社会交往关系的方式和产物，而精神文化（或观念文化）则包括人类所有以意识、心理、观念、理论等形态而存在的精神活动及其成果。精神文化的发展存在由低到高的层级序列，最低层面是自发性精神文化，包括社会文化心理以及巫术和神话等文化形式；其次是经验性精神文化，由习俗、风俗、常识等构成；最高层面是以科学、艺术、哲学等为代表的"自觉的精神文化"①。

通常所谓精神文化一般即指这三个层面，而又以"自觉的精神文化"为主。"自觉的精神文化"是人类在长期的社会实践和历史进化过程中自觉地，也就是有意识、有目的因而是自由地创造出来的各种精神文化形式，也是最能体现文化创造的人文精神性质的文化形式，分别来看又可以划分为科技文化、社科文化、人文文化三种不同的存在类型。人类的精神创造活动作为客观现实的能动反映形式，主要面对自然、社会和人类自身三种客观存在对象，并受到其客观制约。人类的精神能量对自然领域的定向形成了智能文化或科技文化，包括种种解释自然现象、探求自然规律的科学、技术、知识等。对社会领域的定向形成了规范文化或社科文化，包括经济学、政治学、法学、社会学等种种揭示社会现象、探求社会规律的社会科学理论形式。对人类自身的定向形成了文学、艺术、历史、哲学、宗教、教育、语言等人文文化，他们主要指向人类自身生存与发展中的种种问题。可见，人类的精神文化涵盖是极其广泛的，人文文化只是其中的一个方面。对于艺术研究来说，文化学的观照和分析，首先或者主要应该是从人文文化的角度和立场进入研究现场，不可将人文文化与其他文化问题混同起来，不能以人文文化研究代替或取代其他文化问题的研究，也不

---

① 参见衣俊卿、胡长栓等《马克思主义文化理论研究》，北京师范大学出版社 2012 年版，第 271 页。

能以其他文化问题的研究代替或取代人文文化问题的研究，只有扣紧人文，才能抓住艺术文化研究的特殊性。同时，人文文化内部也是包含多种不同文化形式在内的。在艺术文化研究中，既要充分认识到艺术文化与其他不同文化形式之间的相通与交融，也要特别关注和重视其各自的特殊性与不可替代性，只有这样才能在对人文文化的整体认识和艺术文化形式的特殊把握中将当代艺术文化研究推向深入。

第三，是马克思主义的人文文化观念及其在艺术文化研究中的指导地位问题。自古至今，存在着多种多样的人文文化理论和观念，它们从不同方面体现着人类的人文文化理论认知，同时对于人类的人文文化创造产生了或积极或消极的影响，从而显示出各不相同的理论特性。在这其中，马克思主义的人文文化理论尤其显著的历史地位和当代价值。当代英国学者休·劳埃德－琼斯在评论希·萨·柏拉威尔的《马克思和世界文学》一书时指出："不仅在历史、政治、经济和社会各门学科中，而且在美学和文学批评领域中，马克思主义都是每个有学识的读者必须与之打交道的一种学说。"[①] 美学和文艺理论与批评之外，哲学曾被列宁视为马克思主义的三个组成部分之一，这更从理论结构上明确标示出了马克思主义理论中人文维度的存在。此外，以历史唯物主义理论的创立为基础所实现的历史科学的革命性变革，以及对于宗教的批判，对文化人类学、语言学、教育学等的研讨，也都是马克思主义人文文化理论发展中积累下的重要思想资源。可以明确地说，从马克思主义创始人起始，到后来各种各样的马克思主义者，其思想理论中无不共存着一个人文的精神向度。这种精神向度如同一种生命基因孕生于马克思主义的不同发展阶段，并且凝聚留存下清晰可见的理论脉络与丰富多样的理论遗产，成为马克思主义理论体系中一个不可

---

① ［英］休·劳埃德－琼斯：《马克思读过的书》，转引自［英］希·萨·柏拉威尔著《马克思和世界文学》中译本 "附录"，梅绍武等译，生活·读书·新知三联书店 1980 年版，第 580 页。

或缺的有机组成部分。然而，纵观当下的文化研究和艺术文化研究，不难发现有一些研究者对马克思主义人文文化理论没有明确的理论认识和自觉，对不同的文化理论采取"捡到篮子里的都是菜"的态度，不分"主义"、不作价值评析，学术研究成了各种文化观念的贩卖场，文化的概念和观念满天飞，但不能在马克思主义与非马克思主义的人文文化理论之间做出明晰有效的区分，从而在具体的文化研究中也就失去了据以评判的标准与参照。这种状况，不利于艺术文化理论研究的进一步深入。欲改变这种状况，就要对马克思主义的人文文化理论和相关思想观念有一个理论上的认知，对其在人文文化研究包括艺术研究中的指导地位有一个思想上的自觉，而最主要的是要对其理论特性有一个综合的认识。马克思主义的人文文化理论有其自己的理论特性，它们赋予马克思主义的文化理论和观念整体上的有机统一性，彰显出与各种非马克思主义文化理论和观念不同的思想与价值取向。在掌握这些理论特性的基础上自觉地运用马克思主义的文化理论和观念于艺术研究之中，是中国当代艺术文化研究走向科学致思和思想创新所特别需要的。

二

与古今其他各种非马克思主义的人文文化理论相比，马克思主义的人文文化理论特性，首先体现在它具有科学性的特征。马克思主义人文文化理论以马克思主义哲学，也就是辩证唯物主义和历史唯物主义为思想基础。与历史上其他许多人文文化理论不同的是，马克思主义不是从文化观念和文化发展本身，更不是从神秘的客观力量以及错误的宗教观念或哲学理念等出发看待和解析文化现象和问题，而是将文化视为人类历史创造活动的产物，将文化现象的研究和批评置于人类历史发展、置于物质活动与精神创造辩证联系的基础之上，从而具有其他理论系统无可比拟的科学性。

早在《德意志意识形态》一书中，在批判德国青年黑格尔派哲学将存在与意识、物质与精神、物质活动与精神生产的关系本末倒置的唯心主义观点时，马克思就指出："思想、观念、意识的生产最初是直接与人们的物质活动，与人们的物质交往，与现实生活的语言交织在一起的。人们的想象、思维、精神交往在这里还是人们物质行动的直接产物。表现在某一民族的政治、法律、道德、宗教、形而上学等等的语言中的精神生产也是这样。人们是自己的观念、思想等等的生产者。但这里所说的人们是现实的、从事活动的人们，他们受自己的生产力和与之相适应的交往的一定发展——直到交往的最遥远的形态——所制约。"① 马克思进而指出，精神生产的各种形式，"甚至人们头脑中的模糊幻想也是他们的可以通过经验来确认的、与物质前提相联系的物质生活过程的必然升华物。因此，道德、宗教、形而上学和其他意识形态，以及与它们相适应的意识形式便不再保留独立性的外观了。它们没有历史，没有发展，而发展着自己的物质生产和物质交往的人们，在改变自己的这个现实的同时也改变着自己的思维和思维的产物。"② 在晚年写作的《自然辩证法》一书中，恩格斯对劳动在人类生成和文化发展中的作用做了极具说服力的经典论述，认为人手的改造、语言的产生和人脑的完善，都是在劳动中发生的，而正是在这些基础上才有了人类艺术和文化的创造与发展。他指出，在人类长期的进化与发展中，手不仅是劳动的器官，它还是劳动的产物。"只是由于劳动，由于总是要去适应新的动作，由于这样所引起的肌肉、韧带以及经过更长的时间特殊发育遗传下来，而且由于这些遗传下来的灵巧性不断以新的方式应

---

① 《马克思恩格斯文集》第 1 卷，人民出版社 2009 年版，第 524—525 页。
② 同上书，第 525 页。

用于新的越来越复杂的动作，人的手才达到这样高度的完善，以致像施魔法一样产生了拉斐尔的绘画、托瓦森的雕刻和帕格尼尼的音乐。"① 他又指出，手不是单独存在的，劳动对人的改造的更进一步的发展是语言的产生和人脑的完善。由于手、说话器官和脑不仅在每个人身上，而且在社会中发生共同作用，人便有能力完成越来越复杂的动作，提出并达到越来越高的目的，致使劳动本身经过一代又一代变得更加不同、更加完善和更加多方面了。"除打猎和畜牧外，又有了农业，农业之后又有了纺纱、织布、冶金、制陶和航海。伴随着商业和手工业，最后出现了艺术和科学，从部落发展成了民族和国家。法和政治发展起来了，而且和它们一起，人间事务在人的头脑中的虚幻的反映——宗教，也发展起来了。"由于头脑在迅速前进的文明中的作用越来越大，以致在人们的意识中它似乎成为人类社会创造物的支配者，"随着时间的推移，便产生了唯心主义世界观，这种世界观，特别是从古典古代世界没落时起，就支配着人的头脑"②。由这些论述可以见出，把文化包括人文文化作为人类历史创造的产物，并且从与物质性的社会生产活动的依存关系中认识和理解文化现象，这是马克思主义的基本文化观念，也是其考察文化问题的基本方法论。

把文化问题从人类历史活动中剥离出来，加以抽象的认识，历来是被马克思主义所反对的。马克思指出，以往的几乎整个意识形态不是曲解人类史，就是完全撇开人类史，不明白文化问题包括意识形态自身只不过是这一历史的一个方面，因而需要深入研究的应该是人类史。正是基于这一理论原则，马克思才批判在黑格尔的历史哲学中达到自己最纯粹的表现的德国所谓客观的历史编纂学"正是脱离活动来考察历史关系"，具有"反

---

① 《马克思恩格斯文集》第9卷，人民出版社2009年版，第552页。
② 同上书，第557—558页。

动的性质"①。后来，在谈到宗教研究时，马克思又写道："事实上，通过分析找出宗教幻象的世俗核心，比反过来从当时的现实生活关系中引出它的天国形式要容易得多。后面这种方法是唯一的唯物主义的方法，因而也是唯一科学的方法。那种排除历史过程的、抽象的自然科学的唯物主义的缺点，每当它的代表越出自己的专业范围时，就在他们的抽象的和意识形态的观念中显露出来。"② 与马克思一样，恩格斯晚年曾经提醒德国的青年著作家们不要把"唯物主义"这个词只是当作一个套语、一个标签贴到各种事物上去，而要把它当作进行研究工作的指南。为此，"必须重新研究全部历史，必须详细研究各种社会形态的存在条件，然后设法从这些条件中找出相应的政治、私法、美学、哲学、宗教等等的观点"③。历史地看，无论马克思历史唯物主义理论中比喻性的经济基础与上层建筑关系的经典表述、普列汉诺夫的社会结构"五项要素"公式④，还是毛泽东的经济—政治—文化三分的社会结构模式，都是将文化置于社会历史存在的基础之上的。

马克思主义人文文化理论的科学性不仅在于揭示了人文文化的创造和

---

① 马克思、恩格斯：《德意志意识形态》，《马克思恩格斯文集》第 1 卷，人民出版社 2009 年版，第 546 页。

② 马克思：《资本论》第一卷，《马克思恩格斯文集》第 5 卷，人民出版社 2009 年版，第 429 页。

③ 《恩格斯致康拉德·施米特》，《马克思恩格斯文集》第 10 卷，人民出版社 2009 年版，第 587 页。

④ 普列汉诺夫在对唯物史观经典表述深入研究的基础上，提出了著名的社会结构"五项要素"公式。在《唯物主义史论丛》（1892—1893）中，普列汉诺夫对这一公式作了最初的表述："一定程度的生产力发展；这个程度所决定的人们在社会生产过程中的相互关系；这些人的关系所表现的一种社会形式；与这种社会形式相适应的一定的精神状况和道德状况；与这种状况所产生的那些能力、趣味和倾向相一致的宗教、哲学、文学、艺术"（《普列汉诺夫哲学著作选集》第 2 卷，三联书店 1961 年版，第 186 页）。经过十多年的进一步思考和提炼，他又在《马克思主义基本问题》中，对此作了更为科学、规范的表述："如果我们想简短地说明一下马克思和恩格斯对于现在很有名的'基础'对同样有名的'上层建筑'的关系的见解，那末我们就可以得到下面一些东西：（1）生产力的状况；（2）被生产力所制约的经济关系；（3）在一定的经济'基础'上生长起来的社会政治制度；（4）一部分由经济直接所决定的，一部分由生长在经济上的全部社会政治制度所决定的社会中的人的心理；（5）反映这种心理特性的各种思想体系"（《普列汉诺夫哲学著作选集》第 3 卷，上海三联书店 1962 年版，第 195 页）。

发展与历史生活基础构成的物质性社会生产活动的依存关系，阐明了文化的社会本质和功能，还在于它也辩证地揭示出了人文文化创造各自不同的特性，以及不同文化形式之间的相互影响及其对于社会发展的能动作用。以艺术文化为例，马克思主义一方面将文艺的起源和发展视为社会总的历史过程中的一个部分，从宏观上对文艺的社会本质、文艺在社会生活中的地位和作用、文艺发展的规律性以及文艺发展的方向和远景等重大理论问题，做出了具有深广历史蕴含的宏阔阐释与概括；另一方面它也充分重视文艺自身的特殊价值和特点，从普遍的社会联系和历史运动中的文艺主客体关系中，对文艺的认识属性、教育属性、审美属性和价值以及文艺发展中的自律性等问题，做出了辩证的体认与说明，将"美学观点和史学观点"的统一作为文艺批评最高的方法和标准。除对各种文化的不同特性的重视之外，马克思主义人文文化理论还特别重视不同文化形式之间的相互影响以及它们与社会条件之间的相互作用。恩格斯在晚年曾明确指出："政治、法、哲学、宗教、文学、艺术等等的发展是以经济发展为基础的。但是，它们又都相互作用并对经济基础发生作用。"① 由此可见，包括文学、艺术、哲学等人文文化在内的各种文化形式都不单单是人类活动的被动的、派生的产物，也是改造人类生活现实、推动历史发展进步的能动的创造形式，文化也是社会与人类生活的一种塑造力量。

三

科学性之外，马克思主义人文文化理论还具有实践性的特征。马克思主义人文文化理论既重视对各种历史的与现实的文化现象的正确总结和认

---

① 《恩格斯致瓦尔特·博尔吉乌斯》，《马克思恩格斯文集》第 10 卷，人民出版社 2009 年版，第 668 页。

知，具有科学性，还把文化现象和文化产品作为人类实践活动的产物和精神实践形式来看待，重视人文文化理论研究与具体文化实践之间的鲜活联系，总是把自己的理论命题和问题阐释同历史条件、时代特征和现实需要紧密地联系起来，是科学性与实践性的统一。

从前的或现代其他的许多文化理论，往往只是从纯精神的角度认识文化现象。与它们不同，马克思主义人文文化理论不仅总是把文化作为人类历史创造的产物，而且将之视为人类历史创造的重要精神实践形式，关注文化在社会进步和人类自身发展中的地位和作用。如前所述，马克思主义创始人首先是在广义上使用文化概念的，一切"人化"着人类本质力量的社会实践成果都是文化。文化的历史性、现实性就在于它是人类社会实践的创造活动及其成果，实践是文化生成与发展的根基。对此，国内已有学者指出："文化是由人'活'出来的，靠人'做'出来的，不是单靠'想'和'说'就能造就的。任何文化体系的形成和改变，都以其主体的生存发展实践为根基。"① 还有的论者指出，以实践为根基的文化本质论是中国特色社会主义文化理论的理论基石。② 可见，马克思主义文化理论的实践性特征，已经获得国内学界较为普遍的认同。

马克思主义文化理论对文化的实践特性的揭示，也就是对文化活动的自由自觉性的解释。与动物的本能活动相比，人类实践活动的特点就在于其具有自由自觉的特性，从而自然世界与文化世界的区分也在于前者是必然的领域，后者是自由的领域。在《1844 年经济学哲学手稿》中，马克思充分论述和阐明了人类在对象性的实践活动中对人类本质力量的自我确证，以及在这种人化活动中对自由自觉的人类属性的张扬。马克思指出，"一个种的整体特性、种的类特性就在于生命活动的性质，

---

① 李德顺：《如何把握文化的本质及特性》，载孙麾、林剑主编《马克思的文化观与当代中国文化建设》，中国社会科学出版社 2015 年版，第 158 页。
② 参见童萍《中国特色社会主义文化理论的哲学解析》，《天府新论》2010 年第 3 期。

而自由的有意识的活动恰恰就是人的类特性⋯⋯通过实践创造对象世界，改造无机界，人证明自己是有意识的类存在物"，也证明自己是自由的类存在物。与动物生产的片面性与受肉体需要支配相比，人的生产则是全面的、不受肉体需要支配的，"动物的产品直接属于它的肉体，而人则自由地面对自己的产品。动物只是按照它所属的那个种的尺度和需要来构造，而人却懂得按照任何一个种的尺度来进行生产，并且懂得处处都把固有的尺度运用于对象；因此，人也按照美的规律来构造"①。自由地、有意识地"按照美的规律来构造"是人类一切生产活动的特点，而这一特点在文学、艺术等人文文化活动中表现得尤为集中和突出。在后来的理论发展中，马克思主义理论家常常把文化问题与人类对自由与解放的追求联系起来。在《反杜林论》中，恩格斯以简要的论断概括了人类历史创造与自由和文化的关系，他说："自由就在于根据对自然界的必然性最初的、从动物界分离出来的人，在一切本质方面是和动物本身一样不自由的；但是文化上的每一个进步，都是迈向自由的一步。"② 由此可见，文化的人文性，正在于它是人类实践的产物，是人类自由本性的体现。这也正是文化特别是人文文化能够为世界各民族生生不息的发展举起精神旗帜，立起精神支柱，建起精神家园，从而成为照耀人类前行的火炬和灯塔的原因所在。

马克思主义文化理论家不仅仅从抽象的人学或哲学层面上把文化视为人类自我创造的产物，论证了文化与自由的内在关联，更从历史的或社会学的层面上把文化实践作为人类历史创造活动的一个重要组成部分，从与人类其他各种社会实践活动的复杂关系中以及社会变革和历史进步的角度，观察、分析和研究文化实践。早在写于 1839 年秋的《德国民间故事

---

① 马克思：《1844 年经济学哲学手稿》，《马克思恩格斯文集》第 1 卷，人民出版社 2009 年版，第 162—163 页。

② 《马克思恩格斯文集》第 9 卷，人民出版社 2009 年版，第 120 页。

书》中，恩格斯就提出文学要用来教育人民群众的思想，指出民间故事书的使命是适应自己的时代，使人民"有明确的道德感""意识到自己的力量、自己的权利和自己的自由，激发他的勇气并唤起他对祖国的热爱"①。稍后不久，马克思在批判普鲁士政府的书报检查制度时也指出，真正自由的出版物应该是能够满足人民精神需要和审美要求的文化形式："自由的出版物是人民精神的慧眼，是人民自我信任的体现，是把个人同国家和整个世界联系起来的有声的纽带；自由的出版物是变物质斗争为精神斗争，而且是把斗争的粗糙物质形式理想化的获得体现的文化。……自由的出版物，是人民用来观察自己的一面精神上的镜子。"② 这样一些论述表明马克思主义理论家从来不是就文化谈文化，而是从与社会生活的整体联系中、从与人民的一定社会实践关系中来思考和谈论文化问题。关于哲学，马克思曾经写道："哲学把无产阶级当做自己的物质武器，同样，无产阶级也把哲学当做自己的精神武器。"③ 其实，这也正是马克思主义对于文艺的要求。

正是由于注重文化与人类历史创造之间的现实联系，所以马克思主义文化理论家无不关注当下发展着的文化实践，把文化实践提出来的时代性课题作为自己理论思考的出发点和生长点，同时重视对文化发展进程的介入与引导作用。在这一方面，从经典理论到当代形态，马克思主义文化理论始终贯穿着对于资本主义的社会现实及其艺术意识形态和其他精神文化现象的批判，与此同时十分关注、扶持一切进步的文化创造行为，关注时代的文化创造实践与革命阶级、人民群众的时代关联，重视为无产阶级、为人民大众争取文化和审美的权利。马克思、恩格斯曾在文艺批评中要求

---

① 《马克思恩格斯全集》第41卷，人民出版社1982年版，第14页。
② 马克思：《第六届莱茵省议会的辩论（第一篇论文）》，《马克思恩格斯全集》第1卷，人民出版社1956年版，第74—75页。
③ 马克思：《〈黑格尔法哲学批判〉导言》，《马克思恩格斯文集》第1卷，人民出版社2009年版，第17页。

当时的文艺创作反映和表现叱咤风云的革命无产者，并期望无产阶级能出现一个自己的但丁来宣告人类新纪元的诞生。列宁 20 世纪初期在《党的组织和党的出版物》一文中提出了文艺为千千万万劳动人民服务的思想，在十月革命胜利之后又提出了"在无产阶级专政的实际经验的鼓舞下继续进行工作"以"发展真正的无产阶级文化"①的时代要求，强调在革命胜利之后的苏联必须发展文化，实行文化革命，以应对"群众的觉醒和对文化的渴求"，指出"为了使艺术可以接近人民，人民可以接近艺术，我们就必须首先提高教育和文化的一般水平"②。在我国，从毛泽东到习近平，党的历代领导人都给予文化问题极大关注。新民主主义革命时期，毛泽东就提出了创造"民族的科学的大众的文化"的历史任务，1942 年《在延安文艺座谈会上的讲话》中更是明确提出了文艺的工农兵方向。中华人民共和国成立之后，特别是新时期以来，历史地形成了以人民群众的历史实践为根基、以人民为中心的文化工作导向，把为人民服务、满足人民大众的文化需求作为文化实践的宗旨。将文化实践归属于历史创造主体的人民群众的事业，把文化的享受回归于人民大众的基本权利，突出地体现了马克思主义文化理论的革命性与人民性。

实践是理论产生与发展的活水源头，也是检验理论研究的科学性与具体成效的标准。历史的发展一再证明，注重与人民群众的现实历史实践与文化艺术实践的紧密联系，是马克思主义文艺理论和美学生成具体内容、取得思想创新并且获得理论优势和生命活力的根本所在。一旦脱离了这个根本，理论研究就会出现这样那样的问题，或是走向一味依赖经典、注解经典的教条主义、本本主义，或是走向自我封闭、孤芳自赏的自言自语、

---

① 列宁：《关于无产阶级文化》，《列宁专题文集"论社会主义"》，人民出版社 2009 年版，第 167 页。

② 蔡特金：《列宁印象记》，《列宁论文学与艺术》，人民文学出版社 1983 年版，第 444、435 页。

向壁虚构，从而导致理论研究的抽象、空乏与无力、无效，失去对文艺现实的科学解释能力与积极引导功能。这种历史的经验与教训，是当代艺术文化研究界应该始终牢记的。

四

与科学性、实践性紧密相关，马克思主义人文文化理论还具有理想性的特征。这一理论特征奠基于其基本文化观念之上，同时内含于马克思主义关于文化与历史关系的理解之中。如果说科学性的特征揭示了文化生发的社会历史根源，驱除了笼罩在文化理论领域里的各种唯心主义臆想和迷雾，实践性的特征揭示了文化的属人本质，将文化的享受回归于人民大众的基本权利的话，那么马克思主义人文文化理论理想性的特征则为文化理论住入了璀璨美好的理想，为人类文化的创造、为人文文化的创新指明了前行的方向。

如前所述，文化的本质在于"人化"。"人化"的创造活动不仅仅改变外在的自然，还包括对人类自身这个原本也是自然存在物的改造。马克思曾经指出："劳动首先是人和自然之间的过程，是人以自身的活动来中介、调整和控制人和自然之间的物质变换的过程。人自身作为一种自然力与自然物质相对立。为了在对自身生活有用的形式上占有自然物质，人就使他身上的自然力——臂和腿、头和手运动起来。当他通过这种运动作用于他身外的自然并改变自然时，也就同时改变他自身的自然。他使自身的自然中蕴藏着的潜力发挥出来。"①。

就对于自身的改造而言，文化创造就是"化人"活动，即以文化改造

---

① 马克思：《资本论》，《马克思恩格斯文集》第 5 卷，人民出版社 2009 年版，第 207—208 页。

人类自身的自然性，使自然状态的人变为社会的、文化的、有无限精神追求的人。许多文化人类学家，如马林诺夫斯基，都明确指出了文化创造活动包括自然环境的改造和人类有机体的变更两个方面。国内也有学者明确指出："文化就是按照'人'的方式和标准，去改变环境和人自己，创造属人的存在。"这样来理解文化，"说到底，文化就是'人化'和'化人'。'人化'是按人的方式改变、改造世界，使任何事物带上人文的性质；'化人'是反过来，再用这些改造世界的成果来培养人、装备人、提高人，使人的发展更全面、更自由。'化人'即是人自己的不断'人化'，这是'人化'的一个更高层次的环节、境界和成果"①。文化之"化人"的过程就体现了人类由必然性的自然状态、蒙昧野蛮状态向自由性的文明状态、理想境界的追求与发展。精神世界的丰富，道德境界的提升，审美能力的发展，人生境界的提升，正是人类的文化创造"化人"过程的产物。人类对外在自然的改造是无尽的，对自身的改变和提升也是无尽的。中国古代人生教育的经典读本《大学》里所谓"大学之道在明明德，在亲（新）民，在止于至善"，正表明人类在其文化的化育和教养中是有一个渐次提升的理想化追求的。人类的历史和文化创造是无止境的，人类自身的全面发展及其对于真善美的终极追求也是永无止境的。

马克思主义人文文化理论的理想性还来自其对文化与历史关系的理解。马克思主义是一种具有历史发展理想的理论。马克思主义理论中不仅有科学社会主义这一专门研究人类社会发展规律及其发来理想的社会科学理论，而且这一理论为马克思主义的文化发展理论奠定了科学的社会学理论基础。从马克思主义的观点来看，文化是历史创造和历史发展的产物，是历史之中而非历史之外的创造形式，就此而言历史的未来就

---

① 李德顺：《如何把握文化的本质及特性》，载孙麾、林剑主编《马克思的文化观与当代中国文化建设》，中国社会科学出版社2015年版，第153页。

是文化的未来，历史的发展理想就是文化的发展理性。按照科学社会主义的理论，在一切阶级都消灭了之后的共产主义时代，人类将进入到历史发展的高峰，进入人人自由发展、人性尽情绽放的时代。那时，随着社会生产力的极大提高和社会必要劳动时间的大大所少，将使得人类有充分的闲暇时间按照自己的兴趣自由地展开自己的生命创造活动，从而极大地释放其文化创造潜力，从而使人类的文化创造进入一个光明美好的未来。在《德意志意识形态》中，马克思指出，在共产主义社会里，分工的限制将消失，任何人都没有特定的活动范围，每个人都可以在任何部门内发展，社会调节着整个生产，因而有可能随自己的心愿今天干这事，明天干那事，上午打猎，下午捕鱼，傍晚从事畜牧，晚饭后从事批判。在此之前的社会里，"由于分工，艺术天才完全集中在个别人身上，因而广大群众的艺术天才受到压抑"，但是，"在共产主义的社会组织中，完全由分工造成的艺术家屈从于地方局限性和民族局限性的现象无论如何会消失掉，个人局限于某一艺术领域，仅仅当一个画家、雕刻家等等，因而只用他的活动的一种称呼就足以表明他的职业发展的局限性和他对分工的依赖这一现象，也会消失掉。在共产主义社会里，没有单纯的画家，只有把绘画作为自己多种活动中的一项活动的人们"①。总之，共产主义是"个人的独创的和自由的发展不再是一句空话的唯一的社会"②，将是个人的天赋、才能和个性获得完美实现的最理想的社会，必将为文化的繁荣发展提供最理想的土壤和条件。

基于这种文化发展观，马克思主义的历史发展理想和文化发展理想都是指向未来的。马克思曾经指出："十九世纪的社会革命不能从过去，而

---

① 《马克思恩格斯全集》第 3 卷，人民出版社 1960 年版，第 460 页。
② 同上书，第 516 页。

只能从未来汲取自己的诗情。"①马克思对一切开历史倒车的社会发展观和文化发展观，总是施以无情的批判。18世纪社会思想中流行着一种反动的自然主义的观点，认为自然状态是人类本性的真正状态，马克思把这种脱离历史和文化发展的观点视为轻佻的"臆想""奇谈怪论"②。恩格斯则在其1859年写给拉萨尔谈悲剧创作问题的信里指出，戏剧艺术的未来理想应该是较大的思想深度和意识到的历史内容，同莎士比亚剧作的情节的生动性和丰富性的完美的融合，但这样一个理想"大概只有在将来才能达到，而且也根本不是由德国人来达到的"③。显然，在恩格斯看来，这个艺术创作的理想必将是由代表着未来的新型无产阶级艺术来推动，在历史发展的未来才能够加以实现，而不是由自称创造了比莎士比亚剧作还高明的历史剧的拉萨尔之类德国人来实现的。

当今世界，伴随着科学技术的快速发展和物质生产能力的极大提高，物质的丰盈及其没有极限的诱惑将人类生活卷入了物化的、享乐主义的消费主义浪潮之中，包括中国这样与发达国家尚存在不少差距的后发展中国家也不能幸免。与此相对应，则是某种程度和意义上的文化生活的迷乱与精神价值的失落。在物欲化的快感浸淫中，对精神价值与未来憧憬的理想追求跌落到现实的幸福旋涡中，退化为种种"活得更好"的私欲膨胀中，在现实中是如此，在艺术中也是如此。这也正是西方马克思主义者如法兰克福学派的学者们以"审美乌托邦"为精神理想对社会现实和文化领域进行文化批判的原因所在。在中国，五四新文化运动以后，直到20世纪80年代，文化和文艺创造中历来不乏理想的追求与光照，这种追求与光照作为一种浪漫主义、乐观主义的浓烈元素融入对历史和

---

① 马克思：《路易·波拿巴的雾月十八日》，《马克思恩格斯文集》第2卷，人民出版社2009年版，第473页。

② 马克思：《法的历史学派的哲学宣言》，《马克思恩格斯全集》第1卷，人民出版社1956年版，第97页。

③ 《恩格斯致斐迪南·拉萨尔（1859年5月18日）》，《马克思恩格斯文集》第10卷，第174页。

人生的现实主义关照与呈现之中，提振着民族的精神，升华着国人的灵魂，鼓舞和引导着人们前行的脚步。然而，自20世纪90年代以来，由于各种复杂的国内外因素所致，人文精神的失落、理想之光的暗淡以及道德水准的颓败，成为国人现实生活与文化生活中不争的事实，一再引起思想文化界的痛彻关注与反思。所以，当此之际，重提马克思主义人文文化理论的理想性有着特别的意义。马克思主义的社会与文化理想，从根本上说关注的是人类从现实羁绊中的解放与全面自由的发展，其终极目标指向真善美的精神理想与追求。人类不能没有物质生活，但也不能缺少了精神生活，要追求当下生活的幸福，更要追求未来理想的实现，活在当下、娱乐至死不是人生的价值所在，在高扬精神旗帜、面向未来奋斗中追求社会、人生与文化止于至善的最高境界才是人生价值的归宿，才是人类的使命与文化的使命。以此而论，在艺术文化的研究中，马克思主义人文文化理论和观念的指导是不可缺少的，因为马克思主义人文文化理论是一种富有理想性的理论，这是其他许多非马克思主义的文化理论缺少的，从而是不能替代的。

Three Features of Marxism Humanistic Theory of Culture: Taking the Theory of Artistic Culture as the Focus

Tan Haozhe

Abstract   The transformation from artistic study to cultural study has become an important trend in contemporary China. This popular trend brings new landscape and conceptions for the theoretical studies of arts and culture. Meanwhile, it also causes some difficulties and debates due to the confusion of the diversity in cultural conceptions and the lack of value scale in theoretical judgments. In order to change this unsatisfied situation, we need firstly reach clear a theoretical awareness of some essential cultural theoretical conceptions and their relationship to arts, one of which is the leading position of Marxism humanistic conception of culture in artistic and cultural studies. Marxism humanistic conception of culture enjoys three major features, which are scientificity, practicality, and ideality. They make Marxism cultural theory and conception united to be a whole and reveals its differences from various kinds of non – Marxism cultural theories and conceptions. It is essential necessary for Chinese artistic and cultural studies to grasp these theoretical features and to apply it to the studies of arts with clear awareness.

Keywords Marxism; Humanistic Theory of Culture; Scientificity; Practicality; Ideality

Author Tan Haozhe, a professor a professor of research center of aesthetics and literary theory of Shandong University, with academic interests in Marxism literary theory and artistic aesthetics.

论文学话语的语用特性

王汶成

摘　要　话语在成为话语之前有一个语用过程，而研究文学话语的语用特性就是研究其语用过程的独特性。包括文学话语在内的一切话语都有共同的语用目的——"指涉意义"，而文学话语的语用特性则在于"以审美的方式指涉意义"，或者说，在于指义性与审美性的有机统一。文学话语不像非文学话语那样直接，而是间接地指涉意义，即采用种种语用手段在话语的"能指"与"所指"之间设置某种"间隔"，从而造成一种语义含混的审美效果。其中最重要的语用手段就是"以虚构模拟现实"。文学话语以其创构的虚拟世界激发起读者的创造性的想象力，这种想象力又反过来改变旧现实和创建新现实。

关键词　文学话语；语用特性；审美地指涉意义

作者简介　王汶成，山东大学文艺美学研究中心教授，博士生导师，主要研究领域为文艺理论。

　　语言是由语音、词汇、语法构成的符号系统，这个系统是用来说话的，说话者运用他掌握的语言系统说出的话，就是所谓的话语。所以，话语在成之为话语之前必有一个语言运用的过程，也就是从每个人习得的语言库存中"选词造句"的过程，正是通过这个过程，话语从无形的可能变为有形的现实。当然，我们这样说并不意味着一个人必须先学好一种语言才能用这种语言说话，事实上，学习语言与使用语言是同时并举、交互作用的。但是具体到每一次说话的个别情况，则一定是使用语言在前，说出话语在后。就像一个婴儿第一次用母语叫出"妈妈"这句话，那是因为这个婴儿已学会了发出和使用"妈妈"这个词。正因如此，我们探讨文学话语就先从语用问题开始。

一 语用意义、语用规则、语用特性

语用问题在索绪尔的语言学里基本上没有位置，因为索绪尔主张的是研究符号系统的"语言的语言学"，至于语用问题则归入"言语的语言学"，不在他的语言学的研究对象之列①。维特根斯坦是最早揭示语言运用的重大意义的语言哲学家之一，他指出，语言只有在被使用的时候，才有了生命，才能实际地表达一个意义。他说："一个词的意义就是它在语言中的使用。"② 这倒不是说这个词在未被使用时没有意义，每一个词都有其固有的意义，但那只是一种语言学的意义，一种在字典里都可以查到的字面意义，这一意义正是它可以被使用的依据。维特根斯坦这句话的意思是说一个语词只有在具体的使用中，才在其语言学的意义之上又被赋予了一种有活力的意义、一种起着实际表达力的意义，可以称为语用学的意义或话语意义。例如，面对一只狂吠的狗，笔者对随我走的孩子提醒道："狗！"在这里笔者用了"狗"这个词，绝不只是按照这个词的字面意义告诉孩子这是一只犬科食肉动物，而是警示这个孩子别让这只狂叫的狗袭击了他。所以，更为重要的不是词语的语言学意义，而是词语在使用中的意义，也就是它的语用意义或话语意义，如分析哲学家塞尔所说的："语句

---

① 参见［瑞士］费尔迪南·德·索绪尔《普通语言学教程》，高名凯译，商务印书馆1980年版，第42页。

② 涂纪亮主编：《语言哲学名著选辑》，生活·读书·新知三联书店1988年版，第167页。

的语言学意义所起的作用使说话人能够在说话时运用语句来意谓某种东西。说话人的话语意义对于我们分析语言的功能的目的来说是首要的意义概念。"① 可以看出，对话语来说，语言的运用同所运用的语言本身同等重要，它是话语及其意义得以确立的必要前提和条件。在维特根斯坦这一观点的启发下，后来的语言哲学家，如巴赫金、奥斯汀、格赖斯等，都着力于研究语言运用的问题，并最终促成了专门研究语言运用的学科——语用学（pragmatics）的产生。

语用学理论认为，说话者用语言说话不是任意妄为的，必须遵守一定的规则。这里说的规则，主要还不是指语法规则，而是指语用规则，即说话者如何运用语言的方法，简称语言的"用法"。也就是说，人们用语言说话，不仅要遵守语法规则，还要遵守语用规则，要满足一定的用法上的要求。比如说见了熟人问好，虽是很简单的一句话，但也要考虑选择合适的"用法"，给长辈、给平辈乃至给晚辈问好，在"用法"上都有很大差别，不能不分场合地乱说一气，反而达不到问好的目的。维特根斯坦认为，每一种语言游戏都在显示着一种对语言的用法，不同的语言游戏有不同的语言用法。人的活动和生活形式是无限多样的，语言游戏也是无限多样的，语言的用法也是无限多样的。他说道："我们叫做'符号'、'词'、'句子'的东西有无数种用法。"② 巴赫金也认为，"人类活动的所用领域，都与语言的使用相关联。显而易见，使用语言的性质和形式，也像人类的活动领域似的多种多样""语言的运用范围几乎是无止境的"③。据此推论，文学活动中的话语当然也是语言的一种独特用法，研究文学话语的语用问题，最重要的就是要弄清楚文学话语的语用特性。

---

① ［美］约翰·塞尔：《心灵、语言和社会》，李步楼译，上海译文出版社 2006 年版，第137 页。

② 涂纪亮主编：《语言哲学名著选辑》，生活·读书·新知三联书店 1988 年版，第 157 页。

③ 参见［俄］巴赫金《文本对话与人文》，白春仁等译，河北教育出版社 1998 年版，第140、189 页。

巴赫金还特别指出，一种话语的语用特性取决于这一话语的特殊的语用条件和目的。他是这样说的："这些表述不仅以自身的内容（话题内容），不仅以语言风格，即对词汇、句子和语法等语言手段的选择，而且首先以自身的布局结构来反映每一活动领域的特殊条件和目的。"① 从这段话可以看出：一是所谓的语用特性主要体现在特殊的"话题内容""语言手段"（修辞等）、"布局结构"三个方面；二是所有这三个方面又是由话语活动的"特殊的条件和目的"决定的。换句话说，一种话语怎样使用语言（语用特性）取决于它在什么情况下使用语言的（语用环境）以及它使用语言要做什么（语用目的）。因此，在说明文学话语的语用特性之前，有必要先探究一下文学话语的语用目的何在。而探究这个问题显然又关涉到语言的功能问题。我们要先了解人类使用语言到底能做什么，然后才能探知文学话语特殊的语用目的。

二　所有话语共同的语用目的

我们知道，索绪尔开创的结构主义语言学在后来发展中出现了许多新的转变，其中一个转变就是将结构研究与功能研究结合起来，并于20世纪20年代形成了以俄国语言学家雅各布森为代表的功能语言学派（也称为布拉格学派），又于20世纪60年代形成了以英国语言学家韩德礼创立的系统功能语言学。所有这些新生的语言学派都以语言的功能为主要研究对象，都构建了一系列关于语言功能的理论。英国文化人类学家马林诺夫斯基把语言的功能总体上分为两类，称为实用功能和魔术功能。前者指语言的实际用途，可再分为行动功能和叙述功能；后者指语言用以进行文化仪式和宗教活动的功能。韩德礼则区分了三种语言功能：概念功能、人际功能和

---

① ［俄］巴赫金：《文本对话与人文》，白春仁等译，河北教育出版社1998年版，第140页。

谋篇功能。① 英国语言学家克里斯特尔更细致地划分了语言的功能，他总共列出了"交流思想""情感表达""社交功能""声音的力量""控制现实""记录事实""思维工具""认同功能"等八种功能②。从上述简要列举，足以看到人类用语言所做的事多不胜数，几乎人类所有重要的活动都要靠语言来进行，语言的功能可以说是无处不在。从最广泛的意义上说，人的生存和发展涉及的三大关系，即人与自然、人与社会、人与自身的关系，都离不开语言，都要靠语言这个中介建立实际联系。人认识自然，无论是事物的命名、事实的说明、概念的推衍、思想的表达，都要凭借语言来实现。人与人的社会交际活动，从最简单的见面问好、日常会话，到复杂的法庭辩论、会议演讲、文章写作，都是语言在起着关键的作用。人的自我交流更是无时无刻不在进行，没有语言参与其中，人们甚至不知道自己在想什么，更不可能对自己的所想做出任何反应。维特根斯坦就说过："'思索'在这里应该是指某种与'自言自语'差不多的事情。"③ 正因如此，语言学家们对语言功能所作的分类研究自然就具有重要的理论价值和实用意义。我们从这些研究中得到的最大启发就是，虽然语言的功能五花八门，不可计量，但所有这些功能都建立在一个最基本的功能之上，这就是语言的描述事态、表情达意的功能，我们姑且将这种功能称为语言的指义功能。我们无论在何种场合出于何种目的说出的每一句话，都首先要表达一个意思，要指向于一个意义，其次才谈得上其他的功能和作用。比如一句简单的话"请拿过那本书来"，对这句话来说，最紧要的一点就是，它试图利用语言的"指义功能"表达了一个意思，以便让对方明白需要拿过来的到底是哪本书以及这本书在什么地方，弄清这些之后，这句话才可

---

① 参见张德禄编著《功能文体学》，山东教育出版社1998年版，第54—55页。

② 参见［英］戴维·克里斯特尔《剑桥语言百科全书》，潘炳信等译，中国社会科学出版社1995年版，第14—17页。

③ 涂纪亮主编：《语言哲学名著选辑》，生活·读书·新知三联书店1988年版，第162页。

能起到请求对方拿过那本书来的"意动功能"。也就是说，在语言的诸多功能中，指义功能是基本功能，其他意动功能都必须由这一功能衍生出来或附着于这一功能之上，才能真正发挥其作用。

既然语言的基本功能是指义功能，既然所有使用语言的话语都一定指向于一个意义，那么，包括文学话语在内的一切话语就具有了同一个语用目的，这就是指涉意义的目的。这里说的指涉意义，可以是指示一个事物，陈述一个事实，说明一个概念，讲述一个故事，论证一个想法，抒发一种情感等，但都体现为指涉一种意义这个同样的目的，这也决定了一切说出的话语都具有同样的一种语用共性。英国语言学家查理曼将这种语用共性称为"语言共核"。他说："文学文体的力量来源于'语言共核'，连最具'文学性'的特征也来源于'语言共核'。文学偏离常规并不会破坏它与'语言共核'使用者的交流。"① 这里说的"文学性特征""文学偏离常规"属于文学话语独具的语用特性，我们以后再讲。在这里我们要强调的是，由于语言共核的存在，由于共具同一个语用目的，文学话语与日常话语、科学话语等不同的话语之间，就有了相通之处。这种相通之处使得它们之间的区别并不是界限分明的，经常出现相互渗透、相互交错的情况。"新批评"后期的代表人物韦勒克就曾说过，把文学的、日常的和科学的这几种话语在用法上严格区分开来是非常困难的。"因为文学与其他艺术门类不同，他没有专门隶属于自己的媒介，在语言用法上无疑地存在着许多混合的形式和微妙的转折变化。"最后他得出结论说："我们还必须认识到艺术与非艺术、文学与非文学的语言用法之间的区别是流动性的，没有绝对的界限。"② 由此看来，那种试图将文学话语、日常话语、科学话

---

① ［英］雷蒙德·查理曼：《语言学与文学》，王土跃等译，春风文艺出版社1988年版，第16页。

② 参见［美］韦勒克、沃伦《文学理论》，刘象愚等译，生活·读书·新知三联书店1984年版，第10、13页。

语截然区分开来的观点是不妥当的。正确的看法应该是：这几种话语都共有同一个语言内核，都同样指向于一个意义，都同样利用语言的指义功能来实现自己的语用目的。它们之间的区别仅仅在于它们对语言的某一种或几种功能的不同偏向和侧重上。因为这几种话语虽有共同的语用目的，但又有它们各自特定的语用目的，因而对某种最适合它们的语用目的的语言功能"情有独钟"，并将其摆到首位而加以利用，由此就形成了它们各自的语用特性。俄国语言学家日尔蒙斯基如是说："如果把语言形式当作'活动'去审查它的结构，那么我们就能发现，语言有多种目的意向，这些意向决定着词的选择和组词的基本原则。"① 这就是说，每一种话语都有共同的语用目的，同时有着自己特有的语用目的，正是这个特有的语用目的决定着这一话语的语用特性。

三　文学话语的语用特性在于"以审美的方式指涉意义"

那么，文学话语特有的语用目的是什么呢？可以设想，一个小说家创作一部小说，或者一个诗人写出一首诗歌，他是为了什么呢？一是为了表达他的某种思想和情感，这是实现语言的指义功能，属于所有话语共同的语用目的；二是为了给读者提供一种审美的愉快，这是实现语言的审美功能，属于文学话语独具的语用目的。布拉格学派的代表人物雅各布森在探讨语言功能时曾提到过语言的审美功能。他发现任何语言交流活动都涉及六个要素：发话者、受话者、使用的代码、代码传递的信息、交流采取的联系方式和交流所赖以进行的特定语境。与这六个要素相对应，就产生了语言的六种功能：指称功能（交流偏向于语境）、表情功能（交流偏向于

① ［俄］日尔蒙斯基：《诗学的任务》，载什克洛夫斯基等著《俄国形式主义文论选》，方珊等译，生活·读书·新知三联书店1989年版，第218页。

发话者）、意动功能（交流偏向于受话者）、交际功能（交流偏向于联系方式）、元语言功能（交流偏向于代码）、审美功能（交流偏向于信息本身）①。雅各布森讲的这六种功能，如果进一步归纳，还可以合并为两种功能：一种是作为语言的基本功能的指义功能（包括雅各布森说的指称功能、表情功能和元语言功能），另一种是附丽在指义功能之上的诸多效果功能，而审美功能是这诸多效果功能中的一种。参照雅各布森的有关语言功能的这个观点，我们认为文学话语是以指义功能为它与其他话语共有的语用目的，以审美功能为它自身独有的语用目的。前者为最终的语用目的，后者为直接的语用目的，最终的语用目的的实现要以直接的语用目的的实现为前提，两个语用目的的这种内在关联就构成了巴赫金所说的决定文学话语的语用特性的"语用的条件和目的"。据此，我们可以把文学话语的语用特性确定为通过审美的效果达到指涉意义，或者说文学话语的语用特性就是指义性与审美性的有机统一。

我们关于文学话语语用特性的观点主要借鉴了当代的话语理论和语用学理论，因而既与传统的内容主义观点不同，也与现代的形式主义观点有异。传统观点的主要倾向是把文学话语当作传递思想内容的形式载体来理解的，因而它最为看重的是语言的指义功能，要求在运用语言时应该让词语尽量准确、清晰、顺畅地表达思想内容，至于所用词语的审美效果并不重要，甚至可有可无。这种观点在我国先秦思想家那里表现得尤为突出。比如，孔子虽主张"文质彬彬"，但强调"辞达而已矣"，认为"巧言乱听""巧言令色，鲜矣仁"②。老子更是把"信言"与"美言"对立起来，提出"信言不美，美言不信"的断语③。韩非子则直接从政治需要提出：

---

① 参见［英］特伦斯·霍克斯《结构主义和符号学》，瞿铁鹏译，上海译文出版社1987年版，第83—86页。
② 参见《论语》"雍也""卫灵公""学而"等篇。
③ 参见《老子》第八十一章。

"喜淫辞而不周于法，好辩说而不求其用，滥于文丽而不顾其功者，可亡也。"① 可见，在传统理论看来，文学话语的语用特性仅在于其指义性，而其审美性则遭到怀疑乃至排斥。我们的观点恰恰相反，认为文学话语直接的语用目的就是审美效果的追求，文学话语只有通过审美效果的获得，才能实现其指涉意义的目的。因此，我们理解的文学话语的语用特性，虽然审美性要以指义性为旨归，但指义性又必须以审美性为前提。

在文学话语的语用特性问题上，现代形式主义的观点则强调语言运用在文学话语中的本体地位，认为语言运用就是文学话语的本质之所在。比如俄国形式主义者就提出，文学话语的语用特点正在于以"反常化"的手法凸显语言形式本身，产生所谓"惊震"的审美效果，文学话语的全部语用手段都是为了制造这种审美效果，而与再现和认识现实并没有必然的关系。这样，在现代形式主义那里，审美性则成为文学话语的唯一的语用特性，而指义性则失去了应有的地位，因而不是非有不可的。我们与形式主义的区别是很明显的，我们是将审美性与指义性联系起来来理解文学话语的语用特性的。一方面，我们认为审美性是指义性的前提条件；另一方面，又认为审美性必须以指义性为指向。虽然审美性和指义性都是文学话语的语用目的，但审美性是直接目的，指义性是最终目的，两个语用目的之间实际上有一种前因与后果的关系。现代形式主义的问题就是仅强调审美性这个前因式的目的，而掩蔽了指义性这个后果式的目的。事实上，当我们说一首诗或一篇文学话语具有审美效果，绝不是仅仅因为这首诗语音的韵律和谐和节奏的悦耳动听，而是因为在这种悦耳的韵律和节奏中我们领会到了一种思想和情感的意义。如果这首诗只是一种毫无意义的声音组合，即使这种声音组合再悦耳动听，也不是真正意义上的文学话语的审美效果。因为凡话语必有意义，文学话语的审美效果只能在意义的领会中才

---

① 参见《韩非子·亡征》篇。

能产生。正是基于这样的理由，我们将文学话语的语用特性界定为审美性与指义性的有机统一，并将这种统一归结为这样一个命题：文学话语的语用特性就是以审美的方式指涉意义。

四　"审美地指涉意义"的语用学解释

现在需要进一步解释的是，如何理解文学话语的这种语用特性，什么是"审美地指涉意义"？我们不妨用最简捷的说法亮出我们对这个问题的观点，我们所说的"审美地指涉意义"就是指：文学话语在表达他表达的意义之时，不是像非文学话语那样直接地表达这一意义，而是间接地表达这一意义。在我们的这个解释里，"间接地"就等同于"审美地"，"间接地"指涉意义就是"审美地"指涉意义。因为，所谓"间接地"指涉意义，我们的意思是说，文学话语总是采用种种语用手段在它的"能指"（语言表达）与"所指"（语言表达所指涉的意义）之间设置某种"间隔"，使得意义的表达不是直截了当的，而是迂回的、被延迟的和受阻碍的，从而造成一种语义的含混、含蓄的特殊的审美效果。文学话语之所以运用各种语用手段来间接地指涉意义，就是为了制造出这种语义模糊或言外之意的审美效果，这是文学话语最为突出的语用特点，也是文学话语与非文学话语在语言用法上的根本区别。非文学话语，特别是科学话语，追求意义表达的准确性、明晰性，即从词语到词语表达的意思（或者说从词语的能指到所指）之间越直接、越明快、越没有阻碍越好，尽管这个指标在实际的语言交际中很难完全达到。例如，用科学话语表述"三角形的三内角之和等于180度"这一几何定理，只须直接将这个定理的内容说得尽可能明白清楚即可，不需要且不允许使用任何修饰的词语和比喻的说法。然而，文学话语则与此截然相反，它要求的不是语言表达的直接性和透明度，而是语言表达与要表达的意义之间的延宕和阻隔。只有这样，文学话语才创造出了一种语用模糊、语义含蓄的审美效果。

但是，这里又有一个问题需要解释，这就是，间接地指涉意义为什么就能造成语义含蓄的审美效果呢？要从理论上说明这个问题，有必要借用美国语用学家格赖斯（H. B. Grice）在 1967 年提出的"会话含义"（conversational implicature）学说。格赖斯发现，在言语交际活动中，谈话的双方总是共同默守着一个潜在的规则展开会话，他把这个潜在的规则叫作会话的"合作原则"（cooperative principle）。就是说，人们为了交际的成功，在会话中总是趋向于相互配合，参与会话的每一方都尽量准确而适当地提供对方要求的信息，也尽量准确而适当地理解对方提供的信息。格赖斯又把这个合作原则细分为四条准则：一是数量准则，即所说的话应该如交谈目的要求的那样详尽，不能过多，也不能过少；二是质量准则，即尽可能说真话，不说自知虚假的话，不说证据不足的话；三是关系准则，即所说的话要切题，要前后关联；四是方式准则，即说话要尽量明白清楚，简练而有条理，避免表达上的晦涩和歧义。格赖斯同时指出，完全严格遵守四条准则的言语交际只是一种理想状态，实际的会话交际往往或多或少地违反这些准则，这就造成了"会话含义"的产生。所谓"会话含义"就是指说出的话里含有模糊不清、难以确定的意义内容。例如，我问你"你身体好吗？"你却回答："我正在读书。"你显然是答非所问，违反了"合作原则"，你回答的话里就有了"会话含义"，使我不好理解你到底想说什么意思，我和你的谈话也就难以为继了。后来的英国语言学家利奇（G. H. Leech）又提出了"礼貌原则"（politeness principle）作为对格赖斯的会话含义理论的补充。他指出，人们违反合作原则而使自己的话语产生会话含义，在很多时候，并非因为无意的过失，而是有意而为的，其中最常见的情况是出于礼貌的考虑。举个例子，假设一个病人的病情危重，很可能死去，病人的亲属问医生："病人的情况怎么样？"医生回答说："对不起，我们已经尽力了。"在这个回答里，医生为了照顾病人亲属的心情，不忍心让他太难过，有意违反了合作原则中的关联准则，说了一句意思含糊的话。但病人的亲属马上就能理解医生话里隐含的意思（会话含义），知道病人已经生命垂危了。这就是利奇所说的礼貌原则，它揭示了一个重要的语用现象，有时人们为了某种语用目的而故意违背一些语用规则。

上述格赖斯和利奇的语用学理论提示我们注意到，文学话语间接地表达含蓄意指的语用特性其实就是对合作原则诸准则的有意违反。因为，我们发现所有故意违反了合作原则诸准则而产生会话含义的话语，都是意图间接或曲折地表达意义，都导致隐晦的或含混的意指。比如前面举的那个医生回答病人亲属的话，就是没有直截了当地而是委婉地即间接地表达了他的意思，从而使他的话里隐含着一种言外之意。只不过文学话语故意违反了合作原则的诸准则，并不是像日常话语那样出于礼貌原则，而是为了给读者造成一种审美的效果。例如，李煜的那句著名的词："问君能有几多愁，恰似一江春水向东流。"诗人在这句词里表达了他的愁苦的情感无休无尽，但他没有直接说他的愁多么多，而是用了一个比喻间接地表达了他的意思（他的愁好像滚滚江水不断流淌）。从语用的合作原则来看，诗人的这种间接表达是同时违反了数量、质量、方式等准则。但诗人是有意识地这样做的，他为的是让自己要表达的意思更加隐蔽含蓄，让读者用更多的想象来揣摩他的这个意思，这是诗人有意制造的审美效果。美国当代哲学家乔纳森·卡勒（Jonathan Culler）也注意到了文学话语故意违反会话合作原则的这种语用特性，他说，"交流基于一条根本的程序，即参加者的相互配合"，而"对于文学作品来说，合作原则是'超保护'的，我们可以忍受许多晦涩费解和明确不切题的东西，而不认为这些都是毫无意义的。读者也想当然地认为在文学当中，语言的费解、不通肯定也是为了一定的交流目的。所以他们不像在其他语境中那样断定是发言人或者作者没有配合，而是努力去理解那些复杂的语言成分，而这些成分对那些为深入交流而设立的有效原则常常是全然不顾的"①。所以，从语用学的角度看，文学话语间接地表达含蓄意指的语用特性恰恰是有意违反会话的合作原则的结果。

最后，还有一个问题必须说明，文学话语在间接地表达含蓄意指时使用了哪些具体的语用手段呢？总起来说，文学话语使用的具体语用手段多种多样，不能也不必一一罗列，但可以将这诸多具体语用手段归纳为以下三种类型。其一，通过凸显语言自身来指涉意义，或者说，语言通过指涉自身来指涉意义。巴赫金对此说过："文学的一个基本特点是：语言在这里不仅仅是交际手段和描写表达手段，它还是描写的对象。"② 这方面最典型的例子就是诗歌话语讲究语音的韵律和节奏，通过悦耳的韵律和节奏吸引读者，由此诱使读者领会诗歌话语的意义。其二，在言语与意义之间插入一个形象，也就是用言语描写形象，用形象指涉意义。譬如中国的古典诗歌追求意境的创造，这里的"意境"就是用语言描绘的一个有声有色的形象世界，而诗歌所表达的意义就蕴含在这个形象世界里。再譬如小说话语也往往是通过塑造人物形象来曲折地传达思想意义的。其三，通过虚构一个假想情境来折射现实情境和表达关于现实的思想。这意思是说，文学话语并不直接描述现实，而是述说一个虚构情景，并以此模拟出现实情景，从而间接地暗示出某种关于现实的思想。正如乔纳森·卡勒指出的，"文学作品是一个语言活动过程，这个过程设计出一个虚构的世界""文学的虚构性使其语言区别于其他语境中的语言，并且使作品与真实世界的关系成为一个可以解释的问题"③。文学话语以其创构的虚拟世界激发起读者的创造性的想象力，这种想象力又反过来改变旧现实和创建新现实。这也

---

① 参见［美］乔纳森·卡勒《当代学术入门文学理论》，李平译，辽宁教育出版社、牛津大学出版社 1998 年版，第 27—28 页。

② ［俄］巴赫金：《文本对话与人文》，白春仁等译，河北教育出版社 1998 年版，第 276 页。

③ ［美］乔纳森·卡勒：《当代学术入门文学理论》，李平译，辽宁教育出版社、牛津大学出版社 1998 年版，第 33—34 页。

许正是由文学话语生发的审美效果体现出的最强有力的建构功能。

The Pragmatic Attributes of Literary Discourse

Wang Wencheng

Abstract　This paper attempts to draw lessons from the contemporary discourse theory and pragmatic theory to explore the pragmatic attributes of literary discourse in more depth. This paper argues that there is a pragmatic course before the discourse becomes discourse, and the study for pragmatic attributes of literary discourse is the same as the study for the specificity of its pragmatic course. All the discourse including literary discourse has its own pragmatic purpose, "the referential meaning", and the pragmatic attributes of literary discourse refers to meanings in aesthetic way, or unify the meaning and aesthetics organically. Not as the non – literary discourse referring meanings directly, the literary discourse refers to meanings indirectly and sets certain "intervals" between the "signifier" and "signified" of discourse using various pragmatic approaches, thus causing a semantic and ambiguous aesthetic effects. The most important pragmatic approach is that simulating reality by fiction. The literary discourse stimulates readers' creative imagination by creating a virtual world and this imagination can change the old reality and establish the new reality in turn.

Keywords　Literary Discourse, Pragmatic Attributes, Aesthetically Referential Meaning

Author　Wang Wencheng, a professor of Research center of aesthetics and literary theory of Shandong University.

论电子媒介时代文论话语转型

胡友峰

摘　要　艾布拉姆斯的文论四要素理论是印刷媒介时代文论话语的主导范式。在电子媒介时代，由于文艺主导范式从文学主导转变为数字化文艺主导，从而引发了文论话语的转型。这种话语方式的转型表现在文艺的特质从"文学性"转向"媒介性"，世界从"实体世界"转变为"实体世界与虚拟世界"并存，网络虚拟世界的增长对文艺活动影响巨大，文艺发生了扩容。作者从"创作者"转化为"制作者"，作品从"语言"主导转化为"图像"主导，读者则从接受者、解释者转化为参与者。文论话语方式的这种转型与媒介变革密切相关，也与当前文艺的发展方向步调一致。

关键词　电子媒介时代；文论话语；转型

作者简介　胡友峰，男，1977 年生，安徽金寨人，文学博士（后）。山东大学文艺美学研究中心教授，博士生导师。

说　明　本文系国家社科基金重点项目"媒介与百年中国文学互动共生关系研究"（13AZW002）阶段性成果。

关于电子媒介兴起导致的文学变异以及文论转型等问题已经引起了学界的广泛关注①，这些研究涉及媒介变革引发文论转型的方方面面，如文艺类型的更迭、文学生产方式的转型、文学场域的改变、文本结构方式的

---

① 张法、欧阳友权、单小曦等学者对这一问题有着深入的研究，具体可以参见张法《走向全球化的文艺理论》，安徽教育出版社 2005 年版；欧阳友权《数字化语境下文艺转型研究》，中国社会科学出版社 2011 年版；单小曦《文学与媒介：媒介文艺学导论》，商务印书馆 2015 年版。

变化等。单小曦把由媒介变革引发的文论转型称为"一种后语言论的文艺理论"①，并初步建构了媒介文艺学的框架。这种判断是基本符合文学发展实际情况的。"语言论转向"是20世纪文论的一种基本趋向，"语言"问题是20世纪文论关注的一个核心问题，语言表征着现实、历史、文化和意识形态，由"语言"为核心构成的现代文艺理论，其经典"理论范式"在艾布拉姆斯的文论四要素中得到了具体展现。在语言论文艺理论范式中，文学文本的语言构成成为文论家理论建构的逻辑起点，在艾氏的文论四要素中，文学作品是四要素的核心。由之，文学作品的"语言"构成方式，文学作品的层次等问题一直是语言论文论需要解决的重点问题。由于电子媒介兴起，文论范式进入"后语言论"时代，在"后语言论"时代，文论在话语建构上与语言论上也有着不同的范式。"范式"理论是美国科学哲学家托马斯·库恩在1962年出版的《科学革命的结构》一书中重点提及的概念，库恩认为：科学的发展是以一种科学共同体的形成标志，一种新的科学共同体的形成意味着一种思维方式的变革，"每一次革命都迫使科学共同体抛弃一种盛极一时的科学理论，而赞成另一种与之不相容的理论"②。相对于科学范式的更迭，人文研究中是否也存在着这种范式的替换呢？库恩认为："取得了一个范式……是任何一个科学领域在发展中达到成熟的标志。"③文论范式的改变是由于文论中某些因素位置发生了变化，媒介参与文论建构成为电子媒介时代文论话语转型的一个重要因素④，由于语言也是一种媒介，媒介的形式系统在一定程度上覆盖了作品的"语言形式"结

---

① 单小曦：《媒介与文学：媒介文艺学引论》，商务印书馆2015年版，第1页。

② ［美］托马斯·库恩：《科学革命的结构》，金吾伦等译，北京大学出版社2003年版，第5页。

③ 同上书，第10页。

④ 在《媒介文艺学对语言论文论的改造》一文中，单小曦将后语言论文艺学称为"媒介论文艺学"，对媒介文艺学对语言论文论的超越与改造进行了深入的分析，提出了建构媒介文艺学的一些基本思路。

构。在电子媒介时代，电子媒介的强势入侵文艺系统已经成为一个不争的事实，文学在文艺家族中的地位逐渐被边缘化，影视，网络文艺等图像艺术占据了文艺家族的中心位置，文论话语"四要素"——"世界—作者—作品—读者"也发生了相应的变化，从而导致文论话语转型。

一　从文学性到媒介性

M. H. 艾布拉姆斯在《镜与灯——浪漫主义文论及批评传统》第一章中的"一、艺术批评的诸种座标"一节中谈到"每一个作品总要涉及四个要点，几乎所有力求周密的理论总会对这四个要素加以分辨，使人一目了然。第一个要素是作品，即艺术产品本身。由于作品是人为的产品，所以第二个共同要素便是生产者，即作家。第三，一般认为作品总得有一个直接或间接的导源于现实事物的主题——总会涉及、表现、反映某种客观状态或者与此有关的东西。这第三个要素便可以认为是由人物和行为、思想和情感、物质和事件或者超越感觉的本质所构成，常常用'自然'这个通用词来表示，我们却不防换用一个含义更广的中性词——世界。最后一个要素便是欣赏者——即听众、观众、读者。作品为他们而写，或至少引起他们的关注"①。这就是著名的艾布拉姆斯的文学四要素理论。在艾氏看来，文学就是由世界、作者、作品和读者四个要素构成的，这四个要素之间不是彼此孤立的、静止的存在，它们之间相互依存、相互渗透、相互作用的，围绕着作品这个中心形成一个有机整体。也就是说，文学不是以作品的静态方式而存在的，而是以活动的方式而存在的。在以文学活动为中心的文学要素构成中，作品成为四要素的核心。那么，究竟什么是构成文学作品的核心

---

① ［美］M. H. 艾布拉姆斯：《镜与灯——浪漫主义文论及批评传统》，郦稚牛等译，北京大学出版社 2004 年版，第 5 页。

呢？在语言论的文论体系中，"文学性"是文学作品构成的前提条件。

"文学性"是语言论文艺理论追求的一个核心问题。自从俄国形式主义者在 20 世纪初叶提出"文学性"这一术语开始，文学性这一概念就成为衡量"文学"与"非文学"的一个基本尺度。罗曼·雅各布逊指出："文学学科的对象不是文学，而是'文学性'，也就是说使一部作品成为文学作品的东西。"① 在罗曼·雅各布逊这里，"文学性"是使文学成为文学的东西，这东西究竟包括哪些内容呢？"如果文学科学想要成为一门真正的科学，它就必须把'手段'看作它唯一的'主角'"②。这里所说的手段雅各布逊认为就是文学的修辞方式，文学在形式、语言、结构等方面的特性，这些特性在一定程度上还包括文学语言的陌生化，文学形式的变异以及文学修辞的各种技巧。归结起来，俄国形式主义者对"文学性"的定义主要表现在对文学"语言性"和"文字性"的探究方面。他们力求将文学研究从 19 世纪末叶经验实证和社会历史语境的包围中突围出来，恢复文学自身的特性。雅各布逊认为，要想把文学研究变为一种科学研究，就需要将文学的边界区分开来，这既是一种回归文学自身的研究策略，同时是一种本质主义的思维方式，既然要将文学作为一门单独的科学进行研究，就需要确定文学研究的对象，文学研究的对象既不是文学作品，也不是文学自身，而是使文学成为文学的东西，俄国形式主义者雅各布逊就认为是"文学性"，这里的文学性主要是文学的语言性和文字特性。

俄国形式主义之后，英美新批评继续对"文学性"问题展开研究，英美新批评从俄国形式主义者对文学语言形式"文学性"的关注转向了对文学文本具有的"文学性"的关注。文学文本的构成特征、文学文本组合方

---

① ［苏］罗曼·雅各布森：《现代俄国诗歌》，托多罗夫编选《俄苏形式主义文论选》，蔡鸿滨译，中国社会科学出版社 1989 年版，第 24 页。

② 转引自安纳·杰弗森、戴维·罗比《西方现代文学理论概述与比较》，陈昭全等译，湖南文艺出版社 1986 年版，第 9 页。

式是他们关注的焦点，这样一来，文学文本的语境构成是英美新批评者研究的首选。新批评的直接开拓者是美国诗人 T. S. 艾略特和英国理论家 I. A. 瑞恰兹。T. S. 艾略特的非个人化理论，I. A. 瑞恰兹的语境理论开创了新批评派对文学作品自身进行认真分析的先河。如果说 T. S. 艾略特的主要成就在于其诗歌创作，在理论上并没有给新批评带来新的奠基，那么，I. A. 瑞恰兹则为新批评带来了新的理论基础，他试图将现代语义学和心理学的知识带入文学理论之中，他的《文学批评原理》对后来新批评派的文学批评产生了根本性的影响。他的语境理论就是要求在细读文本的基础上将词语的意义置放在大的关联性语境中加以理解。他提出来的"词语—语境"关联的观点，经过后来新批评派的整理和研究而成为新批评派理论的方法论基石。在这之后，瑞恰兹的学生燕卜荪的博士论文《含混七型》将瑞恰兹的语境理论应用于批评实践，认为复杂的意义是诗歌一种强有力的表现手段，而诗歌意义的复杂性就是"含混"，这是新批评学派最早应用该派理论于批评实践的尝试。兰色姆是新批评派一位承上启下的关键人物，他提出对文学文本进行本体论研究的思路，将文学研究建立在文本中心论的基础之上。兰色姆在 1941 年出版《新批评》一书，对艾略特、瑞恰兹等人的理论进行总结和分析，并将他们称为"新批评家"，"新批评学派"由此诞生。该书的最后一节是"征求本体论批评家"，在兰色姆这里，本体论就是文学作品自身，对文学作品的研究本身就是对文学本体的研究。兰色姆的学生退特提出了诗歌的张力学说，沃伦对纯诗与非纯诗的区别，布鲁克斯的释义误说、语言悖论、反讽学说、比尔兹利的意图谬见和感受谬见，维姆萨特的象征和隐喻等都是立足于文学作品自身而建构的一种作品中心论的文论观念。在韦勒克、沃伦的《文学理论》中，他们将文学研究分为外部研究和内部研究，但他们认为文学的外部研究并不能真正地将一部文学作品分析得很清楚，而文学的内部研究关注的焦点就在于对文学作品自身的分析，而文学文本就是"语言符号—内在结构—外在价值"的统一体，对文学文本的研究既要注重对文学作品存在方式的研究，又要注重对文学作品中字词的语音（谐音、节奏、格律）研究、修辞（意象、隐喻、象征、神话）研究，文体和文学类型等研究。在他们这里，文学语言具有歧视性、暗示性和象征性，而文学的典型特征则在于文学的虚构性、想象性和情感性，这也是文学内部研究要求的"文学性"基本内涵。

由此，我们可以看出，俄国形式主义对文学性的研究集中在文学的语言性和文字性上面，到了新批评这里，他们对文学性的研究重点关注文学作品中词语的语音、语义、语境等问题的讨论。在对文学作品的分析中，他们注重在大的历史语境，上下文语境中探究具体词语的含义。而到了法国结构主义这里，他们重点关注文本的内在结构要素，文学性随之演变成为对文本深层结构的挖掘和对神话原型的追溯。文学性在结构主义这里，有时候是一种对文本要素的拆分和重组（列维·斯特劳斯对《俄狄浦斯神话》的分析），有时候又是一种功能结构（普洛普在《民间故事的形态》中总结民间故事的 31 种母题），有时候是三角结构（罗伯特·史柯尔斯的浪漫小说、历史小说和讽刺小说划分），有时候是一种序列结构（格雷马斯对神话要素的分析）。这种对文本深层结构模式探究的文学性在一定程度上变成一种数学分析模式，这在一定程度上也说明了传统的以语言文字、文学文本为中心的"文学性"研究走向了终结。

以语言为中心的文学作品的"文学性"研究走向终结，并不意味着"文学性"研究已经寿终正寝了。"文学性"向修辞性的扩展引发的"文学性"的蔓延已经引起了学者的关注①，向"媒介性"的扩展则未曾被学界关注。在电子媒介兴起的今天，"媒介性"在一定程度上成为文学研究的焦点问题。米勒在引用德里达的《明信片》一文中就提道："在特定的技术王国中（从这个意义上说，政治影响倒在其次），整个的所谓文学的

---

① 详细可以参见余虹《文学的终结与文学性的蔓延》，《文艺研究》2002 年第 5 期。

时代（即使不是全部）将不复存在。哲学、精神分析学都在劫难逃，甚至连情书也不能幸免。"① 在电子技术统治的媒介化时代，文学研究的时代将会不复存在。文学研究只存在于印刷技术时代，印刷技术使得"文学"这一概念得以产生，"在西方，文学这个概念不可避免地要与笛卡尔的自我观念、印刷技术、西方式的民主和民族独立国家概念，以及在这些民主框架下言论自由的权利联系在一起 。从这个意义上说，'文学'只是最近的事情，开始于 18 世纪末 19 世纪初的西欧"②。而"印刷技术使文学、情书、哲学、精神分析，以及民族国家的概念成为可能。新的电信时代正在产生新形式来取代这一切。这些新的媒体——电影、电视、因特网不只是原封不动地传播意识形态货真价实内容的被动的母体，它们都会以自己的方式打造被'发送'的对象，把其内容改变成媒体特有的表达方式"③。可以看出，印刷技术使得文学成为可能，而新的电子媒介将会以自己特有的方式打造文学，其文学的表现内容也会是电子媒介特有的表达方式。"媒介性"在这种特有的表达方式中占据着重要的作用。要论及"媒介性"，就要对"媒介"进行考察。何谓"媒介"？罗杰·菲德勒认为："（1）媒介是传输信息的工具；（2）一般指新闻机构，如报纸、新闻杂志，广播及电视等新闻部门。"④ 作为信息传输的工具，媒介经历了口语传播、文字传播和电子信息传播几个阶段，在信息传输的过程中，媒介首先作为物质性的载体而存在，无论是原始的石或者骨、锦帛，还是竹简，作为信息传输的载体，首先它呈现出一种物质性的特征；其次，媒介是一种信息的传输工具，作为工具性而存在；最后，媒介还具有技术性，媒介的每一次变革

---

① ［美］希利斯·米勒：《全球化时代文学研究还会继续存在吗?》，《文学评论》2001 年第 1 期。

② 同上。

③ 同上。

④ ［美］罗杰·菲德勒：《媒介形态变化——认识新媒介》，明安香译，华夏出版社 2000 年版，第 247 页。

都是在技术的推动下而前进的，特别是电子媒介，它更是电子技术推动的产物，媒介技术的更新促进了媒介形态的变化，而媒介形态的变化对信息的传输又起着基础性的作用。作为新闻结构，凸显出了媒介的社会作用。作为媒介的新闻机构，在社会中充当着舆论的喉舌，扮演着自己的社会角色，如果说媒介的传输功能意味着媒介的基础功能，而这一基础功能又是由技术革命发动的，那么，媒介的社会功能则促进了媒介对社会的介入，行使着媒介的社会作用，这在一定程度上促成了媒介文化的形成。如果说上述的两个关于媒介的定义是从传播学的角度对媒介的一种界定，那么，在《汉语大词典》中对媒介的定义就具有广义的性质："1. 说合婚姻的人……2. 使两者发生关系的人或事物"。① 在汉语语境中，媒介被作为使事物之间发生关系的介质而存在，作为一种关系性的存在，人与人，人与物之间发生关系都需要一定的中介，而这一中介被界定为媒介，这是一种广义的关于媒介的界定。

从上面对媒介的界定中我们可以看出：媒介一方面具有形而上的特质，它是人们相互之间发生关系的介质，同时它具有传播学的狭义含义；另一方面媒介是一种信息传输工具，它具有物质性，它在技术的推动下发生变革。它是一种新闻机构，通过它，可以形成一种媒介文化，对社会心理起到形塑的作用。

落实到文学上，电子媒介在当前的文学活动中也起到了非常重要的作用。电子媒介在文化中的运行方式主要通过信息技术打造的媒介性展现出来，电子媒介的媒介性除了一般媒介具有的"居间性""工具性"和"物质性"之外，还具有了技术性、民主性、虚拟性以及交互性的特征。下面分别介绍后四个特征。"媒介即信息"等媒介特性在文学中表现为文学活动的要素通过媒介而形成一个活动场域，媒介性成为文学存在的基础。其

---

① 《汉语大词典》，上海辞书出版社1989年版，第580页。

一，电子媒介的技术性促成了艺术主导门类发生了更迭。如果说语言论文论关注的是以语言艺术为中心的文学，那么，在电子媒介的侵入下，文艺领域发生了扩充，语言文学不再作为艺术的主导类型，而由电子媒介主导的影视艺术、多媒体的网络艺术成为艺术门类的核心。在这些艺术门类中，"语言性"因素逐渐的让位给"媒介性"因素，没有电子技术的支持，这些艺术门类就失去了存在的基础。从上面米勒的分析中可以看出，近代以来文学成为艺术的主导原因在于现代印刷媒介的产生以及相应的民族国家意识的兴起，在其中，民族语言对民族国家的兴起起到了决定性的作用。而电子媒介时代，技术因素让"图像"制作简易使得图像艺术成为艺术的主导类型，媒介性因素在"图像"艺术中占据着主导的地位，"电子媒介决定了影视图像的普遍性流通，图像形式对跨文化和全球化起到了不用转译就能辨识的沟通作用"①。以语言为主导的文学艺术（曾在民族国家兴起中的重要作用）在全球化面前成为壁垒，而电子媒介时代的"图像艺术"则能够在全球化的交流中获得沟通的可能。其二，电子媒介的民主化特性改变了作家的身份。作家身份由于媒介的不同会发生相应的改变。在口头语言时代，语言还没有被文字固定，作家通过言说方式展现自己的身份特征。这样，具有表演天赋和言说能力的"游吟诗人"成为口头语言时代的作家身份的象征。在文字表达时代，文字固定了语言的表达秩序，书写成为文字固定的方式和方法，"文学与书写"的理性化促使作家自我意识得以形成，书写作为一种能力，不是每一个人都具有的。作家具有书写能力就拥有了一种文化上的权利，这种文化权利是其身份的象征。在印刷媒介时代，作家创作的作品通过机械复制获得广泛的传播，读者对其作品的接受是在生产者不在场情况下的自由阅读，读者有着自己的独立思考的可能，不再是一种被动的信息接收，因而作家的身份霸权也在逐渐消解。在电子媒介时代，由于电

---

① 张法：《走向全球化时代的文艺理论》，安徽教育出版社 2005 年版，第 191 页。

子媒介的民主性、广泛参与性等特征，作家的霸权身份进一步消解，读者在一定程度上参与到文学作品的创作之中。其三，电子媒介直接充当一种创作工具，文学作品与媒介之间的关系更加接近。电子媒介本身就是一种工具，具有技术性和交互性的特征：网络写手在网络上创作，电子媒介本身已经成为作家创作的一个重要组成部分，没有电子媒介提供的虚拟网络空间，网络文学也不会存在，更不会蓬勃发展。如果说作家以手中之笔来从事创作，那么，网络写手凭借的电子媒介已经不仅仅是一种创作的工具，而成为网络文学作品的一种存在方式。其四，电子媒介拉近了读者与作家的距离，读者可以直接参与到文学作品的创作之中。电子媒介的交互性使得作家与读者之间实现了"零距离"互动，网络作为虚拟中介，拉近了读者与作家的距离，真正实现了"读者即作者"的梦想。

从"文学性"到"媒介性"的转移是电子媒介时代文论话语转型的前提和基础。如果说艾布拉姆斯对文论四要素的强调以作品为中心，重点在于作品的"文学性"与"语言性"，那么，在电子媒介时代，由于文艺主导类型的变迁，"图像艺术"成为文艺的主导类型，"媒介性"则成为文论关注的核心问题。艾布拉姆斯的文论四要素范式将向以"媒介性"为主导的五要素转移①，这种转移的过程如下图所示：

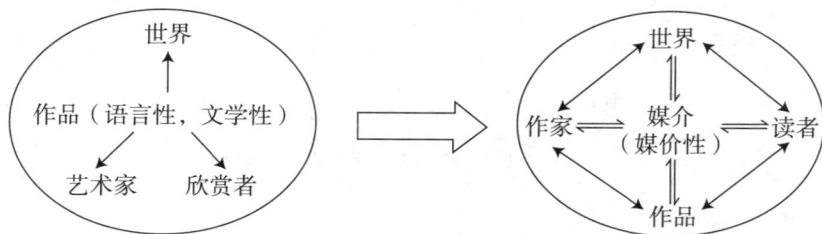

----

① 关于文论五要素的建构，单小曦在《媒介与文学——媒介文艺学引论》中已经有所交代，并进行了初步的论证，但是对于文论话语中的四要素在电子媒介时代发生了怎样的话语转型，他没有做进一步的论述。

从上图可以看出，在艾布拉姆斯的四要素理论中，作品作为四要素的核心，强调作品的文学性与语言性，其他三个要素围绕着作品这个中心展开，而在电子媒介时代的文论五要素中，媒介处于文论五要素的核心，其他四个要素依靠媒介这一要素才能互相作用，而媒介则可以与其他四个要素之间形成循环往来的关系。由于媒介要素的增加，作为一种稳定的"范式"结构就会发生动摇，四要素的文论话语系统将会发生相应的转型。

二 世界：从"三个世界"到"四个世界"的转型

由于媒介变革，在文学活动中，当作为核心因素的"文学性"开始向"媒介性"转移的时候，作为文学活动基本要素之一的"世界"在数字媒介的推动下也发生了转型。在艾布拉姆斯看来，世界是文学作品的来源，由客观世界和主观世界两个方面构成。客观世界包括自然界和人类生活的社会历史现实，主观世界则就是受到客观物质影响的人的主观感受，包括思想情感以及超感觉（直觉）。文学总是在一定程度上反映着世界图景。人们可以通过文学来认识这个世界，这构成了原初的文学观念"模仿说"。

在西方文论史上，强调文学与世界的关系，构成了古希腊原初的文学观念——"摹仿说"。古希腊哲学家德谟克利特率先提出了"艺术摹仿自然"学说，认为"从蜘蛛我们学会了编织和缝补，从燕子我们学会了造房子，从对天鹅和黄莺的唱歌的模仿我们学会了唱歌"①。这里的摹仿仅仅是一种生活现象描述，并未涉及语言艺术的模仿，摹仿对象也未转到人类生活的领域。智者派实现了从对自然问题的关注转向对社会生活问题的关注。柏拉图则重点阐释和扩充了"摹仿说"中的思想深意。柏拉图认为：理念是世界的本源，是真实存在的，而自然世界只是理念的"影子"，模

---

① 伍蠡甫、蒋孔阳主编：《西方文论选》上卷，上海译文出版社1979年版，第5页。

仿自然的艺术则是"影子的影子"。柏拉图主张"艺术摹仿理念"，而理念又不是直观的、显现的，艺术只能通过摹仿自然而得以存在，这就直接否定了艺术存在的合法性，因为艺术与真理隔了三层。他的学生亚里士多德则认为，现实世界本身是真实的，艺术模仿的世界是真实可见的世界，艺术可以通向真理，艺术模仿的对象是"行动中的人"，是人的性格、感受和行动。可以看出，文学"模仿论"的真正实践者为亚里士多德。在《诗学》中，亚里士多德用相当长的篇幅来谈论艺术的"摹仿"问题，在西方文论史真正奠定了摹仿论的基石。

文艺复兴时期的"镜子说"在一定程度上是对"摹仿说"的一种改造，这也是近代文学"再现观"的雏形。达·芬奇将绘画艺术喻为"摹绘"自然的镜子。在他之后，文学被喻为镜子，这意味着文学是运用语言的艺术对自然的映射。在塞万提斯和莎士比亚那里，实现了"镜子说"由造型艺术领域向语言艺术领域的转换。"镜子说"于是成为西方近代以来文论主潮之一，集中体现了那一历史时期文学观念对世界的基本理解。

文艺复兴之后，随着西方文学实践的发展，文学—世界关系得以极大拓展与深化。现实主义文学就继承了"文学模仿论"的精髓，强调文学对社会现实的能动反映和再现，从而形成了一种独特的"文学反映论"。这类文学"再现论"通过"现象—本质"结构，即要求作家通过经过艺术处理的社会现实，来透视和展示出隐匿在其后的深度社会历史本质。最终将这种"现实再现文学观"推向极致的，是俄国的现实主义作家。他们认为艺术是社会生活的反映、呈现和复制。他们既强调了文艺对现实生活的依赖关系，亦重视作家借"思想之力"来洞察生活的内在"本质"。

18世纪后半叶已经形成的欧洲浪漫主义文学运动也持一种"艺术真实观"，即"表现真实"或"想象真实"的观念。浪漫主义与"镜子说"形成明显对峙，后者要求文学与现实越符合就越真实，前者则诉诸"诗情"的真实，这种文学真实的观念，正折射出文学"再现观"的"向内转"，就是从对外在世界的"再现"转向对内心世界的"表现"。

盛行于 19 世纪后半叶的唯美主义的文学"再现",已经穿越了浪漫主义"再现"内心的阶段,而步入了艺术"再现"自身的阶段,"唯美主义"的信条否定了真与美统一的可能性,也即否定了"文学真实"的存在,唯美主义力求通过原本与摹本关系的倒置来"再现"世界。与唯美主义摈弃真实相反,19 世纪后期的自然主义文学极力追求小说所谓"真实感"。自然主义不仅拘泥于生活中的个别事物,注重对周遭环境和生活琐事的细节描写,而且主张抛弃艺术概括、想象或理想之类的艺术法则,以求得更为客观的、更为科学的真实。也就是说,自然主义试图通过对原本的趋同来"再现"世界。

结构主义的出现开始动摇"文学可以再现世界",结构主义开始置疑和反诘西方"文学再现观"的悠久传统。结构主义关注文学内在的"语言结构"问题,在文学和世界的关系问题上,结构主义者始终认为在这种关系不在于内容上或形而上的相似或同构,而在于语言结构对世界的构成与组合,也就是以语言来构成、建构世界经验。这可以说是"文学再现论"的一次"哥白尼式革命"。结构主义大致可以作为一个历史性的标志,表明了一种对文学与世界关系的新理解,是对传统"再现"观念的超越。

新历史主义者则采取了另一种策略来质疑文学"再现"论。从"作者—作品—读者—世界"的四维结构来看,新历史主义开始聚集于"世界"这一维度。且新历史主义的新意或动机在于"改变"世界和参与"文化",因为他们更加重视文本与历史、文化、身份、意识形态之间相互缠绕,从而走向对文学"再现论"深度怀疑。

从西方文论"再现观"的梳理可以看出,世界是文学的基础,文学活动可以被看作对世界的一种特殊反映,文学世界反映的是作者经过审美体验后的"生活社会"的"经验和意志世界"的产物。文学"再现论"强调的是"作品"与"世界"不可分割的关系。人生活在社会这个大环境里，就会被外在的世界环境所潜移默化。创作艺术作品的人——作者是以感觉、感受外在的世界，所以在文学中出现的即使是观念的东西，也不外乎是"移入人的头脑并在人的头脑中改造过的物质而已"，也就是他在自身实践活动范围内的基础上发展起来的那种"对现实世界的反映"。

人类生活的世界究竟是如何组成的，奥地利科学哲学家卡尔·波普尔提出"三个世界"① 理论是我们理解"世界"理论的基础。在波普尔看来，人类生活存在着三个世界。他把物质实体和物理状态的世界称作"世界1"，这是一个客观自然世界和物理状态的世界，如物质和能量，天体、粒子、生命等。他又把人类主观的世界称作"世界2"，包括人的心理、情感和意志，是人的精神或心理的世界；而"世界3"是指人类精神生产及其物态化的世界，是通过人的脑力劳动展现出来的一个"知识世界"，构成这个世界的要素既有语言、文字、理论、绘画、文学等客观知识和艺术作品，也有体现人的意识的人造产品如房屋等。"三个世界"理论对我们探讨人类生活世界构成具有重要的理论参考价值，在文学反映的世界中，既有再现的"世界1"，又有表现的"世界2"，还有文学世界自身构成的"世界3"。但在电子媒介时代，"三个世界"理论已经不能适应现实发展的需要，电子媒介兴起展现的网络虚拟世界已经成为我们生活的一个重要组成部分。因而学界有人提出②，当今的人类世界应该有"四个世界"，即客观的自然世界（世界1）、主观的精神世界（世界2）、精神生产的世界（世界3）、网络虚拟化世界（世界4），人们就生活在由这"四个世界"相互交织的生态环境之中，人类的文学活动也与这"四个世界"相互交织在一起。

---

① ［英］卡尔·波普尔：《波普尔思想自述》，赵月瑟译，上海译文出版社1988年版，第254—264页。

② 见张之沧的相关论文，《从世界1到世界4》，《自然辩证法研究》2001年第12期；《"第四世界"论》，《学术月刊》2006年第2期。

客观的自然世界（世界1）是人类生存的基础，是人类获得生存的来源，影响并制约着人类的活动。这是文学"再现论"中展现的世界存在方式。人类通过实践获得意识，意识的积累逐渐构建起人类的精神世界（世界2），这一世界主要由人类主观的精神体验构成，内在的心理感受、主观的精神状态等都是世界2的构成部分，这是一个有别于自然世界客观性的主观世界，是人类在实践基础上获得的主观意识堆砌而成，这是文学"表现论"展示的世界。当人的意识发展到一定程度，人类就有了一种表达自我的冲动，在长期的社会实践活动中，随着生产力的发展，精神生产独立出来，人对于自然世界有了自己的体验，他们将自己的体验和情感抒发出来，渐渐就成为了作家。"世界3"是满足人类精神生活需要的产物，是人类精神体验、心理活动的客观再现和反映。波普尔认为："第一世界和第三世界之间以第二世界为中介。"① "世界3"是对"世界1"和"世界2"的客观反映，精神在"世界1"和"世界3"之间建立起桥梁。"世界3"的作用在于："一方面，'世界3'是人类智力活动的产物，是人造的；另一方面，它同时又是超越人类的，即超越了自己的创造者，但是这种人造性并不排除实在性，相反它的实在性包含着两重含义：一是它们在'世界1'中的物质化或具体化；二是它们自身的自主性和独立性。"② "世界3"存在后便独立于"世界2"，以客观存在的方式成为"世界1"的一个重要组成部分，这从另外一个方面也就说明了"三个世界"理论展现的世界是一个实体的世界。

随着电子技术的发展，人类迎来了数字时代。数字时代给我们带来了一个全新的世界，这是一个由电子技术与人类精神活动共同构建的虚拟化的世界，即网络虚拟世界，我们将其称为"世界4"，这是一个由电子信息

---

① ［英］波普尔：《客观知识——一个进化论的研究》，舒炜光译，上海译文出版社1987年版，第165页。

② 张之沧：《从世界1到世界4》，《自然辩证法研究》2001年第12期。

技术打造的全新的世界，是信息技术革命的产物。"世界4"作为一个网络虚拟世界与前面所述的"三个世界"之间关系密切，但实质上有所不同。在"世界4"中有模拟"世界1"的如虚拟宇宙、虚拟地球等，有取源于"世界3"的，如虚拟战场、虚拟鬼怪等，也有模拟"世界2"的人类精神世界的展现等。"它将光、电、色、能、数与信息集于一体，创造出一个源于自然、高于自然，源于人类、高于人类，源于信息、高于信息的新世界。"① 这个世界通过"信息"的组合而形成一个虚拟世界，是通过信息革命打造的一个仿真的世界。"世界4"与前三个世界最大的不同就在于它是一个"虚拟的世界"，不再是一个实在的世界。"世界4"拓宽了人类活动的范围，人们在虚拟世界的游戏中获得的"虚假"真实感在某种程度上比"世界1"自身更加真实，在其中获得精神的愉悦感、满足感比"世界2"更加丰富。作为虚拟"世界4"的生成给我们带来了不同的认知世界的方式，迈克尔·海姆总结认为，网络打造的虚拟空间由七大特征：模拟性、交互作用、人工性、沉浸性、遥在、全身沉浸、网络通信。② 这七大特征与实体世界是完全不同的。

多重的世界拓宽了人类的活动范围，也给文学创作活动提供了更多的表现内容。文学创作的世界是属于"世界3"的范围，它们可以是对"世界1"的反映，如陶渊明的山水田园诗，在对山水的描写中，寄情于景；也可以是"世界2"的反映，如卡夫卡的《变形记》对人类现代生活的思考，现代的意识流小说对意识流动的展现等。而"世界4"的出现则打破了文学创作依赖实体世界的局限，为文学拓宽了新的创作空间，如在网络上创作小说，网络写手通过网络的虚拟性、快速流通性、公开性获得阅读者的点击率来获得相应报酬，这是"世界4"对文学创作方式的影响；在

---

① 张之沧：《从世界1到世界4》，《自然辩证法研究》2001年第12期。

② ［美］迈克尔·海姆：《从界面到网络空间——虚拟实在形而上学》，金吾伦等译，上海科技教育出版社2000年版，第113—119页。

内容上，一些描写"网游"等网络生活的小说也应势而生，极大地丰富了读者的阅读视野。"世界4"因为其虚拟、开放的特性，可以极大限度地超越时间与空间的限制，甚至可以使多个空间同时存在，这种"数字交互性"可以让网络作家与读者实现即时的互动，真正地实现创作自由。对于文学活动来说，虚拟空间的七大特征都参与到文学活动中来，虚拟世界是一个通过数字技术模拟的世界，网络文学（广义的来说是一种数字文学）创作意味着在一个虚拟环境中的感官沉浸，网络互动小说、接龙小说、超文本小说只能生存在网络虚拟的世界之中，在这一数字化文本结构——超文本系统中，读者的参与导致了文本的改写甚至重写是数字"交互作用"的必然产物。因而，"世界4"的增长对文学活动有着极大的影响，"电脑、因特网带给我们的不仅仅是作为工具的技术，它们已经造成了人们新的生存方式、生活方式、思维方式和价值观"①，"世界4"带给文学的不仅仅是创作方式的变化，更是一种文学存在方式的转变。

从"三个世界"向"四个世界"的转移为文学活动拓展了多重空间，也为文学创作带来了新的挑战，随着信息技术的不断普及，"世界4"将给人们的生活带来越来越大的影响力，文学创作对"世界4"的涉足，也会随着网络的普及化而逐步扩展。同时，"世界4"的增长也引发了文论体系中作者、作品和读者话语的转型。

三　作者：从个人性创作者到集体性制作者

"作者"在文论话语体系中是一个非常重要的概念，"无论是艾布拉姆斯的'四要素'说还是拉曼·赛尔登的'五要素'说，依然将'作者'

① ［美］迈克尔·海姆：《从界面到网络空间——虚拟实在形而上学》，金吾伦等译，译者前言，上海科技教育出版社2000年版。

视为文学活动的核心要素之一"①。在这里，作者作为文论中的一个核心要素，我们将其范围主要界定在文学及其文论的范围内，而不是在哲学范围内讨论作者问题。艾布拉姆斯在文论四要素中对作家（艺术家）问题的强调说明了"作者"问题的重要性。作者通过对世界的体验，将世界通过个人的审美体验转化为一个可供给读者体验的文艺作品，作者是文学作品的创造者。

"作者理论"源远流长。西方的"作者理论"中，最古老的就是柏拉图的"迷狂说"。诗人失去常人的状态，用灵感写出作品。诗人被认为是神的代言人，诗人创造诗篇代神说话。"因为诗人是一种轻飘的长着羽翼的神明的东西，不得到灵感，不失去平常理智而陷入迷狂，就没有能力创造，就不能做诗或代神说话。"②继柏拉图之后，《圣经》被人们认为是先知所写，但也是圣灵附在先知的身上借他之手所创作的。这里也暗示了作家是一个创作者，而不是摹仿者。在文艺复兴时期，诗人开始成为理性的代言人，他们在创作中传递真理。这一时期，作者对作品的主宰是上帝式的，拥有至高无上的权威，他赋予文本意义并通过文本传递他的思想。在康德这里，作家成为了"天才"，天才为艺术制定规律，天才是为文学写作立法的。浪漫主义诗人雪莱就曾提到"诗人，也就是想象并且表现……规则的人们，他们不仅创造了语言、音乐、舞蹈、建筑、雕塑和绘画，他们也是法律的制定者，是文明社会的制定者，是人生百艺的发明者，更是导师"③。他在这里所说的意思与康德一致，将作家看作作品的创造者、意义的创造者，作家具有天才的能力，为文学制订规则。浪漫主义传统中的作者理论强调情感在艺术中的绝对价值。英国诗人华兹华斯认为："诗是

---

① 张永清：《历史进程中的作者（上）——西方作者理论的四种主导范式》，《学术月刊》2015 年第 11 期，第 101 页。
② ［古希腊］柏拉图：《文艺对话集》，朱光潜译，人民文学出版社 1963 年版，第 7 页。
③ 缪灵珠：《缪灵珠美学译文集》（第三卷），中国人民大学出版社 1998 年版，第 137 页。

强烈情感的自然流露。"

20 世纪以来，以作者为中心的文学理论受到了极大的冲击，作者的主体性被淡化，作者的权威受到了挑战，作者不再是神的代言人或是理性的发言人。作者的写作被喻为编织，而作品被喻为编织物。英俄形式主义者关注文本的形式结构，主张作品与作者的分离，作者的地位被边缘化，作者的权威性在下降。结构主义关注作品的语言结构，作家不过是这种语言符号的附属品，因而作者不再如浪漫主义文论传统论中所言是至高无上的决定者。20 世纪 60 年代，法国当代文学理论家罗兰·巴特提出："文本诞生，作者已死。"这句话的意思并不是真的指作者已经死亡，而是指当作者创作完成一部作品，在他完成的瞬间，他和作品之间的关系就结束了。这个已经完成的作品的命运都要交由读者去解读，而作者本人对这部作品的解释已不具影响力。福柯通过运用"谱系学"的方法及其"权利""话语"理论对作者做了谱系学的研究。他认为，作家写作的本质在于制造一个话语的开端，话语产生之后，作者就会退场。因而，不能从作品中去把握作者的存在，而应该从话语权利关系中去把握作者的离场、死亡抑或复活。继作者的离场与死亡之后，复活成为作者理论的焦点。因而，后结构主义之后的作者理论以反思"作者之死"理论切入点，探究作者复活的各种可能性。"作者死亡"仅仅是一个隐喻，说明作者在文本结构中的退场，而宣告作者死亡则意味着作者是存在的。当我们在阅读文本时仍然在揣测文本的意图，那么作者的权威并没有消失，作者与读者的关系在"文本"系统中变为一种交流对话的关系，但作者作为文本创造者的界定并没有消亡。

从西方文论中作者理论的演变历程我们可以看到，作者的地位在文艺活动中不断下降，作者从代神立言、天才般的立法者到"作者消失、作者死亡"。在作者与作品、读者的相互关系中，"作者"作为文学作品创造者的身份并没有因为作者地位的下降而发生改变。文艺作品还是源于作者的创造这是一个不争的事实。也就是说，作者的地位从神化走向解神化（天才），最终"消失"，但作者的身份——文艺作品的创造者并没有改变，但随着电子媒介的兴起，作者的身份发表了根本性的变化，作者在电子媒介生产的文艺作品中，不再是一个单独的个体概念——作家，而转变成为一个群体概念——文艺作品的制作者。

文学创作中的"作家"个人性特征是非常明显的。无论是代神立言的诗人，还是为艺术立法的天才，他们的创作都是个人行为。而在以电子媒介为基础的影视艺术中，其生产过程已经不再是个人性的行为，而演化成为一个集体性的行动。文学创作的一个最重要的特征就在于作家的独创性，只有这个作家才能创作出这个作品，《红楼梦》只能是曹雪芹创作的，高鹗的补充文本与曹雪芹之前的文本还是有文气上的不连贯。作家个人创作的独特性体现在神秘的灵感、天才的创造和无意识的呈现上，作家通过个人独创性的创造，创作出来的文学作品，艺术性是主导。影视艺术的生产已经突破了个人性的独创，成为集体创造的产物。在影视生产中，首先需要有制片人和编剧，这是影视艺术生产的前提：没有制片人筹募资金、安排整体的拍摄计划和后期的营销，影视生产就不会进入实际生产阶段；没有编剧的影视脚本创作，影视生产就会成为无源之水。进入具体的影视生产过程中，导演根据剧本的情况安排分镜头的拍摄，人和物全部都要进入拍摄场地。在人方面，导演，演员、灯光师、摄像师，录音师、布景师、美工等要分工协作，这些人员也不是单个人，导演有总导演、助理导演；演员有男女主角、男女配角以及剧本里各个角色扮演的演员，群众演员等；录音师有麦克风操作员、声效控制员等。在物方面，有拍摄背景装置、摄像机、灯光、传声机和录音设备等。在拍摄阶段，导演、摄像师和分镜头设计师就处于主导的位置，"拍摄"成为影视生产的关键，要"拍摄"就需要拍摄的机器。这个时候，影视生产的技术型因素凸显出来，没有电子技术支持的"摄像器"的存在，影视生产也不可能发生。所以在影视生产的具体环节中，导演、演员、分镜头设计师、摄影师和后期的剪辑师是五个非常重要的参与者。影视生产与文学生产相比，就不再是一个单一化的个人性的独创，而是一个集体性的生产行为。在这种集体性的生产方式中，技术性因素已经压到了艺术性因素成为影视生产的重要组成部分。

影视生产是高度技术化社会的产物，光学技术和电子技术支撑着影视艺术的生产，如果说文学创作以"文学形象"来打动和吸引读者，那么，影视生产则是以高科技的虚拟影像来吸引观众，通过数字模拟技术，远古的恐龙、血腥的战争、深海的沉船、遥远的太空都能够活灵活现地展现在观众眼前，因而影视生产首先是一种以"技术化"为内核的生产方式。因而在生产方式来看，影视生产与文学创作法则完全不同，如果文学创作是以作家的体验为基础，通过作家的体验将生活现实展现出来，将个人情感表达出来，体现出来的是一种独创性和个人性的"创造"，那么，在影视生产中，个人性的"创作"已经不复存在，集体性的"制作"相应而生。因而在电子媒介时代的艺术生产中，"灵感""创造"等被"机械复制"所掩盖，这也就是本雅明所说的艺术"韵味"消失的原因，艺术千篇一律、同质化，这主要是因为艺术已经不再是独创性艺术家创作的产物，而是一种分工合作紧密，联系密切、整体划一的文化工业的产物。在作者话语从"创作者"向"制作者"转型的过程中，个人性让位于集体性，艺术性让位于技术性，而最终遵循的则是一种市场化的商业逻辑生产理念。

在电子媒介时代，文学的这种集体化的商业生产逻辑也不鲜见。网络文学的产业化使得传统具有个性化的文学创作演变成了一场文化产业的盛宴。从《甄嬛传》到《致我们终将逝去的青春》再到《琅琊榜》，随着网络文学影视改编引发的轰动效应，网络文学的产业化已经将传统的文学创作纳入一个整体的文化产业链条中。2015 年年底，在武汉光谷互联网文学高峰论坛暨 IP 交易会上，网络作家方想的新作框架《五行天》IP 版权以

800万元成交成为当年网络文学的一大焦点。这是一部预期300万字的超长篇小说，在当时只写了一个故事梗概和4万字的初稿，其网络知识产权竟然能够卖到800万元，原因在于买方公司看中了这部以"网络IP"为中心形成一条产业链。"网络文学IP"（IP是英文Intellectual Property的缩写）即网络文学的知识产权，包括商标权、著作权、改编权等。一个网络文学IP可包含网络小说及其一切由该小说衍生产品。耗资800万元购买的网络小说《五行天》，目前仅有一个作品构架，购买该产品的公司的"画师团队开始为《五行天》的人物设定画好了原型图；内容团队和作者方想一同头脑风暴'大开脑洞'，在不干预创作的前提下，为故事提供更多的创意；微博、微信运营团队，会根据《五行天》的写作进程，配合相应的宣传、推广。而一同合作的影视、游戏公司，均可在这一框架下共同开发，打造风格更统一、更精致的产品"。① 由此可见，网络文学的创作已经不再是个性化独创，而成为一个文化产业团队的集体包装，数码技术在其中起到了非常重要的作用，后期影视制作、网游、手游的开发都建立在码数技术的基础之上，其目的就是获得经济利益的最大化，其本质在于满足市场需求的标准化产品生产。

在电子媒介时代文艺的主导范式影视艺术和网络文学中，文艺的作者已经从传统的具有个人性、艺术性和独创性的"创作者"转变为集体性、技术性和市场性的"制作者"。艺术已经不再是个人性的天才的心灵独创，而成为一种技术主导下的机械复制，这时候的艺术生产已经成为被经济原则主宰下文化产业，"从作者核心到产业主导"②，这种转型反映在文艺作品上，表现为文艺作品的存在方式已经从传统的"语言主导"向"图像主导"转型。

---

① 肖娟：《一部小说能成一条产业链——武汉创客800万买下4万字文学作品》，《长江日报》2015年11月12日第11版。

② 张法：《走向全球化时代的文艺理论》，安徽教育出版社2005年版，第181页。

四 作品：从语言主导到图像主导

作品，在艾布拉姆斯文论"四要素"中占据中心的位置。作品既是作者对世界进行体验、观察、分析和把握的结果，又是读者阅读的对象。中外文学作品理论形态各异，但是在文学活动以文学作品为中心的这一点上是一致的。在通常意义上，文本和作品具有相同的含义，如果要进一步地分析作品和文本的差异，我们可以说作家创作出来的文学文本在读者的阅读过程中变成了作品，作品即文本加上读者的阅读。

"文学是语言的艺术"是我们对文学的一个基本界定，从这一界定出发，我们可以认为文学作品就是以语言文字为主导的文本。但语言在文学中究竟起到什么样的作用呢？一般来说，语言在文学中具有工具论和本体论的功能。中国古典文论语言基本上充当文学的工具，无论对文学作品的结构的分析、文体的描述，语言都是文学的一种载体和工具。"文笔之辩"涉及文学与非文学的区别，有韵为文，无韵为笔，这是中国古典文体认识的一个重要收获。"言、象、意"的关系涉及文本结构问题。王弼在《周易略例·明象》中就提出作品存在"言、象、意"三要素说，"意以象尽，象以言著""言者所以明象，得象而忘言；象者所以存意，得意而忘象"，"象生于意而存象焉，则所存者乃非其象也；言生于象而存言焉，则所存者乃非其言也"。这样就把文学作品看作是一个由"言、象、意"整体组成而不可分割的有机结构。在这个有机整体结构中，言处于最基础的位置，没有语言载体，作品的形象和意义都不复存在。在工具论的语言观中，语言作为文学的载体和工具，充当表达文学思想情感和观念形态的工具，文学思想和内容具有优先的地位，语言则处于被思想内容决定的位置。柏拉图认为诗人只知道摹仿，"借文字的帮助，绘出各种技艺的颜色"，而"他的听众也只凭文字来判断"①。语言文字在其文论话语系统中是作为工具来使用的。亚里士多德认为悲剧是对人行动的模仿，而模仿的中介是语言。中世纪但丁提倡的俗语写作，也是从俗语能够表达思想内容方面着手的。现实主义的理论家在用文学表达对社会现实的理解时，语言也是作为工具来加以使用的。"在诗的作品里，每个字都应该求其尽力发挥为整个作品思想所需要的全部意义，以致在同一语言中没有任何其他的字可以代替它。"②高尔基认为："文学的第一个要素是语言，语言是文学的主要工具，它和各种事实、生活现象一起，构成了文学的材料"③"语言是一切事实和思想的外衣"④。他们对文学中语言问题的重视主要是建立在语言是表达思想内容的工具这一基础之上的。当语言作为文学表达的思想工具，作为文学观念的呈现载体时，文学作品的语言构成成为文论关注的焦点，中国古典文论话语中的言、辞、文、采、华等就属于语言形式的因素。在工具论语言观里，语言仅仅是作为文学形式而存在的。

20 世纪西方哲学的"语言论转向"也引发了文论研究中的"作品中心论"转向。在作品中心论的文论体系中，语言不再是文学思想内容的传递工具，相反，语言成为了文学的本体。在英俄形式主义文论中，文论研究的重心转向了文学作品形式自身，语言所构成的文学形式是文学的本体。英国文论家 S. H. 奥尔森认为："一部文学作品，不论是写出的还是说出的，都是一种语言的表达，它是一种表达，由说话者发出，在时间中的某一点传给接受群，同其他表达一样，它包括词和句子的组排列合，形成

① ［古希腊］柏拉图：《理想国》（卷十——诗人的罪状），《柏拉图文艺对话集》，朱光潜译，安徽教育出版社 2007 年版，第 85 页。
② ［俄］别林斯基：《莱蒙托夫的诗》，《别林斯基论文学》，梁真译，新文艺出版社 1958 年版，第 225 页。
③ ［苏］高尔基：《和文学青年谈话》，《文学论文选》，人民文学出版社 1958 年版，第 294 页。
④ 同上书，第 296 页。

有意义的传递形式。"① 形式作为文学本体，在兰色姆看来，文学作品是由结构（structure）和肌质（texture）构成，结构是作品的逻辑呈现，肌质则是作品的具体呈现，作品的本体在于肌质的呈现，而不是逻辑的呈现。兰色姆在这里强调了文学作品细节描述的重要性，将理念、逻辑等因素抛弃在文学性在外。布鲁克斯认为，对作品求解原意是有"迷误"的，如果要用命题的形式来表达作品的意义，除非借助隐喻的方式，"运用隐喻，就一般的主题思想来说，包含着一个间接陈述原则，对于一个特殊的意象和陈述语来说，它包含着一个有机联系的原则"②。而诗歌的语言则在于悖论，"悖论正合诗歌的用途，并且是诗歌不可避免的语言……很明显，诗人要表达真理只能用悖论语言"③。与"新批评"主要关注文学作品语言的"含混""反讽""悖论"和"张力"不同，法国结构主义则强调作品语言的普遍联系和内在结构，它关注的是作品的语言系统和文本惯例。"结构没有特定的内容；它本身就是内容，这种内容可以理解为是当作真实属性的逻辑组织中所固有的。"④ 结构本身就是内容，内容是由语言的内在结构组成。在海德格尔看来，"语言，凭借给存在物的首次命名，第一次将存在物带入词语和显象。这一命名，才指明了存在物源于其存在并达到其存在"⑤。海德格尔将语言视为存在的家园，因而更是文学的本体之所在。伽达默尔认为"谁拥有语言，谁就拥有世界"⑥，他通过语言来阐释存在，那么，作为文学作品的本体也在于语言。罗兰·巴特将

① ［英］S. H. 奥尔森：《几种文学理论的分类及其检视》，《文艺理论研究》1993 年第 6 期，第 91 页。

② ［美］布鲁克斯：《反讽———一种结构原则》，袁可嘉译，赵毅衡选编《"新批评"文集》，中国社会科学出版社 1988 年版，第 334 页。

③ ［美］布鲁克斯：《悖论语言》，赵毅衡译，赵毅衡选编《"新批评"文集》，中国社会科学出版社 1988 年版，第 314 页。

④ ［法］克洛德·莱维·斯特劳斯：《结构人类学》第 2 卷，俞宣孟等译，上海译文出版社 1999 年版，第 127 页。

⑤ ［德］海德格尔：《诗·语言·思》，彭富春译，文化艺术出版社 1991 年版，第 68 页。

⑥ 伽达默尔：《真理与方法》（下卷），洪汉鼎译，上海译文出版社 2004 年版，第 588 页。

文学语言作为一种符号系统来研究，文学语言的本质不在它传达的信息里，而在该系统自身之中。语言作为一种符号系统的本质只能从语言自身寻找，任何从外部形式或者内部结构来寻找语言本性的做法都是站不住脚的。

在语言主导的文学作品理论中，语言或者作为文学作品的形式要素，呈现出载体的功能；或者作为文学作品的本体要素，呈现出语言本体功能。随着电子媒介的兴起，电影、电视和网络的普及，以"语言"为主导的作品逐渐让位于以"图像"为主导的作品。以"图像"为主导的作品理论是如何形成的呢？我们首先需要考察文学在整个文艺体系中位置的变迁历史。在古代中国，诗、书、画是最重要的艺术门类，诗文是艺术之首，近代以来，随着印刷媒介技术的发展，报刊的兴起和繁荣，小说成为文学最重要的门类。而电子媒介兴起以后，影视，网络文艺成为当代最重要的艺术门类，这一方面是因为我们每天都接触电子媒介，我们每天的工作和生活与电子媒介密切相关，在电子媒介上我们花的时间最多，电子媒介对我们的影响也最大。在艺术门类上，文学主体已经逐渐让位给了电子艺术主体。因而由"语言"主导的文学艺术逐渐边缘化，由"图像"主导的电子艺术则成为电子媒介时代文艺的主体。

文学是语言的艺术，语言无论是工具还是载体都是文学的重要组成部分；而电子艺术是图像的艺术，"图像"在电子艺术中占据了重要的地位，从"语言"主导的作品向"图像"主导作品的转型意味着在电子媒介时代，文艺理论中的作品理论发生了根本的转型。

作品理论为什么会发生这种转型？这种转型的内在机理何在？这种转型的意义又何在呢？这就需要我们考察语言文字和图像之间的异同。语言文字和图像是两种不同媒介的载体："如果对媒介的本质及其运作方式缺乏理解，那么人们在理解当代社会、文化及经济形式时就会愈觉其艰难。"① 要考察语言文字和图像之间的差异，就需要考察印刷媒介和电子媒介之间的文化差异。文学能够在印刷媒介时代成为各门艺术的主体，在于文学语言对世界的一种整合作用：语言是理性文化的表征；文学以语言为载体；文学通过语言来建构一个虚构的世界与现实的世界抗衡。文学的虚构依靠语言的理性建构，文学通过语言文字建构的思想和形象并不是直接在语言的白纸黑字中展现出来，而要依靠读者的阅读在大脑中形成一种内在的"视像"，通过对"语言"的"翻译"才能够呈现出文学形象和思想特质，语言文字作为理性文化，人们必须认识这些语言和文字才能读懂文学展现的形象和思想内涵，因而"语言"主导是一种精英模式的文化形态。这与 20 世纪 60 年代之前的现代主义文化范式相互契合。随着影视等电子艺术的兴起，"图像"成为电子艺术的主要载体，图像进入大众视野是不需要理性来帮助的，当图像和文字都在表达同一个事物时，图像是容易被人接受的。语言文字的"精英型"与影视图像的"大众化"形成了两种文化的对立与冲突，这就是现代文化与后现代文化的角力。文学在现代时期占据艺术的主导地位就在于文学是心灵的艺术，是思想的艺术，文学的语言是通过心灵来灌注的。电子媒介则通过一种技术的力量改变文学具有的那种心灵体系，文学倡导的"时空距离"被电子媒介削平，当影视图像将文学虚构的许多事物和场景通过"模拟"的方式展现在人们眼前时，文学的表现的"诗意""深远""高古""空旷"等意境也消失殆尽，展现在人们眼前的是看得见的"图像"，当然，电子媒介产生的"图像"也带来了一种新的时空观念。

如果说语言主导的文学向图像主导的影视转型是文化范式发生转型的必然结果，那么，我们就要具体分析这种以"图像"为主导的艺术构成。

---

① ［英］迈克·费瑟斯通：《无处不在的媒介》，张清民、陈晶晶译，《江西社会科学》2008 年第 5 期。

符号学的理论可以给我们提供借鉴和参考。语言在 20 世纪意义泛化，它从通常的语言行为扩展成为一种符号行为，整个的文化现象都可以看作一个巨型语言，这里的"语言"已经同符号同一个意思了。而在文学语言、影视语言、网络语言的使用中，语言与现代传播媒介几乎是同等含义。这样"语言已不再只是过去那种'工具'，而是具有深层意义的一切符号表达方式的总称"①。当语言的意义与符号等同的时候，意味着后现代文艺理论的深层变革：一切艺术都可以被看作一种符号的艺术，文学是语言的艺术，是表情达意的符号；影视也是一种语言的艺术，是图像语言的艺术，是通过图像符号来传递信息的。在语言为主导的文学中，语言符号占据着重要的地位，语言是"定调"符号，"语言符号不仅是前提和基础，还是生成意义的'定调'符号"②，其他一种符号都以语言符号为中心。而电子艺术则是一种复合符号文本结构，这种文本结构是由"语言、声音、图像、身体等多种符号复合运作，协同建构生产文学意义的审美性文本形态"③。在电子艺术的文本形态中，图像成为"定调"符号，"在电影的多媒体竞争中，'定调媒介'一般是镜头画面，因为画面是连绵不断的，语言、音乐、声响等为辅"④。在电视艺术中，画面、声音、造型、镜头、编辑、特技、符号、文字等构成了完整的电视语言，定调符号是"电视镜头画面"，声音、文字等是一种辅助符号。图像叙事成为影视艺术叙事的内在逻辑。

数字媒介的兴起，网络文艺成为时代的新生的文艺类型。在网络文艺中，"图像—声音—文字"的复合是其区别于印刷时代文艺文本的一个重要特征。在超文本的网络文学中，图像、声音和文字存在着互动，图像的栩栩如生与声音的嵌入使得文字在整个网络文本系统中处于劣势，"在

---

① 王一川：《兴辞诗学片语》，山东友谊出版社 2005 年版，第 21 页。

② 单小曦：《媒介与文学：媒介文艺学引论》，商务印书馆 2015 年版，第 106 页，单小曦在这里将电子媒介时代的文学文本称为"复合符号文学文本"。

③ 同上书，第 107 页。

④ 赵毅衡：《符号学：原理与推演》，南京大学出版社 2011 年版，第 131 页。

人们阅读超文本小说时，通常会发生两件事。首先，超文本小说作为小说的特性被忽略了，而只当成任何一种超文本来对待。其次，人们只是把超文本小说的文本当做某种未来事物的征兆来谈论"①。也就是说，当我们面对超文本小说时，作为语言文字的小说功能在逐渐丧失，作为超文本小说未来事物征兆的"图像"则成为人们谈论的焦点；在超文本的文本结构中，语言的表情达意功能在逐渐的弱化，语言已经被扩张为包括身体姿态、flash 动画、音乐、声响等在内的符号系统；当语言转化为多重性的符号系统时，依靠语言形成的"文学形象"在超文本系统中易于被视觉感官接受的"图像"所取代。在网络超文本结构中，图像表现为直接呈现在读者眼前的视觉直观形象，是一种直接性符号，是视觉系统直接而初步的印象，不需要心脑等身体器官的"转译"，真正实现了利奥塔所言"为眼睛辩护"的功能。而事实上，图像也是一种符号，当人们在超文本系统中面对一群符号的时候，最先映入人们眼帘的是"图像"符号，"图像就是符号，但它假称不是符号，装扮成自然的直接在场，而词语则是它的他者"②。"图像"符号对文本形成了一种直观和初步的印象，虽然语言符号和声音符号更为抽象，但它们与"图像"符号一起构成了超文本系统结构。只是，在超文本系统里，"图像"成为一种定调符号，当然，超文本系统中"图像"的生产是在电子技术主导下产生的新型"图像"——一种"虚拟现实"的展现，但是，在超文本系统中，"图像"成为超文本的主导已经是一个不争的事实。

作品从"语言"主导转向"图像"主导有两个重大意义：其一，现代文艺的图像生产逻辑终结了传统以"语言"为主导文艺的理性霸权，恢复

---

① ［芬兰］莱恩·考斯基马：《数字文学：从文本到超文本及其超越》，单小曦等译，第103 页。

② ［斯洛文尼亚］艾尔雅维茨：《图像时代》，胡兰菊译，吉林人民出版社 2003 年版，第26 页。

了文艺的民主和自由。其二，以文字为主导的文艺在跨文化传播中"意义"容易失真，由于图像的"悦读性"在跨文化传播图像中不容易歪曲，因而"图像"主导更具有全球化的时代意义。

五　读者：从接受者、解释者到参与者

在整个文学活动中，读者是文学活动的最后一个环节，作家根据自己的生活体验创作出文学作品，并不意味着文学活动的完成，只有当读者进行阅读鉴赏的时候，作者创作的文本才能实现其应有的价值，文学作品的意义才最终得以彰显。"文学客体必须通过阅读才能显示出来。离开了阅读，它只是白纸上的黑色符号而已。"① 作品只有通过读者的阅读才能实现其审美价值，否则只能处于潜在的审美状态。"任何文学作品都是一种召唤。写作，就是为了召唤读者以使读者把我通过语言所作的其实化为客观存在。"② 读者的阅读是作品意义实现的关键一环。

文学活动中读者理论的构建在中国古典文论中已经得以彰显。"以意逆志说"强调对作品原意的追寻；"知人论世说"则强调要了解作品的原意必须首先了解作者的人品；"知音说"论述了作者与读者之间的亲密和谐的关系。这些学说都在强调读者对作品原意寻求的重要性。"诗无达诂说"则强调了读者自由创造的重要性。

西方文论中的读者理论可以从哲学解释学中窥探一二。在西方－解释学视域中，读者就是文本的解释者。作为解释者的读者在哲学—解释学中也有着不同的表现形式。在古典解释学家施莱尔马赫看来"解释的重要前

---

① ［法］萨特：《什么是文学》，《萨特文论选》，人民文学出版社 1991 年版，第 116 页。
② 同上书，第 121 页。

提是，我们必须自觉地脱离自己的意识而进入作者的意识"①。把握作者的原意是古典解释学的基本目标，狄尔泰在施莱尔马赫的基础上通过"体验"来理解历史上的作者和作品，对文本的理解只有在"重新体验"的基础上才能完成。美国当代文艺理论家赫施在《解释的有效性》中，就特别强调"作者本意"的重要性，"我们应该尊重原意，将它视为最好的意义，即最合理的解释标准"②。在他看来，作者的原意才是解释有效性的标准，解释者不能脱离文本原意而信口开河。回到追问作者原意为目标的古典解释学，以追寻文本的原意为准绳，而文本的原意是开放性的，文本"在一种可见的表达形式下，可能存在着另一种表达，这种表达控制它、搅乱它、干扰它、强加给它一种只属于自己的发音。总之，不论怎么说，已说出的事情包含着比它本身更多的含义"③。因而，作为解释者的读者去追问文本的原意几乎是不可完成的任务。在当代解释学家伽达默尔看来，读者的解释是一种创造性的行为，解释的功用并不是仅仅去恢复文本或者作者的原意。解释是以解释者的前理解为基础，"一切诠释学中最首要的条件总是前理解"④，而解释的开放性则根植于"时间距离"之中，"时间距离"并不是解释的障碍，相反，时间距离可以使一部作品真正的意义得以充分地显示出来，"事实上，重要的问题在于把时间距离看成是理解的一种积极的创造性的可能性"⑤。解释的过程就是一个视域融合的过程，即文本的视域和解释者视域相互融合的过程，视域融合的实质在于"文本提出的问题与解释者自己的提问融合为辩证的游戏"⑥。文本的意义就在于不断

---

① ［德］弗里德里希·施莱尔马赫：《诠释学箴言》，洪汉鼎《理解与解释——诠释学经典文选》，东方出版社 2001 年版，第 23 页。
② ［美］E. D. 赫施：《解释的有效性》，王才勇译，三联书店 1991 年版，第 13 页。
③ ［法］福柯：《知识考古学》，谢强等译，三联书店 1998 年版，第 139 页。
④ ［德］伽达默尔：《真理与方法》，洪汉鼎译，上海译文出版社 1999 年版，第 378 页。
⑤ 同上书，第 235 页。
⑥ 同上书，第 393 页。

的"视域融合"中获得一种开放性，即解释者通过与文本的对话不断形成新的"视域融合"，从而形成一种"解释学循环"。

而真正将"读者"作为文学活动中心理论的则是 20 世纪 60 年代兴起的接受美学。接受美学举起了"读者中心论"的大旗，将"读者"的地位提高到四要素的首位。接受美学实现了西方文学研究中心由作家和作品转向文本与读者的转移。尧斯偏重于从读者接受的文学史入手，重建文学与历史之间的关联，将读者的地位提高到文学研究的中心地位。"一部文学作品的历史生命如果没有接受者的积极参与是不可思议的。因为只有通过读者的传递过程，作品才进入一种连续性变化的经验视野中。"任何一位读者的阅读都是从其"期待视野"出发，读者的"期待视野"是理解一部文学作品的前提，而文学作品则"在当代及以后的读者，批评家和作家的文学经验的期待视野中得到基本调节"①，一部文学作品总是在读者的期待视野的"链条"中敞开。伊瑟尔则偏重于文本的"不确定性"和"空白"。由于文本意义的开放性，文学中有许多的"空白"，空白"用来表示存在于文本自始至终的系统之中的空位，读者填补这一空位就可以引起文本模式的相互作用"②。空白作为"文本中看不见的结合点，它们把文本的图式和文本视野区分开来，同时在读者方面引起观念化的活动"③。无论是强调读者的"期待视野"，还是强调文本的"空白"，两者在"读者中心论"这一点上殊途同归。

解释学—接受美学的一个重要贡献就在于提升了文学活动中读者的地位，将读者在文学活动中被动接受者、欣赏者的地位提高到主动解释者的地位。作为解释者的读者就树立了其在文学活动中的主体地位，在对文学

---

① ［德］姚斯、［美］霍拉勃：《接受美学与接受理论》，周宁、金元浦译，辽宁人民出版社 1987 年版，第 27 页。

② ［德］伊瑟尔：《审美过程研究》，霍桂桓、李宝彦译，中国人民大学出版社 1988 年版，第 247 页。

③ 同上书，第 249 页。

的解释活动中，读者与文本之间是一种对话的辩证关系，是一种交流的互动关系，这样，读者就不仅仅是文本的被动的接受者，更是文本的深入解释者。读者之所以能够成为解释者，就在于文本是一个"虚实相生"的结构：由于文本"虚"的存在，读者才能获得介入文本解释的权利，通过读者的解释，文本也就从"虚"走向了"实"，在文本与读者的交流对话中，文本意义的丰富性得到了呈现，而读者的主体性也获得了认可。

电子媒介的兴起，对读者理论有了极大的冲击。电子媒介时代文学生产的重要特征就在于文学生产的媒介化、技术性和交互性。① 正是由于电子媒介时代文学生产方式的转型，读者在对电子媒介文本的接受上也发生相应的变化。如果说，在印刷文本的读者接受中，作为解释者的读者对文本的解释还局限在文本"空白"的填空上，对文本"未定点"意义的补充上，那么，在电子媒介时代"由于数字文学是以计算机代码为基础的程序文本，其中可嵌入互动设计（interactive design），读者就不仅仅局限于对文本语义解读，还可以选择、建构甚至重写文本，从而进行更加积极的和程度更为深广的文本意义生产②"。这种读者对文本意义的重新建构只能在电子技术的支持上才能得以发生，作为接受者的读者在数字文学面前，其身份不仅仅是接受者或解释者，在一定程度上他们直接参与了网络文学的写作，其身份转变为参与者。

电子媒介的兴起，滋生了数量众多的网络作家——通过互联网等媒介发表文学作品的撰稿人。网络作家催生了网络读者，由于网络的"趋零距离"，网络作家与读者之间互动性增强，读者与作者的交流更加频繁，网络文学的交互性在一定程度上促进了读者参与了网络文学生产过程。蔡智恒的《第一次的亲密接触》是一部影响深远的网络小说，在中国网络文学

① 关于电子媒介时代文学的生产方式，可以参见拙文《电子媒介时代文学生产方式》（《浙江社会科学》2016 年第 6 期）。
② 单小曦：《媒介与文学：媒介文艺学引论》，商务印书馆 2015 年版，第 184 页。

发展史上具有里程碑式的意义。他在网上连载这部小说的时候，网络读者给了他继续写下去的原初动力。"从 1998 年 3 月 22 日，到 5 月 29 日，我共花了两个月零八天在网络上完成了长达 34 集的连载。平均两天一集的速度，算快吗？我不知道。因为我以前没写过么长的东西。在网络上写东西是很寂寞的，尤其是我通常在半夜陪伴着生冷的 PC，做着重复的 Key in 动作。"① 在这种孤独的创作中，他很多次想放弃，但网络读者不停的跟帖和鼓励才使得才坚持下来。小说叙述的是一个网恋的事，故事女主人公轻舞飞扬的命运牵动着读者的心，蔡智恒在网上写作过程中，特别是当他在网上写到第 25 集时，他收到了很多为轻舞飞扬求情的网友信件。他曾经想去顺从网友的意见改变轻舞飞扬的命运，这说明"网友间的双向交流确实成为网络文本的写作动力及其组成部分"。但最终他还是坚持了自己的意见，让轻舞飞扬最终死去，可是至今还有读者责问痞子蔡："为什么让轻舞飞扬死去？"这也说明了读者的阅读意愿对网络作家创作的巨大影响。如果说在蔡智恒这里，网络文学读者仅仅对网络文学的情节结构有着建议和推动的作用，那么，在 BBS 跟帖形成的小说《风中玫瑰》中，作者则与众多的网络读者共同完成了这部作品。网络读者在一定程度上成为这部作品生产的参与者。

如果说上面论及的小说具有纸质媒介的特征，网络超文本小说则最能说明电子媒介时代文学的特征。"超文本"是"网络时代文学实现数字化生存的最重要的标志之一。从一定意义上说，网络时代的文学生产和文学消费主要是以'超文本'的样态出现的"②。在超文本中，语言、符号和图像可以通过"热链接"（Hotlink）相互连通，构成一个超级的文本结构。读者对超文本进行阅读的时候，通过对"热链接"的自由点击，可以选择

---

① 蔡智恒：《痞子蔡的感性宣言》，《第一次的亲密接触》，知识出版社 1999 年版，第 226 页。
② 陈定家：《比特之镜：网络时代的文学生产研究》，中国社会科学出版社 2011 年版，第 78 页。

自己的阅读路径，不同的阅读路径呈现在读者眼前的文本状态及其结构各不相同，这种阅读方式"不仅摧毁了故事之中的人物等级，废弃了种种人为的结构，而且彻底导致了线性逻辑的解体。于是，中心、主题、主角、线索、视角、开端与结局、文本的边界，这些概念统统失效"①。超文本阅读的非线性特征，其本质在与读者与超文本之间形成一种交互性的意义生产方式，文本的意义在读者不同阅读方式下呈现出开放性的特质，玛丽—劳尔·瑞安就认为"读者与其说是按照一种常规有序的命令去消费文本，还不如说自己决定着通过文本网的穿越路径"②。在超文本的阅读中，"文本所能呈现的多种可能，跟读者进行意义创造和故事组合的复杂程度相关"③。由此，乔伊斯提出了"读者即作者"的观点，在超文本的阅读中，兰道也提出了与此相类似的观点"作为作者的读者"。在对网络超文本的阅读中，读者积极地参与了超文本意义的生产，这是一个不争的事实，"超文本是一种需要读者强势参与才能进行意义生产的文本"④，传统意义上读者的作为文本意义的接受者、文本意义的解释者在电子媒介的介入下成为文本意义的生产者，参与到文本结构、文本意义的生产之中。

由此可见，网络文学的文本生产和意义生产呈现出与纸质文学不同的特征。网络文学打破了作者为我独尊的"霸权"，网络文学的作者不再是文本意义和文本结构生产的唯一创立人，文本也不再是一个固定的封闭性结构。网络文学使读者的地位得到了空前的提升，读者的身份发生了根本的转型，从文本意义的被动接受者转变为文本意义生产的参与者，网络文

---

① 南帆：《双重视域：当代电子文化分析》，江苏人民出版社 2001 年版，第 263 页。

② Ryan，Marie‐Laure. *Immersion vs. Interactivity：Virtual Reality and Literary Theory*. Postmodern Culture v. 5 n，1（1994），Http：//pmc. iath. virginia. edu/text‐only/issue. 994/ryan. 994，转引自单小曦《媒介与文学：媒介文艺学引论》，商务印书馆 2015 年版，第 185 页。

③ Joyce，Michal. *Of Two Minds. Hypertext Pedagogy and Poetics. An Arbor*，The University of Michigan Press，1995，p. 41. 转引自单小曦《媒介与文学：媒介文艺学引论》，商务印书馆 2015 年版，第 185 页。

④ 单小曦：《媒介与文学：媒介文艺学引论》，商务印书馆 2015 年版，第 130 页。

学重构了新型的作者—读者关系。从传统的纸质文学生产中，作家生产的作品通过读者的阅读获得意义的再生产，但这种再生产的意义只能建立在作者生产的已经"固定"的文学文本上，读者只能够去"填补"的意义空白，对文本的结构、情节的发展不能施加任何的影响。作者与读者之间的互动存在着一定的距离，作者对文本意义赋予的主动性明显高于读者。相反，在网络文学生产中，数字交互性使得作者与读者同时在线交流成为可能。这种在线交流的互动方式对作者的写作产生较大的影响，网络作家善于吸收网络读者的意见，读者的跟帖、反馈和评论甚至会改变作者的写作思路，作者因为读者的反馈而改变写作思路在网络文学生产中并不鲜见。网络文学也不是一次性完成的，而是不断地在网络上更新，在更新的过程中读者意见、反馈和评论对作者以后的创作会产生较大的影响，"作者通过读者的反馈也可以对作品删改、添加，乃至与读者共同创作"①。在网络文学"作者发表部分章节—读者阅读—作者和读者交流—根据交流意见修改作品—作者和读者达成一致意见—作品完成"的这种协商式生产模式中，文学作品是在作者与读者的交流中完成的。在某种意义上，读者已经与作者一起完成了网络文学作品的生产，读者俨然成为了作品生产的参与者。

作为接受者的读者在面对文学作品的时候，作者对作品意义的赋予及其作品的性质决定了接受者对文本意义的理解；作为解释者的读者面对文学作品的时候，作品充满了"空白"和"未定点"等待着读者去填补意义。作为参与者的读者面对数字文学作品的时候，读者自身参与到文本结构及其意义生产之中。在电子媒介时代，由于数字媒介的强势入侵，作为文学理论要素之一的"读者"发生了话语转型，读者从被动的接受者、主动的解释者转换为文本生产的参与者。这种转型与数字媒介体现出来交互

---

① 　郑宗荣：《论网络文学的互动性》，《重庆三峡学院学报》2004 年第 4 期，第 52 页。

主体性密切相连，如果没有电子媒介提供的数字模拟场景，读者不可能转换为文本生产的实际参与者。

结　语

从上面分析可以看出，电子媒介时代由于媒介性在文艺中的重要作用，文论话语发生了根本转型，文学性让位给媒介性，世界从实体世界转型为虚拟世界和实体世界并存，作品从语言主导转型为图像主导，作者从个体性创造者转为集体性的制作者，读者也从被动的接受者、主动的解释者转型为参与者的角色。这种转型一方面是因为电子媒介强势入侵文艺领域，文艺主导类型的更迭促使了文论话语的转型；另一方面则是因为全球化时代文艺话语方式发生了根本性的改变，后现代性成为全球化时代文艺的文化逻辑形态，在后现代的文艺话语体系中，"拟像"成为电子媒介时代文艺审美的主导范式①。由此，艺术创作的主体、客体、方法等都发生了位移，"碎片""拼贴""超文本"等从根本上构成了后现代艺术的言说方式，在此基础上，电子媒介时代文论发生了根本转型。电子媒介时代文论话语构成方式如下图所示。

电子媒介时代文论话语发生转型后，其活动范式如上图所示。在这一图示中，双重世界处于图示的最上面，说明世界依旧是电子媒介时代文学活动得以存在的基础，只不过世界裂变为实体世界和虚拟世界组成的双重世界，而集体性的制作者、以图像为主导的作品以及参与者都生活在这一双重世界之中。在作品的生产方式，生产方式从个人独创转变为集体制作，在这一制作程序中，传统的作家、网络的写手等都被纳入这一生产的

---

① 关于电子媒介时代审美范式转型问题可以拙文《电子媒介时代审美范式转型与文学镜像》（《浙江社会科学》2017 年第 1 期）。

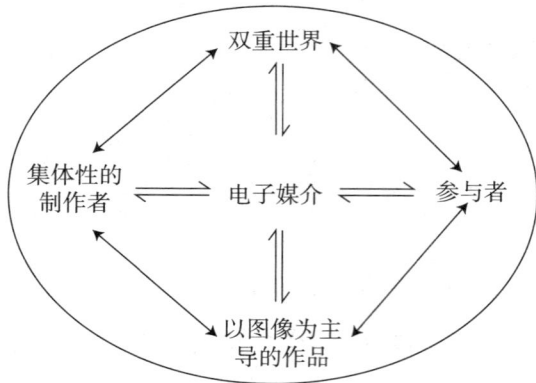

体系中，作品则是以"图像"为主导的影视作品以及网络文艺作品。这种文艺主导类型的更迭与电子媒介时代的文化逻辑是一致的，读者转变为参与者是网络交互性的产物，也是全球化时代读者参与作品创制的必然选择。而电子媒介则位于这四大要素的中心，与这四大要素之间形成往复的关系，从完整的文学活动系统论观点来说，电子媒介时代文论各要素之间的流通需要通过电子媒介作为"中介"，从而发生一种新的意义生产。这一新的意义生产模式与印刷媒介时代艾布拉姆斯的文学意义生产模式完全不同，因为在这里，电子媒介成为文学活动得以发生的关节点。

The Discourse Transition of Literature Theories in Electronic Media Era

Hu Youfeng

Abstract The "four essential factors" of Abrams' literary theory is the dominant paradigm of literary critical discourse in print media age. In the age of electronic media, the transformation of literary critical discourse is caused due to the transition of dominant paradigm of literature and art from literature to digital form. This transformation manifests itself in the ways as follows: the quality of literary and art turns from "literariness" to "intermedia", the "physical world" turns to a combination of both the"physical world"and"virtual world" . The growth of the online virtual world has had a huge impact on literary activities, thus literary expansion occurred. The authors transformed from "creators" into "producers", works from "language dominated" into "image dominated", and readers from recipients, interpreters into participants. The transformation of literary critical discourse is closely related to the media reform, and it goes in the same direction with the development of current literature and art.

Key words Electronic Media Age; Literary Critical Discourse; Transformation

Author Hu Youfeng, a professor of Research center of aesthetics and literary theory of Shandong University.

文学理论的科学化与叙事性

凌晨光

摘　要　20 世纪60—80 年代，文学研究进入"理论的时代"，此时的文学理论为克服印象式批评的弊端，主动向人文社会科学各相关学科借鉴概念范畴、论证逻辑、思维方法和视域框架。文学理论的这种科学化努力一方面使其"理论"品性显著提升；另一方面却使其"文学"色彩迅速淡化，文学理论汇入文化理论洪流的同时显现出"非文学化"的倾向。然而，文学理论毕竟难以成为严密的科学，它在自然科学眼中具有"寓言"特质，这恰从另一面显示了文学理论的叙事特性。而承认和正视这一点，将会使文学理论的诸多不可替代的品质得以显现：它的"体验式观察"和"见证式记录"特征，它的建立在"狩猎模式"基础上的、面向未知世界的思维探险，它因理论的"狡诈"而呈现出来的开放性、多样性和假定性，皆因自身的叙事性的强化而彰显。

关键词　文学理论；科学化；叙事性

作者简介　凌晨光，山东大学文艺美学研究中心教授，主要从事文艺理论研究。

　　尽管文学理论的源头可以追溯至古希腊亚里士多德的《诗学》，而且迄今两千多年的历史上也曾出现过像法国古典主义者布瓦洛的《诗的艺术》这样企图为文学立法的著作，但总体来看，20 世纪之前的文学理论仍然难以摆脱人们对它的诸多诟病，如面对文学作品和文学现象时，仅能做出印象式的批评，其依据的品位和标准高度个人化，而使用的语言则仍是尽人皆知的"与文学有关的那些通俗说法，即读者和票友们的用语"①。此种情形直至 20 世纪 60—80 年代，才有了根本性改变，以至于一个所谓"理论的时代"就此来临了。

一 "理论的时代"与文学理论科学化

关于"理论的时代"法国学者安托万·孔帕尼翁（Antoine Compagnon）曾简捷地概括道："1970 年前后，文学理论如日中天，令我们那一代年轻人为之癫狂。新的理论争奇斗艳：'新批评'、'诗学'、'结构主义'、'符号学'等等，不一而足。经历过那段流光溢彩岁月的人无不对之无限缅怀。但凡新流派强势登场，人人趋之若鹜。在那些日子里，有理论撑腰，文学研究盛极一时，令人倾倒，令人叹服。"②

理论的兴盛反映了文学研究对自身之科学化的自觉要求。这种要求此前是对文学研究学科地位的质疑与思考为开端的。据当代英国学者彼得·巴里（Peter Barry）介绍说，19 世纪末，英国学术委员会就要不要在牛津大学设立一个英语语言文学教授职位问题有过激烈争论。当时的牛津大学历史学教授爱德华·弗里曼（Edward Freeman）对文学研究的科学性提出质疑："听说，研究文学可以'培养品位、教会同情、拓展心灵'。这当然非常好，只不过，品位和同情难以考核，考核需要确切的技术性信息。"③弗里曼的意思是，为了使文学研究具体化和技术化，它应与语言的系统研究结合起来，两者携手而行，才能成为一门学术。他反问那些反对这种结

---

① ［法］安托万·孔帕尼翁：《理论的幽灵：文学与常识》，吴泓缈、汪捷宇译，南京大学出版社 2011 年版，第 9 页。
② 同上书，第 3 页。
③ ［英］彼得·巴里：《理论入门：文学与文化理论导论》，杨建国译，南京大学出版社 2014 年版，第 14 页。

合的学者道："如果说文学意味着研究伟大作品，而不仅仅是就雪莱说些无关痛痒的话，那么分离文学和语言意味着什么？"① 文学理论研究的科学化追求，借助于20世纪相关人文社会科学领域的研究进展，得到了语言学、历史学、社会学、文化学等学科从概念到思维逻辑方面的支持。对此，德国学者沃尔夫冈·伊瑟尔（Wolfgang Iser）总结道："战后一代的评论家开始质疑所谓'灵魂在杰作中的伟大奇遇'是否有效。因此，寻找理解艺术和文学的途径就变得非常必要，它们要能够使认知变得客观外在，并且将理解与主观品位区分开来。理论因而变成了一种手段，来防止和解决印象式批评所造成的混乱。此种方法的成功显而易见，各种人文学科，诸如符号学、格式塔理论、精神分析、阐释学、信息理论、社会学，以及实用主义等，都纷纷感到有必要大力发展自己的艺术和文学理论。这些学科建立在经验型结论之上，而这一事实使它们更加具有说服力。"② 可见，为克服印象式文学批评的主观随意和语言含混，通过理论阐释的客观性和严谨性，文学理论走上了科学化的道路。而这种科学化的努力，是以文学理论主动向相关人文社会科学领域借鉴概念范畴、论证逻辑、思维方法、视域框架等方面而实施的。

文学理论的科学化努力，最大限度地强化了原本文学阅读和阐释活动中一直存在的两条策略中的一条，即以先行理念为指导的阐释途径。而另一条本来更为自然的、实用色彩更浓的文本细读传统，却因而淡出了学术的中心。有关文学的一般性问题，如文学作品的结构如何，作品怎样影响读者，文学语言的特性何在，文学从哪些方面与时代发生关联，文学创作这种行为的本质是什么，从哲学的角度如何对文学做出总体评

---

① ［英］彼得·巴里：《理论入门：文学与文化理论导论》，杨建国译，南京大学出版社2014年版，第4页。

② ［德］沃尔夫冈·伊瑟尔：《怎样做理论》，朱刚、谷婷婷、潘玉莎译，南京大学出版社2008年版，第4页。

价。上述问题构成了 20 世纪 60 年代以来许多文学理论研究者所关注问题的主旋律。

二 科学化的理论与文学色彩的消失

文学理论科学化努力的直接结果，就是由于受当时的语言学、结构主义、新历史主义、文化唯物主义等思潮和观念的影响日益深入，文学理论本身的"文学"色彩迅速被冲淡，而理论的品性令人瞩目地被凸显，以至于研究者们建议用"理论"来代替"文学理论"的称呼，因为实际情况的确表明，当时的所谓文学理论已与文学对象和文学实践距离越来越远了。文学文本只是作为文化理论研究的特定对象和例证被看待，文学问题完全让位给了文化问题。

远离文学的理论汇入了文化理论研究的洪流，并因此具有了一般概括性的理论特质。彼得·巴里对 20 世纪 60—80 年代理论研究中反复出现的思想倾向的概括是"政治无所不在；语言构建现实；真理非无条件；意义有偶发性；普遍人性是神话"[①]。同样，在美国学者乔纳森·卡勒（Jonathan Culler）的论著中我们也看到了类似的论述，即在指出"'理论'已经使文学研究的本质发生了根本变化"之后，总结了理论的四个特点："一、理论是跨学科的，是一种具有超出某一原始学科的作用的话语。二、理论是分析和推测。它试图找出我们称之为性，或语言，或写作，或意义，或主体的东西中包含了些什么。三、理论是对常识的批评，是对被认定为自然的观念的批评。四、理论具有自反性，我们用它向文学和其他话语实践中创

---

① ［英］彼得·巴里：《理论入门：文学与文化理论导论》，杨建国译，南京大学出版社 2014 年版，第 34 页。

造意义的范畴提出质疑。"①

文学理论的这种"非文学化"的发展方向，可以看作文学理论力图摆脱自身前科学的主观印象式表述的幼稚形象而做出的努力的结果。然而，这种努力在多大程度上能够保证文学理论跨入"科学"的领地，进而这种向科学的皈依是不是文学理论要寻找的最好归宿，答案并不明朗。

实际情况是，文学理论难以成为严格意义上的科学。即使思维的抽象性和表述的明晰性等外部特征方面，文学理论可以向科学话语靠拢，但在要素的还原与结果的可控这种内部要求方面，文学理论与科学话语的距离仍十分遥远。由文学对象的独创性和人类情感世界的多样性决定，文学研究不可能做到像自然科学那样通过实验方法来精确地分解出变量，进而以数学函数的形式来表达相对常量关系。如此说来，文学理论的"科学性"一开始就必然与自然科学的科学性处在不同的意义层面上。换句话说，文学理论的"科学性"与自然科学相比有着自己特定的意义内涵。文学理论从来不是一门严密的科学，只是在"科学"最为宽泛的意义上，文学理论才被赋予了科学色彩。这个关于"科学"的宽泛定义，就是康德在《自然科学的形而上学起源》中的表述："每一种学问，只要其任务是按照一定的原则建立一个完整的知识系统的话，皆可被称为科学。"② 这个关于"科学"的宽泛定义，涉及科学的三个基本特征：一是知识，科学与知识有关，只是则是有根有据，有头有尾的，可以被证明为真的陈述；二是系统，即科学不是单一陈述的堆积，而是陈述之间彼此联系并指向一个共同的结果，构成一个程序上的整体；三是原则，即科学陈述具有说明性与论证性，是在一定的逻辑前提下做出的自圆其说的陈述。只有从"科学"的这一限定意义上回看文学理论的科学化努力，我们才能同意将文学理论划

---

① ［美］乔纳森·卡勒：《文学理论入门》，李平译，译林出版社 2008 年版，第 16 页。

② ［德］汉斯·波塞尔：《科学：什么是科学》，李文潮译，上海三联书店 2002 年版，第 10 页。

入科学的领域之中。

仔细审视一下康德关于科学的上述定义，我们发现其中的"原则"是一个至关重要的概念。原则是建立完整知识系统的依据，它是连接知识性陈述的另一关涉系统，即德国学者恩斯特·卡西尔（Ernst Cassirer）所说的"价值概念的系统"（das system der werbegriffe）。在介绍历史学家李凯尔特（Heinrich Rickert）的思想时，卡西尔说："所谓把一件事实历史地予以了解或予以历史地定位，其实就是把它关联于一普遍的价值。只有透过如此的一种关联，历史之认知才能够把某一个别事件的无以斗量的丰富意涵以循一定的线索历过之，并且借助这一过程去把这些丰富的内容予以一内在的认识；一个别的事实一旦失去了其与一普遍价值的关联，则就以其作为一个别事实之身份而言，其潜在的丰富意涵是永远无法被掌握的。"[1]于是在知识话语体系的科学化建构过程中，其"原则"或者说是"价值概念体系"的存在就成为关键的因素。就文学理论而言，如果要想超越前科学的印象式批评，价值系统的先验性建构是必须完成的任务，而借助于人文社会科学各相关学科的研究成果，引入语言学、符号学、现象学、心理学、分析哲学等领域的概念和逻辑，力求为复杂多变的文学现象和事实组织起有解释性和有说服力的话语表述系统，则成为"理论时代"的文学理论的一大突出特征。如此说来，卡勒将理论的"跨学科性"作为其首要特点就一点也不奇怪了。

然而，文学理论的这种科学化努力并未取得让所有人都满意的结果；一方面，文学色彩的被冲淡使得纷繁的各式理论饱受争议；另一方面，强调科学之纯粹性的研究者则将文学理论仅仅视为一种类似于"寓言"的叙述性话语。

---

[1] ［德］恩斯特·卡西尔：《人文科学的逻辑》，关之尹译，上海译文出版社 2004 年版，第59 页。

从前一方面来看，20 世纪 90 年代以来诸多学者对"理论之后"问题的思考颇能说明问题。"理论之后"一方面显示了人们对一度兴盛的理论的失望情绪，另一方面也标志着对当代文学理论发展前景的进一步思考。有研究者将 20 世纪 70—90 年代的主流文学理论的特点概括为："所有这些主流文学理论均挑战和否认文学的自律。马克思主义视文学为社会力量的表述，心理分析视文学道出了心理冲动和本能的冲突，后结构主义认为每一项文学行为均暴露出语言本身的不稳定性。所有这些理论都有一个共识：无论作者说了什么，做了什么，他们所说所做都不是文学。"① 这些离开了文学的所谓文学理论变成了被抽离了精髓的躯壳，再无原先的风采了。"理论被摆进书架，失去了攻击精神，只能在固定时段等待学子们的光临，除了与流连于各个学科书册之间的大学生外，跟其他学科和外界不再有任何交流。文学理论一旦不再申明为何及如何研究文学，不再点出什么是文学研究当下的相关性与危险性，也就失去了超越前人的盎然生机。文学理论的角色固然无可替代，然而人们已经不太热衷于文学研究了。"② 文学理论面临的上述困境，促使人们将希望寄托于"理论之后"。当然，正如《理论之后》艺术的作者特里·伊格尔顿（Terry Eagleton）所言，"理论之后"不等于认为人们可以坦然回到前理论的天真时代，用他的话讲就是："曾几何时，宣布济慈使人愉快或密尔顿精神勇猛就已足够了，但这样的年代已一去不返。"在他看来，理论的反思精神在当代仍然值得拥有，"如果理论意味着对我们指导性假设进行一番顺理成章的思索，那么它还是一如既往地不可或缺"③。只是，那些掩映于拉康、阿尔都塞、巴特、福柯、德里达等名字之下和结构主义、精神分析、解构主义等种种主

---

① ［英］彼得·巴里：《理论入门：文学与文化理论导论》，杨建国译，南京大学出版社 2014 年版，第 269 页。
② ［法］安托万·孔帕尼翁：《理论的幽灵：文学与常识》，吴泓缈、汪捷宇译，南京大学出版社 2011 年版，第 5 页。
③ ［英］特里·伊格尔顿：《理论之后》，商正译，商务印书馆 2009 年版，第 3 页。

义之间的观点和见解，或因其隔靴搔痒或因其大而无当，早已风光不再了。

就后一方面而言，站在纯粹科学立场上对文学理论的科学性发出的质疑，实际上反映了科学知识表述与另一种知识表述类型——叙事性表述之间的不平等关系。这种不平等表现为科学与叙事相互之间的不对等眼光：叙事知识宽容地将科学话语视为叙事文化中的一个特殊品种，而反过来情况却有不同，科学则对叙事陈述的有效性和可验证性颇多苛责。正如法国后现代学者利奥塔（Jean - Francois Lyotard）指出的，"科学在起源时便与叙事发生冲突。用科学自身的标准去衡量，大部分叙事其实只是寓言"①。科学对于叙事的这种"寓言定位"如果不被单纯地理解为科学对叙事的合法性的排外式质疑的话，其实它恰从另一面凸显了叙事话语具有的、纯粹科学表述不能代替的意义和价值。可以说，如果站在科学理论的立场看待文学理论，后者身上的叙事性乃至寓言性可能被放大呈现的话，那么这种对文学理论之叙事性的强调却未必是对文学理论之学术地位和话语意义的否定，它可以提醒我们脱离对科学的依附，重新思考和审视文学理论的位置和意义问题。换句话说，叙事性恰是这种重新思考的切入点。

三　理论之后与文学理论的叙事性

在叙事性的视野中重新看待文学理论，其原先被科学化之浓重色彩遮掩的本相，就会逐渐显露出来。

首先，就"理论"的本义而言，在希腊文里，"理论"的意思是"观看"。理论的意义和作用可以从毕达哥拉斯对于沉思默想式纯粹生活的标

---

① ［法］让·弗朗索瓦·利奥塔：《后现代状态》，车槿山译，南京大学出版社 2011 年版，第 3 页。

举之中见出。"毕达哥拉斯区分了三种不同的生活,也暗暗由此引出了灵魂的三重区分。他说,来到奥林匹克赛会的有三种人。最低级的是那些做买卖的人,他们为谋利而来。其次是那些来参加比赛的人,他们为荣誉而来。他认为最好的是那些作为观众而来的人,他们对正在发生的事情加以思考分析。在这三种人里边,观众体现了哲学家的活动,他们摆脱了日常生活和它的种种不完善。'观看'与希腊词'理论'是一个意思。"①作为"观看"的理论,可以把人从对个别而特殊的事物之感受中解放出来,引导他们思考永恒而有序的世界。这是一种设身处地的参与,他不去做要素还原、结构拆解等工作,以求得变量的可控与结果的可测,而是从整体上把握对象的态势和事物发展的前景,以见证者的身份完成一种"参与式观察"。这是进入文学世界这一不可分解的、复杂而完整的生活的最为有效的方式。人类学家克利福德·格尔茨(Clifford Geertz)将这种进入完整生活的途径称为"我见证",即"通过呈现一个人自身的可信,表明他所记录的内容的可信。用格尔茨的话来说,是一种文学的尝试而不是心理学的尝试"②。可以看到,"理论"本义中蕴含的"参与式思考"和"见证式记录"的特性,实际正是理论的文学特质的体现,而其中将意义、目的、理由等因素与人的活动及结果相联系,则把一种对行为的描写提升为对一种有意向的人类行动的叙事。

最后,从"叙事"的内涵来看,叙事即讲故事,是在事件和事件之间建立一种因果关系。其关键是在事件关系中引入时间性的维度,从而力图从事态的发展过程中把握全局。叙事在人类建构知识、解释世界活动中的重要作用已为不少研究者所强调。"利柯认为,叙事是人生在世的生存方

---

① [美] S. E. 斯通普夫、J. 菲泽:《西方哲学史》,匡宏、邓晓芒译,世界图书出版公司2009年版,第8页。

② [瑞典] 芭芭拉·查尔尼亚维斯卡:《社会科学研究中的叙事》,鞠玉翠等译,北京师范大学出版社2010年版,第136页。

式——人生方式——它体现了我们对世界的实践认识，是集体建构可理解世界的劳动结晶。编写叙事，虚构的也好，史实也好，其本身就是人类认识世界的一种形式，有别于数理认识，它更直观、更倾向于预测和假设。"①文学理论面对的文学世界，其与人的生活世界的关系是并行而同步的，是一个发展中的不断变化的从未完成的世界。对这样一个世界的认知和解释，不可能只采取静止的和面对既成事实的后向式的姿态。因此，文学理论不会满足于对文学历史现象的记录与总结，而应时刻传达出对文学现状和未来前景的认识、评价和期望。从这个意义上，联想到罗兰·巴特（Roland Barthes）在《叙事结构分析导论》中对叙事功能的强调："叙事的功能不在于'再现'，而在于建构一个让我们感到神秘莫测的戏剧场景，这场景不应该带有模仿性质。"② 那么，文学理论的叙事性特质就更加彰显无遗了。

时间概念的引入，在过去、现在与未来之间建立起了因果关系，现在既是已发生的过去的某种结局，与过去之间纠缠着或偶然或必然的逻辑相关性；现在又是将发生的未来的原因，其中蕴含了未来发展的诸多可能性。叙事，如果是面对人类全部生活，尤其是面向人类未来发展的时候，就带有了由已知走向未知的题中应有之义。从已知走向未知，在美国学者弗雷德里克·詹明信（Fredric Jameson，又译作杰姆逊）那里，同构于以有形见无形，他说："再现的问题就是人们如何把事物以某种方式拼凑在一起以图窥见无形的东西。"③这种以有形见无形的"再现"被詹明信称为"一场极为有趣的文学实验"。在我们看来，把文学实验替换为文学理论实验，也许更为合适，因为这很容易让人联想到"发觉"这个概念。一位名

---

① ［法］安托万·孔帕尼翁：《理论的幽灵：文学与常识》，吴泓缈、汪捷宇译，南京大学出版社 2011 年版，第 124 页。

② 同上书，第 94 页。

③ ［美］詹明信：《晚期资本主义文化逻辑》，张旭东编，陈清侨等译，生活·读书·新知三联书店 1997 年版，第 39 页。

叫特伦斯·凯夫（Terence Cave）的学者写了一本书《发觉：诗学研究》，其中特别强调了"发觉"在亚里士多德《诗学》中的重要性。他举例说，俄狄浦斯发觉自己的真实身份，这件事可以构成一种代表性的悲剧叙述范式："经过合理建构，悲剧'情节'模拟了理解的次序，于是'发觉'便被用来充当可理解性的判断标准。"①悲剧创作中的发觉原型在意大利历史学者卡洛·金斯伯格（Carlo Ginzburg）那里极为形象化和颇具启发性地与"狩猎模式"发生了关系。他说："叙述观念……最初可能产生与狩猎社会，产生于对微末痕迹的识辨经验。……猎人也许是第一个'讲故事'的人，因为他是唯一一个能在猎物留下的无声（或难以察觉的）痕迹中读出事件之连贯性的人。"②这种"狩猎模式"之所以划归发觉原型，是因为这种辨认方式从种种已知痕迹中推测和重建事件的来龙去脉。这种模式中的"再现"或"模仿"绝非照葫芦画瓢或就事论事，而是蕴含着时间维度的，对未来之事加以预测的一种把握世界的独特认识形式。文学理论家一旦接受自己某种意义上的叙事者身份，他就有可能在理论建构中发挥他的狩猎者的潜质，于"从有形窥见无形、由已知走向未知"的思维探险中尽享发现者的乐趣。

借助叙事性的视角回看文学理论，其理论的"柔软"与"狡诈"的一面渐次显现出来。伊瑟尔区分了两种理论，"硬理论"与"软理论"，前者以物理学理论为代表，后者则指包括文学理论在内的人文科学理论。在对比了两种理论的诸多不同之后，伊瑟尔谈到了最为重要的一点："隐喻作为软理论的'基本概念'，法则作为硬理论的'基本概念'，两者突出了自然科学与人文科学之间最重要的一个区别。法则必须加以应用，而隐喻则

---

① ［法］安托万·孔帕尼翁：《理论的幽灵：文学与常识》，吴泓缈、汪捷宇译，南京大学出版社 2011 年版，第 125 页。

② 同上书，第 25 页。

激发联想。前者建立于事实，而后者则勾勒出模式。"①作出这种比较的目的，实际是要指出软理论的一个特性，即理论学说本身的无法验证性和理论思维的开放性或创造性。用伊瑟尔的话讲就是，"软理论的勾勒与绘制能力既不能证实，又无法证伪，因为既不存在客观的也不存在可衡量的参照标准——正如预测无法得到实现。……人文科学理论与自然科学理论截然不同，它不是通过检验而被评判，正是这一点或许可以解释软理论的多样性，因为每个理论都以不同的假设为出发点，追寻一个特定的目标，范围上各有局限，并且产生出它的竞争者们无法产生的东西"②。伊瑟尔的结论是，软理论不能通过客观化的检验评判谁对谁错，只能通过比较理论自身具有的相对说服力来暂时区分优劣。也正是由与人文科学理论结论的难以检验性和逻辑建构策略的多变性，使得利奥塔以"狡诈"而名之："通常，人们认为自然是一个冷漠的对手，而不是一个狡诈的对手，人们在这种差异的基础上区分了自然科学和人文科学。换句语用学术语，这意味着在第一种情形中，'自然'是指谓，它是无声的，但它像掷出许多次的色子一样恒定，科学家交换着关于这个指谓的指导性陈述，这些陈述是他们之间相互使出的招数；而在第二种情形中，指谓的是人，他也是一个对手，他面对学者的策略时通过说话展开自己的策略：学者此时遇到的偶然不是来自物体或冷漠，而是来自行为或策略，即这是一种竞技。"③人文科学尤其是文学理论的"狡诈"体现为一种思想的对抗和博弈式的"竞技性"，这恰是叙事性理论的一大特征。叙事性理论是一种表达而不是一种描述，这种表达就是用讲故事的方法讲道理。正如伊格尔顿所言："故事

---

① ［德］沃尔夫冈·伊瑟尔：《怎样做理论》，朱刚、谷婷婷、潘玉莎译，南京大学出版社2008年版，第7页。
② 同上。
③ ［法］让·弗朗索瓦·利奥塔：《后现代状态》，车槿山译，南京大学出版社2011年版，第199页。

的目的并不是给我们提供真实信息，而是传达可以称之为道德真理的东西。"①就像今天的人们不会盲目轻信世上有所谓唯一正确的真理一样，叙事性表达也从不以忠于事实而自我标榜。从某种意义上说，强调文学理论的叙事性就是承认理论思维的建构性和多样性，理论逻辑的开放性和预测性，理论解释的假设性和非唯一性。文学理论的意义在于质疑常识、反驳已知。文学理论建立在一种解说或者叫说服的机制上，但如果解说的是人所共知之事，说服的是本就如此的意见，那么理论存在的必要性就值得怀疑了。

英国学者兼小说家戴维·洛奇（David Lodge）的小说《小世界》里，有一个令人印象深刻的情节：在一次众多知名学者纷纷发表宏论高见的国际学术大会上，小说主人公，一位名不见经传却阴差阳错地来到会场的青年教师珀斯，在大会行将结束的最后提问环节说了一句话，让整个会场一时陷入困惑，随即又爆发出雷鸣般的掌声。他说的是："我想请问每一位发言人，如果每一个人都同意你的观点，结果会怎样？"

The Scientific and Narrative Nature of Literature Theory

Ling Chenguang

Abstract　From the 1960s to the 1980s, literary research entered the "era of theory," which, in order to overcome the disadvantages of impressionistic criticism, took the initiative to draw on the conceptual scope, argumentation logic, thinking method and visual framework of all relevant disciplines in the humanities and social sciences. This scientific effort of literary theory, on the one hand, makes its "theory" character rise significantly; on the other hand, it makes its "literature" color fade quickly, and the literary theory introduces into the flood of cultural theory at the same time shows the tendency of "non – literalization". However, it is difficult for literary

---

① ［英］特里·伊格尔顿：《理论之后》，商正译，商务印书馆 2009 年版，第 86 页。

theory to become a rigorous science, and it has the characteristic of "fable" in the eyes of natural science, which shows the narrative characteristic of literary theory from another side, and to acknowledge and face it will reveal many irreplaceable qualities of literary theory: its characteristics of "experiential observation" and "documentary record", which are based on the "hunting pattern", the exploration of the unknowing world, and the exploration of the unknowing world, and the occult of its theories all because of their narrative and strengthen.

Keywords   Discourse; Literary Criticism; Theorization

Author   Ling Chenguang, Ph. D, is a professor in Institute of Literary Aesthetics, Shandong University, with academic interests in literary theory, art theory and criticism.

新时期文学形式本体论观念的
演进、论争与反思

杨建刚

摘 要 文学本体论是新时期以来中国文艺理论史上的核心问题之一，其中形式本体论的影响最为深远和持久。形式本体论在 80 年代的产生是新时期后革命意识形态建构的结果，也是理论界对注重形式创新的先锋文艺思潮做出的回应，同时深受西方形式文论的影响。在形式本体论的演进和论争过程中，首先出现的是本体论对反映论的批判和超越，其次是文学形式本体论与人类本体论、活动本体论等观念之间的论争，而在形式本体论内部由于对形式的不同理解和侧重也出现了语言本体论、叙事本体论和结构本体论等分支。21 世纪初进入了文学本体论的反思和批判阶段，主要侧重于从哲学本体论的角度对形式本体论的合法性进行探讨。近两年，基于对中国文论的当前危机和西方文论的"强制阐释"的局限性的反思，张江提出了"本体阐释"的解决方案。"本体阐释"的实现需要在前两次大讨论的基础上对"本体"概念进行清晰界定，同时在文学批评层面对"本体阐释"的理论构想予以实践。

关键词 文学本体论；形式本体论；本体阐释

作者简介 杨建刚，文学博士，山东大学文艺美学研究中心副教授，主要从事文学理论和美学研究。

在新时期文艺理论史上，文学本体论是一个引起长期论争并产生重大影响的基本理论问题。关于文学本体论的论争在新时期主要有两个阶段，一是新时期的开端阶段，主要是 20 世纪 80 年代中期至 90 年代，二是 21

世纪之初。值得注意的是，近两年学界又出现了建构文学"本体阐释"的尝试，而且获得了很多学者的认同，我们也可以将这个趋势看作关于文学本体论讨论的第三波的萌芽。这几次论争之间存在着重要的联系，可以说，21世纪的讨论是新时期提出的文学本体论问题在新的历史时期的延续、反思和回响。而从对新时期文艺理论发展的重要性来说，发生于20世纪80年代中期的文学本体论问题的地位显然更加突出，它对新时期文论一改反映论、工具论等传统观念，从而推进中国文论的现代化具有重要意义。在80年代的大讨论中，出现了如形式本体论、人类本体论、生命本体论、活动本体论等观念。这些观念对新时期文论的影响都不可低估，而且或多或少都对当前文论的发展产生着重要影响，其中当属形式本体论的影响最为持久，也最为深远。可以说，在形式本体论观念的形成、演进和论争的过程中，不仅使新时期的文学观念发生了根本的变革，而且带来了方法论的更新。这一过程与中国文论的现代性展开基本同步，同时彰显了新时期中国思想观念的发展与变化。因此，研究和反思新时期中国文论的发展过程，形式本体论就是一个不可回避的理论问题，也是一个观照和审视中国文论现代性的重要切入点。更重要的是，重建文学本体批评，建构文学"本体阐释"也必须以前两场讨论为基础，只有这样才能更清楚地把握重建本体论的可能性和未来方向。

一 文学形式本体论观念的形成语境

对于文学形式本体论观念的形成语境，下面从两个角度来予以论述。

首先，从思想史的角度来看，形式本体论的产生是对革命意识形态进行反思的结果。随着"文化大革命"的结束，中国当代史进入了一个新的历史时期。对于中国社会来说，这不是一种简单的历史时间的自然延续，而是政治、思想、文化等方面的一次天翻地覆的变革，开启了一个思想解放的新时代。在对革命意识形态的反思和批判的过程中，新的理论思潮如雨后春笋般涌现出来。在文学研究领域，学术界开始反思长期以来居于主导地位的"反映论"和"工具论"，认为这种曾经在中国文学界发挥过重大影响的源自苏联的理论观念已经变得僵化和守旧，不再适合新时期中国学术界正在发生的轰轰烈烈的思想解放运动，也不再对新出现的各种先锋文艺思潮具有解释力。无论是把文学看作社会历史和政治生活的直接反映，还是把文学看作革命意识形态宣传和政治斗争的工具，都把政治性作为文学的第一属性，让文学承担了太多本不该属于它的责任和功能，使文学不堪重负。因此，在已经告别革命意识形态的中国文学界，对这种革命化的文学观念进行反思和批判，从而探索一种适应新时期现实需要的新的文学观念就成为文学界的普遍诉求。可以说，在这场思想大变革和大解放的运动中，文学扮演着先锋者的角色。文学本体论思潮正是在这样的政治和文化语境中产生的。此时，尽管学术界对何为文学本体这一根本问题还没有达成一致的看法，但认为文学是一个自足体，有自身的特性和规律却已经成为共识，文学本体论就是要研究和探索那些仅仅属于文学自身的特性和规律。在形式本体论、活动本体论、人类本体论等文学本体论观念中，形式本体论之所以能够最终获得更多的认可并产生最持久的影响，更根本的是基于文学领域自身的变革。

其次，从文学实践的角度来看，是新时期兴起的注重形式创新的先锋文学在理论层面的回应。这股思潮以马原、莫言、余华、残雪、格非等为代表，试图以新的艺术形式来表现新时期完全不同的文艺观念和审美经验。他们认为，文学的核心并不是要表现一个外在的目的，文学的本体就在于其形式自身。因此，他们一改传统现实主义的文学创作路径，强调文学的形式变革，并在创作过程中进行大胆的文体实验，创作出了很多在文体形式方面独具匠心、别出心裁的作品，使新时期的中国文学呈现出一种崭新的风貌。文学创作领域的这种新变化需要在理论层面予以解释和研究，而传统的社会历史批评和道德批评等"所有在文学语言、形式之外的批评都使人们包括批评家本身感到言不尽意。于是，批评被创作'逼上梁山'，走上了对传统的批评模式的反叛之路"①。

如果说新时期的思想解放氛围和先锋文学的形式变革是形式本体论出场的现实动因，那么西方形式文论的翻译和研究则为形式本体论的形成提供了学术话语和研究方法的范本。虽然新批评的重要理论家瑞恰兹和燕卜逊早在20世纪30年代起就曾在清华大学等高校任教，并对中国文学研究产生了重要的影响，钱钟书、朱光潜、袁可嘉、李安宅和朱自清等都曾借用其方法研究中国文学，但此时的中国学术界尚未把形式上升到文学本体的高度，对他们的借鉴还主要停留在技术层面。直到80年代，伴随着思想解放运动的开展，与西方各种文艺思潮的井喷式译介一道，西方形式文论才开始被大量介绍进来，并得到了中国学术界的空前重视。韦勒克和沃伦的《文学理论》中译本在80年代出版之后连续印刷两次，销售过万册②，足见中国学术界对它的认可和青睐。俄国形式主义的陌生化、文学性等概念，以及他们对文学自律性的强调都为中国理论界提供了一把改变反映论和工具论的一统局面，建构新的科学的文学理论的钥匙。兰瑟姆的"本体论批评"提供的则是直接的概念，中国学者从中发现了用以概括自身学术理念的重要工具。在其影响下，文学形式本体论观念就正式出场了。而索绪尔语言学、结构主义叙事学和符号学等则为形式本体论的具体化，以及文学形式研究向语言、叙事和符号等层面的深入拓展提供了方法论的借鉴，同时使中国的形式本体论观念出现了语言、叙述和结构本体论等不同的理论方向。

---

① 李劼：《试论文学形式的本体意味》，《上海文学》1987年第3期。
② 刘象愚：《韦勒克和他的文学理论》，［美］韦勒克、沃伦《文学理论》，江苏教育出版社2005年版，代译序第3页。

二　形式本体论观念的演进与论争

在新时期的前十年，文学本体论是在一种学术的讨论和论争的过程中得以产生和演进的，其中既有针锋相对的论争，也有各执己见的阐述。多种观点之间的相互砥砺和碰撞使新时期的文学本体论问题逐渐走向深度，也使文学形式获得了本体地位，形式批评在新时期的文艺理论研究中成为一个非常重要的学术领域。下面从三个方面予以论述。

（一）本体论对反映论的批判和超越

在中国现当代批评史上，反映论往往是和文艺的政治性紧密相关的，因此，对文艺的政治性的批判就自然包含着对反映论的批判。新时期文学本体论的出现就建立在反思文艺与政治的关系中对反映论的批判和超越的基础之上。早在1978年开启的关于形象思维的大讨论中已经酝酿了对反映论的反思和本体论的萌芽。李泽厚在参与形象思维的讨论中就指出，不能仅仅从认识论的角度去说明和理解文学。[①] 朱光潜1979年发表的关于文艺与上层建筑之间关系的两篇文章[②]在中国文艺界正式掀起了关于文艺与政治之间关系的大讨论，从而揭开了文艺思想大解放的帷幕。同年，邓小平在第四次文代会上提出，党对文艺工作的领导，"不是要求文艺从属于临时的、具体的、直接的政治任务，而是要根据文艺的特征和发展规律"[③]。这可以看作官方对文艺本质的新认识和对文艺功能的新定位。人们已经认识到，"总是把研究的重心放在社会生活是文艺的

---

① 李泽厚：《形象思维续谈》，《学术研究》1978年第1期。
② 朱光潜：《上层建筑和意识形态之间关系的质疑》，《华中师院学报》1979年第1期；《为文艺正名——驳"文艺是阶级斗争的工具"说》，《上海文学》1979年第4期。
③ 邓小平：《在中国文学艺术工作者第四次代表大会上的祝词》，《邓小平文选》（第二卷），人民出版社1994年版，第213页。

本源和文艺要真实地再观社会生活的本质上面，从而与其他意识形式的本体相混淆。这样，文艺本体的特性失落了，文艺学的理论建构就不可能从文艺本体的特性出发，形成文艺研究的独特视角"①。于是，从此时开始，文学艺术的自身规律受到了文艺界的关注，回到文学自身成为一种呼声。要求从文艺的"政治标准第一"转向"艺术标准第一"，强调文艺的"内部规律"曲折地表达了对"创作自由"的要求。但是，对艺术自身到底是什么，回到文学本身是回到哪里，学术界还没有形成一种一致的看法，回到理性、回到主体、回到形式等，不一而足。这也就为之后文艺学方法论和文艺本体论大讨论中不同观点的出场埋下了种子。在这些讨论中，文艺的审美功能的承担者不应是其内容和作家主体，而是其形式、语言和技巧的观点逐渐取得了更多的理论家的认可，以形式为本体的看法也在这一时期逐渐形成。李陀在 1980 年就发现，"目前，我国文艺各个领域争论的焦点集中在艺术形式上"②。何新则更加明确地指出："在艺术中，被通常看作内容的东西，其实只是艺术借以表现自身的真正形式。而通常认为只是形式的东西，即艺术家对于美的表现能力和技巧，恰恰构成了一件艺术作品的真正内容。"③ 之后，刘再复、吴调公、吴亮、张隆溪、孙绍振、林兴宅、刘心武等都发表了文章，从不同的角度对反映论提出批评，并形成了回到文学本身，建构文学本体论的理论共识。

（二）文学形式本体论与其他文学本体论观念之间的差异

中国文艺理论界在走出反映论的樊篱而回归文学本身，建立本体论的文学观念的问题上达成了一致的看法，但是在何为文学本身或本体的问题

---

① 陈传才：《文艺本体论论纲》，《创作与评论》1990 年第 1 期。
② 李陀：《打破传统手法》，《文艺报》1980 年第 9 期。
③ 何新：《试论审美的艺术观》，《学习与探索》1980 年第 6 期。

上产生了不同的观点，从而形成了不同的文学本体论观念。当时被冠以本体论之名的文学观念非常多，如果我们根据其理念的相近性加以归类，可以把当时盛行的本体论观念概括为形式本体论、人类本体论和活动本体论等几个大的类型。

其中，与形式本体论并驾齐驱的首先是文艺的人类本体论①。持这种观点的理论家有杜书瀛、王元骧、王岳川、徐岱等人。他们认为本体论就是存在论，而这种存在并不是文艺自身的存在，而是人的存在。因此，文艺的人类本体论的核心就是把文艺的存在和发展与人类自身的存在和发展紧密联系起来，认为二者之间具有一种同构关系。杜书瀛认为，文学艺术活动是人的生命存在的特殊方式，它的目的只能是人本身，显然属于人类本体论意义上的活动。因此，应该抛弃流行的狭隘工具论和认识论的文艺美学而建立以人的存在为基础的人类本体论文艺美学。这种文艺美学不要求通过文学艺术去认识真理，去揭示社会矛盾，去告诉读者什么才是正确的人生观和价值观，而是要求通过文学艺术去"真切地体验人生、感受人生，成为人生中苦的泪水或笑的酒窝"②。王元骧进而认为，在一个物欲横流、价值失范的时代，文学艺术应该在抵制价值相对主义和价值虚无主义中发挥重要作用，而关注人的存在状态和人的新的生命与活力，正是文学艺术的价值所在。只有"出于对超验性层面在构成人的生存本体的特殊地位的认识和理解，我们才肯定文艺在人的生存活动中的重要意义，以及文艺本体与人的生存本体之间的内在联系，并把人的生存本体同时也视作文艺的本体，使审美、文艺与人生三者之间达成了有机的统一"③。这一点王岳川分析得更加清楚。王岳川认为："人类文化发展史表明，艺术与人之

---

① 学界关于从人类存在的角度定义文艺本体的文学本体论术语除人类本体论之外，还有人类学本体论、人学本体论等，笔者认为，人类本体论更能概括其核心观念，因此在文中统称为人类本体论。

② 杜书瀛：《艺术的哲学思考》，辽宁人民出版社2001年版，第204页。

③ 王元骧：《文艺本体论研究的当代意义》，《东方丛刊》2006年第1期。

间存在着一种非此不可的本体关系，因此只有直接进入人类本体存在反思之中，只有在人类本体和文艺本体的意义关系求索的路途上，我们才能去与文艺本体谋面，才能揭示和敞亮文艺本体的终极价值和意义。"① 总之，在人类本体论者看来，如果脱离人类本体而讨论文艺本体，就会使其陷入僵化，因为二者的同构关系决定了文艺本体会随着人类本体的变化而变化。只有在二者的关系中，或者以人类本体为基础才能真正把握文艺本体。他们三人阐释和论证文艺的人类本体论的视角虽有所不同，但是，显而易见，这种观点的哲学基础是由高尔基提出并由钱谷融发展而来的"文学是人学"观念，以及李泽厚建立在马克思主义和康德哲学的基础上提出的人类主体性理论。

另一个具有重要影响的是活动本体论。活动本体论并不是把文学看作一个实体，而是由作家—作品—读者构成的一种活动。文学的本体并不是这个活动过程中的某一个要素，而是存在于由这些要素共同作用的一个活动过程之中。正如朱立元所言："文学是作为一种活动而存在的，存在于创作活动到阅读活动的全过程，存在于从作家—作品—读者这个动态流程之中。这三个环节构成全部活动的过程，就是文学的存在方式。"② 之后，邵建将这种观念发展为一种"三 R 结构"，即认为文学是由 Writer（作者）、Work（作品）和 Reader（读者）构成的三元结构。③ 事实上，王岳川在讨论文艺本体论时是以人类本体论为哲学基点，同时把文学看作一个活动过程。因此，在活动本体论者看来，单纯从作者、作品或读者中寻找文艺的本质，是把动态的文学活动看作一个静态的实体，都是非常片面的。

与上述两种影响较大的文学本体论观念不同，形式本体论强调回到文

① 王岳川：《艺术本体论》，中国社会科学出版社 2005 年版，第 3 页。
② 朱立元：《解答文学本体论的新思路》，《文学评论家》1988 年第 5 期。
③ 邵建：《梳理与沉思：关于文艺本体论》，《上海文论》1991 年第 4 期。

学本身，认为文学研究就应该以作品自身为中心，作品才是文学的本体。孙歌通过对新批评派等形式批评流派的文学观念和批评方法的分析，认为文学批评应该以作品的审美价值为中心，以作品形式引起的艺术感受为立足点。① 但是，随着文学本体论讨论的深入，人们发现作品本体论还具有理论上的不完善性。西方形式文论批判和反思了黑格尔的内容与形式二元论，并尝试着用材料和手法或者架构和肌质等新的术语和概念取而代之，现象学美学家英加登以及受其影响的韦勒克等人则对文学作品进行分层。这些都说明在文学作品诸要素中，有些要素是与文学的审美属性无关的，文学研究应该关注那些与文学的审美属性有关的形式因素。或者说，按照亚里士多德的理论，在文学作品中，形式才是决定文学是其所是的本体性要素。这样，文学作品本体论就深化为文学形式本体论。由于对构成文学形式的语言、叙事和结构等要素的不同侧重，并将这些构成要素提升到本体论的地位，从而使文学形式本体论分化出了语言本体论、叙事本体论和结构本体论等理论分支。

（三）形式本体论的类型及其差异

下面主要介绍两种形式本体论。

首先，在文学形式本体论的这几个分支中，获得更多赞同、影响也最大的是语言本体论。在新时期以来的中国文学理论中，"文学是语言的艺术"已经成为一个毋庸置疑的常识和公理。在文学是语言的艺术这一论断中，语言不再被看作文学得以呈现的媒介和载体，而被看作文学的本体。如果说本体论（Ontology）就是存在论，讨论本体论就是讨论文学何以存在，以什么方式存在的话，那么文学是语言的艺术这一论点就等于说语言是文学的本体。中国学术界把文学看作语言的艺术这一观点主要有两个理论来源。一是以高尔基的观点为代表的苏联文论。高尔基提出了"文学是

---

① 孙歌：《文学批评的立足点》，《文艺争鸣》1987 年第 1 期。

语言的艺术"这一论断，认为"语言是文学的第一要素"。① 无论是在铁马的《论文学语言》中，还是在蔡仪和以群主编的两部影响深远的《文学概论》与《文学的基本原理》教材中，这一观点都是讨论文学的基础。但是，不可否认的是，他们都把语言作为文学的媒介和工具，并没有将语言上升到文学本体的高度，这也是苏联模式影响下的中国文论界对文学语言的基本看法。真正促使中国文论界把语言作为文学本体的是西方现代语言哲学和西方形式文论。在其影响之下，在80年代初期，中国文论界一改苏联模式的语言工具论，提出了语言本体论的建设思路，从而掀起了中国文论的"语言转向"，文学语言研究也成为文学理论研究中的核心问题之一。

刘大枫认为真正的语言本体论出现于1987年，以唐跃和谭学纯的文章《语言功能》为标志。② 其实，1986年，王晓明就已经具有了文学语言本体论的构想。如其所言："文学首先是一种语言现象。这不但是指作家必须依靠文字来表达自己的审美感受，一切所谓的文学形式首先都是一种语言形式；更是说作家酝酿自己审美感受的整个过程，它本身就是一个语言的过程。"③ 在他看来，就像色彩和线条与绘画的关系一样，离开了语言，文学也就自然不存在了，语言与文学是二合一的存在。因此，作家的语言意识和语言运用能力决定了一个作家水平的高低，作家面临的挑战也首先是语言的挑战。进而，唐跃和谭学纯对"语言是文学的表现工具"这一公认的观点提出了质疑，认为无论是把语言作为思维的工具，还是物质材料，都是片面的，而以此为基础得出的"语言是文学的表现工具"的结论就有失客观和公允。"以文学语言论，它在文学创作的不同阶段发挥了不同的用途，也就理所当然地具有不同的功能。在作者的创作阶段，文学语言被用来表现作者的意图，因之具有表现功

① 高尔基：《论文学》，人民文学出版社1978年版，第332页。
② 刘大枫：《新时期文学本体论思潮研究》，天津社会科学院出版社2000年版，第132页。
③ 王晓明：《在语言的挑战面前》，《当代作家评论》1986年第5期。

能；在文本的实现阶段，文学语言被用来呈现文本的意义，因之具有呈现功能；在读者的接受阶段，文学语言被用来发现读者的意味，因之具有发现功能。"① 可见，语言相关于文学活动的各个方面，对作家的创作、文本的呈现和读者的阅读接受都具有本体论的意义。李劼则从文学语言的角度正式提出了文学形式在文学中的本体性地位。他认为，新时期以来的文学创作的重心由写什么转向了怎么写，作家们都意识到了文学形式的重要性，写作实践的形式变革促使了"文学形式的本体性演化"。人们开始重新思考文学的语言和形式。"因为正如人是一个自足的主体一样，文学作品是一个自我生成的自足体。……所谓文学，在其本体意义上，首先是文学语言的创造，然后才可能带来其他别的什么。"② 在文学中，形式本身就具有本体意味，而这种本体意味是通过文学语言的性质而自动生成的。这种观点受到了李洁非的发展，他认为语言作品长期之所以被狭义的艺术拒之门外，根本原因在于我们的文艺理论家和美学家基于功利目的把文学看作政治等外在目的的附属品，不像音乐和绘画那样注重于作品的形式本身。因此，文学要成为语言的艺术，就必须回归自身，关注于文学语言的形式意味。③ 汪曾祺也发表了系列文章，在创作领域证明了语言作为文学之本体的重要性。在汪曾祺看来，语言并不是外在于文学的东西，它就是文学本身。没有脱离语言的思想，也没有没有思想的语言，二者无法隔离。我们不能说这首曲子不错，就是旋律和节奏差一点；这张画画得不错，就是色彩和线条差一点。同理，我们也不能说这篇小说不错，就是语言差一点。"从这个意义上说，写小说就是写语言。小说使读者受到感染，小说的魅力之所在，首先是小

---

① 唐跃、谭学纯：《语言功能：表现＋呈现＋发现》，《文艺争鸣》1987 年第 5 期。
② 李劼：《试论文学形式的本体意味》，《上海文学》1987 年第 3 期。
③ 李洁非：《语言艺术的形式意味》，《文艺争鸣》1990 年第 1 期。

说的语言。小说的语言是浸透了内容的，浸透了作者的思想的。"① 在 80 年代末 90 年代初，《文学评论》和《艺术广角》等刊物也刊发了系列文章对文学语言问题进行了深入探讨，从而把文学的语言本体论推向了深入。在《文学评论》组织的总题为"语言问题与文学研究的拓展"一组文章中，潘凯雄、贺绍俊、陈晓明和吴予敏都从不同的层面和角度肯定了语言之于文学的本体意义，在强调语言研究有效拓展了文学研究的空间的同时，也对这种观念过于宣扬西方形式文论的科学化倾向而忽略文学艺术的人文关怀表示担忧。之后，吴俊、张首映、陶东风、马大康和张法等人都发表文章，从而把语言本体论问题进一步推向深入，并带来了中国文学语言研究的持续热潮。

其次，是叙述本体论。在构成文学形式的具体要素中除语言之外，另一个重要要素就是叙述，因此从叙述的角度建构文学形式本体论也成为一种重要尝试。陈剑晖在西方形式文论的启发之下，提出在中国建立一种本体批评。而走向本体的批评，实际上也就是走向形式、走向现代语言学的批评。"无数的事实告诉我们，从语言入手来研究文学，更能有效地切近文学本身，同时，这也是批评走向本体的标志。……本体论批评却从社会学批评的阴影下冲了出来，它向人们大声宣告：形式是文学的存在方式，忽视了形式也就等于忽视了文学的存在。"② 虽然语言是文学形式的核心要素，但是对于现在影响最大的文体——小说——来说，叙述即讲故事则是其基本要素。也就是说，在小说形式这一变幻莫测的"魔方"之中，"我们首先便碰到了叙述。因为叙述是我们研究新时期小说形式演变的最佳的'突破口'。……小说从本质上说是一种叙述的艺术。对于作为间接艺术的

---

① 汪曾祺：《中国文学的语言问题》，《文艺报》1988 年 1 月 16 日。
② 陈剑晖：《走向本体批评》，《文艺争鸣》1989 年第 1 期。

小说来说，叙述不仅是一种技巧、一种手段，它实际上也是一种本体的呈现"①。陈剑晖进而从具体的作品分析来论证他的叙述本体论。在他看来，莫言和马原等先锋作家的作品的最大特点就在于叙述，他们通过独特的讲故事的方式使作品表现出与传统现实主义作品不同的特点。莫言在《红高粱》中讲述的是一个战争故事，但他并没有把笔墨的重心放在正面描写残酷的战争场面，而是突出其讲故事的方式和过程。这样，叙述的对象在作品中就退居到了次要位置，相反，叙述本身即叙述过程则上升为小说的主体。叙述的本体性在马原的作品中表现得更加突出。可以说，马原的小说说到底就是叙述。

在文学作品中，各种物质材料都需要依托一定的结构才能够得以存在，因此也有学者借用结构主义学说提出了文学的结构本体论观念。赵镇疆认为文学的本体在于其"内构成"。文学的内构成是"文学自身的本质规定，是文学与非文学的区分性因素，也是评估何谓纯文学、通俗文学以及非文学等的重要标准。失去了内构成，真正的文学不会存在；多少有了它，文学就至少不会一点价值没有"②。这种内构成就相当于雅各布森所说的文学性，是决定一部作品成为文学作品的东西，也是区分文学和非文学的标准，对这种特性的探询就是对文学本体问题的追问。与赵振疆不同，林兴宅从艺术作品与一般意识形态作品的差异性角度来提出了文学的结构本体论。他认为，虽然艺术作品与意识形态作品都具有感性的物质形式，但是在意识形态性的作品中，感性物质形式作为传达意义的符号只是手段和工具而不具有独立存在的价值，因此说意识形态作品是一种"符号性存在"。相反，艺术作品的物质形式构成审美感知的直接对象，从而具有独立存在的意义。可以说，"艺术作品就是一种可以诉诸审美直观的感性物

---

① 陈剑晖：《形式化了的叙述本体——走向本体的文学之四》，《云南社会科学》1989年第1期。

② 赵镇疆：《文学的内构成：在文学与非文学之间》，《佳木斯教育学院学报》1989年第4期。

质媒介材料的结构体。因此，我们可以把艺术称之为结构性存在"①。显然，中国学者提出的结构本体论是在结构主义的基础上加上审美的维度，从而使其具有中国化色彩。但是，相对于语言本体论和叙述本体论，结构本体论的影响力相对较小，基本上还是囿于结构主义的理论模式，并没有大的推进。

三　文学形式本体论的反思、批判与重建

进入 20 世纪 90 年代之后，中国文学理论和批评领域的中心由对文学自身内在规律的探讨逐渐向外部研究转移，与之相应的是文化研究与社会历史批评的兴起和文学本体论问题的逐渐退潮。自此，中国的文学本体论研究进入了一个相对平稳发展的批判和反思阶段。

与文学形式本体论的建构过程相伴随，对它的批评之声一直不绝于耳。主要有以下两种声音。

第一种声音是批评形式本体论割裂了文学和社会历史的关系而走向了极端的形式主义。严昭柱对形式本体论及作为其理论基础的英美新批评的批判最为尖锐。他认为，陈晓明、刘心武和孙歌等人倡导的形式本体论"无疑是一种形式主义的文论"，它割断了文学与社会生活之间丰富多样的联系，以至于意图把文学研究变成一种科学主义的程序化操作。这种理论及其批评"保留其词语，而阉割其灵魂"，其实质是"反马克思主义的"。对形式本体论的强调和崇拜不但不是科学的态度，而且不利于社会主义文艺的繁荣。② 这种观点代表了部分学者对形式本体论的基本看法，与 20 世纪 30 年代苏联马克思主义者对俄国形式主义的批判

---

① 林兴宅：《艺术非意识形态论》，《学术月刊》1995 年第 1 期。
② 严昭柱：《论"文学本体论"》，《文学评论》1992 年第 1 期。

如出一辙。董学文则采用詹姆逊批判结构主义的思路，认为形式本体论最终"使自己深陷于语言结构形式的牢笼而不自知。就像'新批评'最终走向了一个'封闭的瓮'一样，'形式本体论'也终难摆脱自我锁闭的命运；对形式、结构及文本的整体性、中心性的刻意追求，又导致了另一种形式的形而上学"①。相比而言，赖干坚的批评相对客观而温和。在对反映论和本体论进行深度比较的基础上，赖干坚认为二者各有其合理性和片面性。"机械的反映论只关注文艺对生活做实证式的再现，而对文艺自身的特性、形式技巧和艺术真实的关系不大重视。正是在这种文艺观影响下，一些作家虽然也力求反映历史的真实，但往往只强调'反映什么'，却忽略了'如何反映'的问题。结果，一些作品总是落入老套，毫无新意，叫人看了倒胃口。而近些年来，一些作者却又走向另一极端，一味强调'如何写'，却不问'写什么'，写的有无现实意义。于是，一些玩弄写作技巧、内容空虚苍白的作品充斥文化市场。"② 因此，最佳的解决途径便是让二者在相互的碰撞和渗透中相互纠正，这样既有利于纠正极"左"思潮的偏颇和反映论的缺陷，也有利于防止形式本体论落入纯粹的形式主义的泥沼。这种折中或对话态度逐渐获得了更多的认同。李长夫和杨朴等在对孙歌把文学批评的立足点定于文学形式的观点进行批评的基础上，认为摆脱非此即彼的二元对立思维模式，把内部研究与外部研究相结合，才是最适合中国文艺现实的发展方向。之后，南帆、陈平原、赵宪章等人则进一步将这种批评方法付诸实践，从而开启了中国形式批评的新局面。

第二种批评的声音主要集中于从哲学本体论的意义上反思形式本体论的合法性问题，这也就是 21 世纪初关于文学本体论的第二波讨论的主要内

---

① 董学文、陈诚：《三十年来文学本体论研究的进展与问题》，《西北师范大学学报》2008年第 9 期。

② 赖干坚：《文艺的本质特征与文艺的自律、他律关系》《福建论坛》1995 年第 5 期。

容。通过对近年来有关文艺本体论的主要观点的分析，毛崇杰认为本体论就像一个巨大的底盘，几乎可以囊括人的生存之本质与现象中的一切，包括文学艺术。由于对本体论的这种过分关注，使这个底盘变得大而无当，似乎什么都可以说明，却又似是而非，很多关于文艺本体论的论述"只是在原来的文艺问题上，加上本体论哲学点缀"①，甚至如果我们把这些有关"本体论"的语句全部拿掉，文章似乎都没有什么损失。毛崇杰的批评真实地再现了本体论问题繁荣时造成得混乱局面，也表明从语义学上确定本体论的真实含义，并探究文学本体论的理论合法性的重要性。王元骧和苏宏斌都认为哲学意义上的文学本体论指的应该是文学作品之外还有一个本原的世界，一个决定文学艺术存在的终极根据，正是这个本原的世界决定着文学的形式。但是，中国学者的文学本体论主要借用了兰瑟姆的"本体论"一词，却根本没有顾及兰瑟姆学说中的亚里士多德背景，从而错误地把"本体论批评"与新批评的立场直接嫁接在一起，以至于把本体论批评等同于研究文学形式和技巧的假象。因此，王元骧认为我国学者以"文学本体论"为名把作品当作一个自足的存在、一个纯粹的语言系统来开展研究，"是对艺术本体论的一种曲解"②。苏宏斌则更尖锐地认为："从某种意义上说，所谓形式本体论甚至可说是一种'伪本体论'。"③ 这些批评可谓一语中的，切中要害，揭示了第一波形式本体论讨论中理论的不准确性，为我国今后的本体论建设提出了新的理论方向。但是，我们也不能否认，在新时期之初的文学本体论只是借用了本体论的概念，其强调的是回到文学本身。从这个角度来说，它对新时期中国文艺理论观念的变革和文学形式批评的繁荣等方面的功绩是不能因为其术语的不准确性就轻易抹杀掉的。

① 毛崇杰：《当代中国 20 年文艺本体论研究的若干问题》，《艺术百家》2010 年第 1 期。
② 王元骧：《评我国新时期的"文艺本体论"研究》，《文学评论》2003 年第 5 期。
③ 苏宏斌：《文学本体论引论》，上海三联书店 2006 年版，第 8 页。

　　近两年来，中国文艺理论界出现了一种重建文学本体论的趋势，但其面对的理论现实与指向的目标与前两次讨论有很大差异。经过30多年的引进，我国的文学理论已经几乎成为西方文论的演练场。西方文论对新时期中国文论的发展乃至中国当代社会的思想解放运动都起到了巨大的推动作用，但是对西方文论的过度依赖及其自身的局限性也使当前的中国文学理论陷入了困局之中，主要表现在以下三点。

　　其一，我们的文学理论建设基本等同于对西方文论的介绍和阐释，忽视了异域理论与本土语言文学之间的差异，导致很多学者在讨论西方文学理论的范式转换和发展演变的时候，甚至都不用"西方"这一定语而直接用文学理论，其结果就是，如"艺术的终结""后理论时代的到来"等这些源自西方文化艺术现实的理论话题俨然成为中国文学理论建设中的热点问题。因此，尤西林认为脱离本土文学经验是导致中国当前文论陷入危机的根源所在。① 其二，当前的文学理论严重脱离文学实践，成为理论话语的自我生产。其三，就现代西方文学理论自身而言，大多属于"场外理论的场内征用"，不可避免地带有"强制阐释"的色彩。② 对于这种情况的反思在我国文学理论界已经展开，并获得了越来越多的学者的认同和支持，其基本观点就是摆脱西方文论的霸权或主导地位，以本土文学经验和批评实践为基础，建构适合于当前中国文学现实的文学理论和文学批评。我们姑且将这种尝试称为重建文学本体论的新实践。那么，新的文学本体论建构与前两次有何不同，能否解决当前文学理论面临的危机，就是理论工作者要面对的理论问题。

　　批判是建构的前提，建构才是批判的最终目的。张江在对西方文论的"强制阐释"的局限性进行深度剖析的基础上，提出了"本体阐释"

① 尤西林：《以文学批评为枢纽的文学理论建构》，《文艺理论研究》2015年第3期。
② 张江：《强制阐释论》，《文学评论》2014年第6期。

的理论构想，并将其作为克服西方文论"强制阐释"的局限性而重建中国文论话语和批评实践的未来发展方向。在张江看来，要克服西方文论"强制阐释"的局限性，需要"全方位回归中国文学实践""坚持民族化方向"，并实现"外部研究与内部研究的辩证统一"。① 张江把这三个问题的实现归结为"本体阐释"的建构。所谓"本体阐释"就是"以文本为核心的文学阐释，是让文学理论回归文学的阐释"。② 根据张江的论述，显然，本体阐释不同于形式本体论，它以文本的自在性为依据，但并不认为文本是一个独立自足的实体，也不切断文本与社会、作家和读者的联系。本体阐释包含核心阐释、本源阐释和效应阐释三个由内而外的层面，即由文本意义向社会生活和作家意图到读者反映的依次拓展。但这又不同于活动本体论。活动本体论的"3R 结构"把作家、文本和读者看作平行并列且同等重要的，而本体阐释的三个层面却是以文本意义为核心而向外逐层辐射的，其重要性也依次逐渐减弱。显然，这个结构是借鉴了艾布拉姆斯的四要素说，同时尽力克服西方现代文论各执一端的缺陷而提出的。可以说，张江对当前文论面临的困境的认识是非常准确的，而他提出的理论构想也具有逻辑的合理性和理论建设的可行性。但是，在当前新的语境中，要使文学本体论的重建成为可能并得以实现，鉴于"本体"概念的复杂性，以及前两次大讨论的理论成果，我们还需要从理论层面对"本体阐释"中的"本体"概念的具体内涵做更进一步的辨析和阐明，并从文学批评方面将这种"本体阐释"予以实践和检验。这既是重建文学本体论的核心所在，也是中国文学理论和文学批评未来应该予以重视的工作。

---

① 张江：《当代西方文论若干问题辨识——兼及中国文论重建》，《中国社会科学》2014 年第 5 期。

② 张江、毛莉：《由"强制阐释"到"本体阐释"——访中国社会科学院副院长张江教授》，《中国社会科学报》2014 年 6 月 16 日第 A04 版。

The Development, Arguments and Reflections for the Ideas of Literary Formal Ontology in the New Period

Yang Jiangang

Abstract　Literary Ontology is a key concept in the New Period of Chinese literary history. As one aspect of Literary Ontology, Formal Ontology has profound and lasting influence. The producing of Formal Ontology at 1980s was the result of the construction of post – revolutionary ideology and the response to the avant – garde literature which concerns with the innovation of literary form, and also influenced deeply by the western literary theories. In the development and arguments of formal ontology, the question appeared firstly is the critique and beyond of the theory of reflection by the theory of ontology. The second question is the debates between formal ontology, human ontology and activity ontology and so on. Because of the different understandings and focuses, the formal ontology is divided into some branches such as linguistic ontology, narrative ontology and structural ontology. The beginning of the new century is the period of rethinking and criticism for literary ontology in which literary theorists mainly discuss the legality of formal ontology in the angle of philosophical ontology. In recent years, by rethinking the crisis of Chinese contemporary literary theories and the Forced Interpretation of western literary theories, Zhang Jiang raises the solution of ontological interpretation. In the construction of this theory, we need to define the concept of ontology distinctly on the basement of the past two great arguments and practice it in literary criticism.

Keywords　Literary Ontology; Formal Ontology; Ontological Interpretation

Author　Yang Jiangang, Doctor of literature, is an associate Professor of Center for Theory of Literature and Aesthetics, Shandong University. His academic interests are literary theory and aesthetics.

阐释的意义与价值

——强制阐释论中的文学经验问题①

曹成竹

摘　要　评析当代西方文论的发展及其问题的关键，在于能否以文学经验为核心，以及如何以文学经验为核心。保持文学经验的鲜活性、回归这一经验的文本基础及其生发与交流的历史语境，既是伽达默尔的"体验观"给予我们的启示，也可作为以 20 世纪 60 年代为转换点的当代西方文论发展得失的有效参照。以"文学经验"为视角，反思当代西方文论的发展及问题，不仅能够帮助我们反拨西方文论的强制阐释之弊，亦可并为当代中国文学理论与批评的健康发展提供有益的启发。

关键词　强制阐释论；伽达默尔；文学经验；当代西方文论

作者简介　曹成竹，文学博士，山东大学文艺美学研究中心副教授，主要从事马克思主义文论、审美人类学、民间文艺美学研究。

一　从伽达默尔的"体验观"谈起

近年来，张江提出的强制阐释论成为文学理论界的一个焦点问题。一方面，这一理论得到了诸多学者的赞同和响应，人们不仅以强制阐释为视

① 山东大学青年学者未来计划资助项目"当代文艺美学话语资源及批评形态研究"（2016WLJH08）、国家社科基金重大项目"当代美学的基本问题及批评形态研究"（15ZDB023）成果。

角，对当代西方文论及中国文论发展的问题展开批评与反思，同时注意到从概念的梳理、辨析及知识谱系学的研究出发，为"强制阐释论"的建构与拓展奠定基础；另一方面，还有学者对于这一问题发表了不同意见，引导着理论探讨的不断深入。其中，张江教授与朱立元、王宁、周宪几位学者关于"主观预设"和"前见"与"立场"等问题的对话尤为引人注意①，因为这些对话从不同角度和深度推进了强制阐释论的发展。在讨论中，张江把强制阐释的"主观预设现象"进一步区分为"前见"和"立场"，并且指出"前见"是某种由生存和教育语境养成的知识结构和认知方式，其根本特点是开放性和可变性，是可以随着对于文本的理解而得到改变和修正的；而"立场"则是一种"主动、自觉的行为表达"和"清醒意识的选择"，它在实践层面上高于前见，是不可改变的，不但不会被文本经验所修正，还会因自身的存在而强制阐释文本②。这一区分能够引导我们对阐释行为的前提要素进行自觉辨识和反思，因此是有益的，也是必要的。然而，这一观点并未得到另外几位学者的赞同。朱立元指出，前见与立场在语义上并没有根本的区别③；周宪也认为，明确地区分出前见和立场并非易事，而且文学研究中的前见和立场往往都是不可或缺的④。

的确，在具体的批评过程中，我们很难意识到自身的前见与立场的差异，它们往往是融合在一起的，而且又是不可避免的。伽达默尔在谈论前见问题时，并未特别强调区分出立场，不知是否也有这方面原因。他认为对于有效的阐释而言，前见必须处于阐释者的自觉意识之中，以保持对文本的倾听态度。至于前见是否能被改变，则在于"体验"（erlebnis 或 erfahrung）这一概念。在伽达默尔看来，"体验"既是一种"前见"，也是能

---

① 参见《学术研究》2015 年第 4 期、《学术月刊》2015 年第 5 期。
② 参见张江《前见与立场》，《学术月刊》2015 年第 5 期。
③ 朱立元：《也说前见和立场》，《学术月刊》2015 年第 5 期。
④ 周宪：《文学的对话性与文学研究的对话性》，《学术月刊》2015 年第 5 期。

够修正前见的关键所在：

> 凡是能被称之为体验的东西，都是在回忆中建立起来的。我们用这个词意指这样一种意义内涵，这种意义内涵是某个经验对于具有体验的人可作为永存的内涵所具有的。这就是关于意识所具有的意向性体验和目的论结构的论述所确认的东西。但是在另一方面，体验概念中也存在生命和概念的对立。体验具有一种摆脱其意义的一切意向的显著的直接性。所有被经历的东西都是自我经历物，而且一同组成该经历物的意义，即所有被经历的东西都属于这个自我的统一体，因而包含了一种不可调换、不可替代的与这个生命整体的关联。①

在这里，体验明显具有两重性：第一重源于体验主体，也就是阐释者事先具有的意向性和目的论的认识结构；第二重则源于"自我经历物"引发的体验本身，也就是体验过程中摆脱主体自我意识的可能。"体验"如同阐释过程中联系阐释者与阐释对象的桥梁，它已然存在于阐释者身上，但在经历了阐释对象和过程之后，又不知将抵达何方。体验的特点在于"先在"与"异在"之间的对话交流，这里的"异在"，指区别于体验者先在经验和意向的体验过程传达的独特经验。对于理想的阐释行为而言，体验的确定性恰恰在于其不确定性，一种以"生动活泼"的方式勾联两种立场的自我超越与意义整合。

伽达默尔特别指出，"体验"的过程是经验性的，但机制是历史性的。人在世界中接触作品，又在作品中与世界接触，因此这种体验产生的意义整合就绝对不是一个"我们刹那间陶醉于其中的陌生的宇宙"，而是能够更加清楚地理解我们自己的途径。所以，对于艺术体验问题的合理立足点，并不是仅仅企求体验的直接性和瞬间性，还应当明白体验"与人类的

---

① ［德］伽达默尔：《真理与方法》，胡汉鼎译，上海译文出版社 1999 年版，第 85—86 页。

历史性实在相适应"①。伽达默尔这种对"体验"的理解，在一定程度上继承了施莱尔马赫、狄尔泰、胡塞尔等人的体验观，并且以柏格森的生命哲学为旨归。不同点在于，伽达默尔的体验观又是在批判康德的基础上的一种推进，最终与他的艺术体验论和历史阐释学结合起来，从而形成了在阐释中洞见真理的方法论。康德把审美趣味作为一种绝对自由，并认为给这一自由立法的是人的主体性精神。这种艺术天才论确定了人作为先验主体的"体验"的绝对自由性，而没有看到其历史性和具体性。伽达默尔不仅把"体验"洞见真理的特权赋予了艺术的审美体验，还把这一过程从先验的绝对主体归还给历史化的相对主体，从而为阐释者的现实根基——"体验"的前见以及这种前见在艺术体验中的消融与重构开辟了道路，阐释者正是在这种牵绊与自由的张力中通达自身的"此在"。

此外需要强调的是，伽达默尔的"体验观"并未抛开对作品本身的重视，而是将其纳入对体验过程的强调之中。有学者认为，伽达默尔的阐释理论容易陷入相对主义和怀疑主义，如赫施的《解释的有效性》就旨在重建以作者原意和作品文本为核心的科学阐释论。但我们也应该看到，伽达默尔是在反拨经典阐释学过度重视还原阐释对象的基础上展开论述的，因此这种重心的挪移可以理解。而这并不意味着他的阐释理论脱离了阐释对象，其艺术体验的生发本身便包含了对阐释对象的尊重，如果没有被充分吸纳入作品的世界之中，体验是无法由先在经验变为独立于主体之外的"自我经历物"的。美国学者霍埃便批驳了赫施对伽达默尔的误解，看到了"经验"虽然是主观的和历史的，但仍是以文本为基础的正当解释。②

对于强制阐释论而言，伽达默尔"体验观"的启发主要有三：其一，体验具有矛盾性，既是阐释者的已有经验，又是交流中以作品为本源的新

---

① ［德］伽达默尔：《真理与方法》，胡汉鼎译，上海译文出版社1999年版，第124页。
② 参见 D. C. 霍埃《批评的循环》，兰金仁译，辽宁人民出版社1987年版。

鲜经验；既是稳定的、前置的，又是变动的、可超越的。其二，体验的充分发生，是阐释合理性的有效保证。其三，充分的体验只是合理阐释的必要条件，必须认识到体验的历史化生成，因此阐释不仅是对文本的理解，还包含对体验的理解。以"体验"为基础，前文提到的几位学者关于"前见"和"立场"的分歧，便可能被化解——前见和立场是可以区分的，前见可能被改变，而立场则应当被悬搁，然而这些应该是文本体验的结果，而不是其前提。文本体验的充分发生以及阐释者对其个人体验的间离和超越相结合，是抵制强制阐释的有效途径。

再进一步讲，对于合理的文学阐释而言，对文学经验的尊重和对立场与前见的检视，虽然如同一枚硬币的两面，但如果必须确定一方的优先权，无疑应该是文学经验。对于立场与前见的检视是为了更好地通达文学经验，而只有以文学经验本身为核心，才可能够实现对前见与立场的检视甚至超越。为了绕出这个循环，我们可以这样说：对"文学经验"的尊重是合理的阐释理应具有的唯一"立场"。这一论断不仅应作为文学阐释与批评的出发点，也是我们反思西方文论经验得失的着眼点。从总体上来看，西方文学理论的发展，因为形而上世界观和理性思维方式的影响，理论和立场的前置性是显而易见的。这种倾向在逻各斯中心主义占主导的时代问题并不突出，但随着西方历史的现代化进程，文学及其他艺术表达经验的诉求更为迫切，文学艺术与社会现实和理性观念的关系也更为紧张，西方文论的理论倾向与文艺经验相脱节的问题也就愈发明显了。

二 "经验"的价值：当代西方文论的转捩点

伽达默尔的"体验"对应的英文释义为 experience，也就是经验。英国马克思主义文学批评家雷蒙德·威廉斯在《关键词》一书中曾对"经验"一词进行过分析①。它有两重含义，第一是"从过去的实践里所累积的知识"，也就是侧重"经验"与"教训"，包含思考、反省与分析之意，即习得之先见；第二则是一种可以与"理性"和"知识"区隔开来的特别的意识，侧重完整的、活跃的意识，而这种意识代表着没有争议的真实性与直觉性，也就是切身的体验。可见，"经验"本身是矛盾的，既是某种既有的前结构，又是自足自律的新意识。"经验"的两重性与伽达默尔的"体验"是一致的，无论是转译上还是内涵上我们都可以将它们视作同一个概念。

特别值得注意的是，"经验"与"体验"这对概念的现代意涵的确立，有着相同的宏观历史背景。威廉斯提到"经验"一词在英语语境中的第二重含义，也就是强调完整的、真实的意识以及整个人的存有（being）的含义，是构成西方现代文化发展运动的重要部分，因为文化的一个现代普遍用法是指"音乐、文学、绘画与雕刻、戏剧与电影"② 等"关于知性的作品与活动，尤其是艺术方面的"。进一步而言，随着 19 世纪以来西方现代美学和艺术的自觉，"经验"代表的重要意义和真理性才逐渐具有了一种"排外"的性质。伽达默尔在《真理与方法》里，同样追溯了"体验"一词的概念史，他发现"体验"这个词在德文中直到 19 世纪 70 年代才成为了与"经历"相区别的常用词，而最早将"体验"独特的现代意义固定下来的是传记文学。在他看来，由"经历"变为"体验"需要以两方面的意义为依据："一方面是直接性，这种直接性先于所有解释、处理或传达而存在，并且只是为解释提供线索、为创作提供素材；另一方面是由直接性中获得的收获，即直接性留存下来的结果。"③ 我们可以这样理解，"体验"

---

① 参见雷蒙德·威廉斯《关键词：文化与社会的词汇》，刘建基译，三联书店 2005 年版，第 167—171 页。
② 同上书，第 106 页。
③ ［德］伽达默尔：《真理与方法》，胡汉鼎译，上海译文出版社 1999 年版，第 78 页。

与"经历"的不同在于，虽然两者同样都是直接的，但"体验"又是有意义的或迫近真理的。伽达默尔指出，19世纪艺术家和诗人传记的作用是，强调从他们的生活出发去理解其作品。传记的功绩正在于传递了"体验"的两方面的意义，并将之作为一种创造性的关系加以认识。简言之，传记文学中的"体验"，意味着从具体的经历中理解艺术家和诗人创作的真理性和独特性。伽达默尔同威廉斯一样，也进一步指出了"体验"一词确立现代意义的历史语境：

> 施莱尔马赫为反对启蒙运动的冷漠的理性主义而援引富有生命气息的情感，谢林为反对社会机械论而呼吁审美自由，黑格尔用生命（后期是用精神）反抗"实证性"，这一切都是对现代工业社会抗议的先声，这种抗议在本世纪初就使体验和经历这两个词发展成为几乎具有宗教色彩的神圣语词。①

很明显，"经验"与"体验"这对概念现代含义的确立，依赖于西方现代美学和艺术的自律及人本主义精神的觉醒这一大的历史背景。或者说"经验"与"体验"现代含义的确立，本身便是现代西方文学艺术经验化、非理性化强烈诉求的表征，传达着18世纪末浪漫主义运动以来与西方现代世界观保持张力关系的审美现代性体验。诚如伊格尔顿所言："像宗教一样，文学主要依靠情感和经验发挥作用，因而它非常宜于完成宗教留下的意识形态任务。的确，在我们这个时代，文学实际上已经等于分析思考和概念探究的对立物：当科学家、哲学家和政治理论家担负着这些枯燥乏味的论辩性事务时，文学研究者却占据了更可贵的感情和经验领域。"②

我们再来考察一下西方文论的历史发展状况。受哲学传统影响，自古

---

① ［德］伽达默尔：《真理与方法》，胡汉鼎译，上海译文出版社1999年版，第81页。
② ［英］伊格尔顿：《20世纪西方文学理论》，伍晓明译，陕西师范大学出版社1987年版，第29页。

希腊以来，西方文论便侧重将文学作品视为客体对象，对其进行理性的分析思考。例如，亚里士多德《诗学》中的摹仿说和悲剧理论，重点探讨的是作品与摹仿物之间的关系，而对于主体自身的经验，虽然有著名的净化说，却也并未做出深入阐发，而是立足于其道德教化的社会效果。20世纪以来，在科学主义和实证主义思潮影响下，社会学、语言学、心理学、精神分析学、符号学、人类学等成果被吸纳进西方文论之中，更强化了这一传统。应该说，西方文论的理性传统有其优势，把文艺作品作为分析思考的对象，对其做出逻辑的思辨和科学的解释，的确能够在一定程度上拨开文艺这片神秘领域的迷雾，使其在人类意识和社会生活中发挥更为明确的作用。但文艺发生作用的方式首先是经验的和情感的，这种经验和情感又要转换为特殊的艺术语言并传递给欣赏者，其内在原则并不是理性分析能够准确言明的。如果不是从文学作品的经验本身出发，而是过度强调理论，先验地、机械地运用理论方法去分析解读作品，的确容易造成应用上的方凿圆枘和结论上的削足适履。

然而西方文论的另一个传统也不容我们忽视，这就是柏拉图的"理式观"（又译作"理念""原型""相"）确立的经验传统。在柏拉图看来，对理式的认识并不是通过感官来实现的，但需要通过经验来领悟，使其呈现在内部知觉面前。在讨论理式问题时，柏拉图反复使用的神话形象和隐喻修辞都表明，"在对获取有关世界基本性质的知识的探索追求中，诗的想象力和宗教想象力同任何纯粹的逻辑方法——更不用说经验主义方法了——一样有用"①。这种经验传统超越一般的感官经验，却又区别于思辨的逻辑理性，可视作经验的一种深层表现。它强调个人体验的神圣性与真理性，即在个人的体验和顿悟中发现宇宙的神圣实在。这一传统在后来的

---

① ［美］理查德·塔纳斯：《西方思想史》，吴象婴等译，上海社会科学院出版社2011年版，第14页。

新柏拉图主义以及中世纪的神学美学中，都得到了继承与发扬。自文艺复兴以来，古希腊的理性传统被重新激活并随着社会历史发展而演变为一种科学的、主客对立的现代世界观，这一世界观最终成为占据支配地位的启蒙法则，经验传统在宗教、艺术创作和文论中受到了抑制。此时值得注意的新变化，是美学作为感性学的自觉及这一学科的发展与经验传统的密切关系。美学学科起源于鲍姆嘉通并成熟于康德，但在德国古典主义之前，维柯的《新科学》以及英国特有的经验主义哲学实际上已经为美学做出了足够的铺垫，为人类经验的合理性和重要性进行了辩护。此后，德国古典美学标志着美学思辨传统的大成，也宣告了这一传统在言说审美方面的断裂与矛盾。现代美学发端以来，一个显著特征便是由思辨转为感性，由形而上转为形而下。尼采对酒神精神的呼唤、柏格森的生命美学、克罗齐对艺术直觉的肯定、杜威的艺术经验论，都可视为对于自柏拉图以来的经验传统的延续。这种经验传统无疑更贴近人类存在本身，更贴近人的情感和经验世界，因此对西方现代文学艺术发展感性脉动的理解更加切中肯綮。然而，经验式的美学和文论却也容易陷入非理性崇拜的误区，忽视文艺活动的历史性和社会价值，继而走入孤芳自赏的精英主义樊篱之中。

现代西方文学艺术的发展既是经验的产物，又是社会生活和历史的产物，因此在感性与理性的交叉维度上确定文学经验的中心与边界问题，实际上构成了当代西方文论发展的关键转捩点。伽达默尔的《真理与方法》出版于 1960 年，正值西方过渡到后现代社会的开端。此后的西方文论开始了新一轮的"向外转"，福柯、德里达、利奥塔、拉康、阿尔都塞、罗兰·巴特、波伏娃、布尔迪厄、萨义德等理论家相继登上舞台，并引发了文学与文化研究新的"问题形式"[①]。这些理论家的文论精彩深刻，令人折服，他们的理论也经常被人们所借用。然而需要我们深思的有三：其一，

---

① 段吉方：《论 20 世纪英国文化研究中的"葛兰西转向"》，《文学评论》2014 年第 2 期。

后现代理论家中的大多数并不是严格意义上的文学理论家，尽管如卡勒所言，理论是"跨学科的"和"自反性的"，并且是对常识的批判①，但这并不意味着来自文学之外的理论理所应当地占据文学理论批评的支配地位，文学经验作为沟通文本、读者与作者的桥梁依然是阐释的直接发源。其二，后现代理论家的理论，如解构主义、女性主义或生态批评等，都有其兴起的历史背景，也有其适用的具体特殊的文艺对象，因此其理论的有效性是有限的。如果超越了经验的边界而广泛地挪用理论，阐释其语境之外的文学文本，则很容易导致阐释的强制性和虚假性。其三，20世纪60年代之后专业意义上的西方文学理论，开始转向了神话原型批评、互文性理论、读者反映批评、接受美学和文化研究。这些理论虽然也强调文学研究的向外转，却仍然忠实于文学文本和文学经验。② 对于这些文论的新转向而言，关键问题在于如何处理文学经验，以确保不陷入经验或文本的形而上学。这些反思，启示我们对于当代西方文论的考察应当以"文学经验"问题为核心，以20世纪60年代为分界或参照点。

三　文学经验与当代西方文论发展之问题

韦勒克将20世纪西方汹涌发展的理论批评划分为六大主潮，即马克思主义批评、精神分析批评、语言学与风格批评、一种新的有机形式主义、以文化人类学与荣格学说为基础的神话批评、由存在主义或类似世界观激

---

① 参加乔纳森·卡勒《文学理论入门》，李平译，译林出版社2008年版。
② 英国的文化研究在起源时，受英国经验主义和精英主义传统的影响，威廉斯、霍加特、汤普森等人的论著都十分强调文学经验的重要性与核心地位，特别是威廉斯的代表作《文化与社会》《漫长的革命》《乡村与城市》等，均鲜明地体现了这一原则。只是文化研究在后来的发展扩散中，被形形色色的后现代理论所吸引，逐渐偏离了这一原则。

发的哲学批评①。这一划分，大致合理地勾勒出了西方文论截至 20 世纪 60 年代之前的发展态势。以此划分为参照（但会延伸到韦勒克未言及的 60 年代以后），以文学经验为视角，我们可以将当代西方文论的主要问题归纳为以下三个方面。

第一，将理论置于文学经验之前。这方面的代表是精神分析批评与马克思主义批评。对于精神分析理论，韦勒克提到弗洛伊德本人对文学并无多大兴趣，而且承认精神分析并不能解决艺术问题，然而他的追随者运用精神分析方法系统地解释文学，其结果是既为现代批评家提供了工具，也导致保守的弗洛伊德派文学批评"通常沉溺于对性象征的不厌其烦的探求中，经常曲解作品的意义，破坏了艺术的完整性"②。对于弗洛伊德及其追随者的理论之弊，张江在《当代西方文论若干问题辨识》③ 一文中有详细的举证，此不赘述。对于马克思主义批评，韦勒克认为，以梅林和普列汉诺夫为代表的早期理论家都承认艺术的独立性，并将该批评作为研究文学作品的社会决定因素的客观科学。然而，后来马克思主义批评在苏联成为了教条的理论，限制了其健康发展。这一批评潮流在苏联以外也产生了广泛影响，如英国马克思主义批评家考德威尔的代表作《幻想与现实》。韦勒克将《幻想与现实》描述为马克思主义、人类学与心理分析三者"奇妙的混合"，实际上恰说明了其浓郁的理论前置色彩。雷蒙德·威廉斯也曾指出，《幻象与现实》将 15 世纪以来的现代诗歌称为"资本主义的诗"，将 20 世纪的西方文学称为"颓废的文学"，因为它们赖以产生的社会制度是"颓废的"（decadent）。这一断言显然欠妥。它把利用了颓废因素的流行艺术及大众文化，与感知并且对抗资本主义现实和精神世界的严肃艺术

---

① 参见韦勒克《批评的诸种概念》，丁泓、余徵译，四川文艺出版社 1988 年版，第 327—328 页。
② 同上书，第 331 页。
③ 参见张江《当代西方文论若干问题辨识》，《中国社会科学》2014 年第 5 期。

混为一谈。可以说，"将过去 300 年英国人的生活、思想、想象简单地说成是'资产阶级'的，将现在的英国文化描述为'濒临死亡'（dying），这些都是用牺牲现实来成全公式"①。这里威廉斯对考德威尔的批评，代表着马克思主义文论家对于以前置的理论或立场简单笼统地对待文学经验的一种反拨，也印证了早期马克思主义批评容易存在的问题。

第二，将文学经验隔离于文本之外。这方面的代表是语言学批评和形式主义文论。这两派文学批评深受 20 世纪实证主义思潮和语言学转向的影响，力图为文学研究划定专属的学科疆界。虽然其批评路径各不相同，但无一例外地主张聚焦于文学语言形式，因此我们可以将其统称为"形式主义和语言学批评"。此派批评在语言分析和文本解读方面鞭辟入里，为西方文论注入了科学精严且富于可操作性的方法，并从本体意义上肯定了文学语言的核心地位。但其问题不仅在于能够选择的阐释对象比较狭窄（伊格尔顿便指出其方法仅适用于诗歌，且在诗歌中需要进一步筛选），而更在于这种以文本语言为唯一对象的客观研究方式，将文本作为解剖台上或显微镜下的静止物，将文学经验隔离在文本之外，因此既不能从情感经验上融入文本并与之对话，也拒绝从社会现实层面理解这些文本特征的由来及意义。早在 20 世纪 20 年代，托洛茨基就对俄国形式主义做出过批评："从巨大的历史范围内来考察，新的艺术形式总是作为对新要求的反应而产生的。……形式分析的手法是必要的，但也是远远不够的。……让艺术脱离生活，宣称艺术是独立自在的技艺的做法，会使艺术空虚，死亡。采取这种做法的需要本身，正是思想衰败的无误的症状。"②后来，伊格尔顿也尖锐地指出："新批评运动本来是作为技术主义社会的人文主义补充或

---

① ［英］雷蒙德·威廉斯：《文化与社会》，吴松江、张文定译，北京大学出版社 1991 年版，第 358 页
② ［苏］托洛茨基：《文学与革命》，刘文飞等译，外国文学出版社 1992 年版，第 168 页。

替代物开始其生涯的，但它却在自己的方法中重复了这种技术主义。"① 应该说，形式主义和语言学批评的最大问题，正在于其极端的技术化思维及文本崇拜情结，排挤了文学经验的鲜活性和实践性，文学阐释与批评成为了封闭的、机械无趣的、只有专家学者才能破译的语言迷宫。

第三，将文学经验先验化。对于神话原型批评和存在主义批评，韦勒克的看法是"如果追随神话学和存在主义，我们就会重新回到把艺术与哲学、艺术与真视为同一的立场。在热衷于对诗人的态度、情感、观念、哲学进行研究的时候，艺术作品作为一个美学整体就被割裂或忽略了"②。的确，神话原型批评和存在主义强调的与其说是某种固定的理论分析方法，倒不如说是文学经验本身。只不过，将文学经验固定和简化为了一种先在的神话原型、集体无意识或自身存在的无蔽，用这种先验的经验去解释作品，不仅容易导致对作品文本的偏离，还压缩了文学经验的丰富多样性。此外，20 世纪 60 年代以后西方文论的主要动向是转向文学的阅读与接受，将文学经验作为文学研究的重心，走出了形式主义和语言学批评的樊篱。然而，读者批评和接受美学同样容易将经验理想化、先验化，缺少对经验本身的反思批判意识。乔纳森·卡勒在《论解构》中指出了"经验"研究的弊端——如果经验不是强制性的、模式化的先验阅读方式，那么只有不确定、不稳定的经验才是理想的阅读经验。但这样一来经验也就更加无法言说了："事实证明比较容易确定文本中有些什么，实在不容易说'读者'或'某一位读者'的经验中有些什么：'经验'一分为二且被延宕了，既是我们身后有待复原的东西，又是我们面前需要待出产的东西。"卡勒的批评揭示了读者经验理论的不足，也便于我们理解当代西方文论的新发

---

① ［英］伊格尔顿：《20 世纪西方文学理论》，伍晓明译，陕西师范大学出版社 1987 年版，第 55 页。

② ［美］勒内·韦勒克：《批评的诸种概念》，丁泓、余徵译，四川文艺出版社 1988 年版，第 346 页。

展：或者回归文本，确定其相对固定的、稳定的意义，以此为基础讨论经验的合法性问题。赫施关于"意义"和"意味"的区分，以及韦恩·布斯的文本修辞学研究、詹姆逊的寓言批评都可视作此方面的代表；或者对经验本身的前在结构进行反思。卡林内斯库的《重新阅读》（*Rereading*，1993）表明，阅读始终是一种"双重阅读"，既包含细读作品时的瞬间体验和愉悦感，也包含重新建构和整理意义的理性反思。换言之，对于读者而言，任何初次阅读都可能是一种"阅读症候"下的"重读"，阅读立场的隐蔽性及稳定性比阅读中的自由经验更容易发挥作用。如同詹姆逊所言："我们从未能真正直接面对一个文本，一个保持着自身内在新鲜性的文本；取而代之的是，文本在来到我们面前时'总是—已经—被读过'了。"[1] 在此意义上，与其停留于"自在的经验"或"自足的文本"，倒不如反思托尼·本尼特所谓的"阅读型构"（reading formation）[2] 问题。因此，读者反映批评和接受美学的发展转变显示了经验研究的困境：经验的绝对过程化和理想化往往是一地碎片或者空中楼阁，文本语言和文本的视界经验以及对阅读主体的具体实证研究更是不可或缺的。

通过追溯我们发现，评析当代西方文论的发展及其问题的关键，在于能否以文学经验为核心，以及如何以文学经验为核心。保持文学经验的鲜活性、回归这一经验的文本基础及其生发与交流的历史语境，既是伽达默尔的"体验观"给予我们的启示，也可作为以20世纪60年代为转捩点的当代西方文论发展得失的参照。以"文学经验"为视角，反思当代西方文

---

① Fredric Jameson. *The Political Unconscious*. Ithaca and New York：Cornell University Press，1981，p. 9.

② 阅读型构，即阅读过程中激活情感、生产意义的先在结构。本尼特认为，在经典文学中，既有的学院式批评话语已然构成了大部分读者"阅读型构"的主要决定因素，在很大程度上影响着大众对文学经典的理解。但是在其他的大众阅读和大量通俗小说中，"学院式"的影响则微乎其微，取而代之的则是一系列更为复杂的机制，如电影评论、明星访谈、广告宣传等。详见《从"情感结构"到"阅读型构"：英国马克思主义文论的文化转向》，载《云南社会科学》2015年第3期。

论的发展及问题，能够帮助我们反拨西方文论的强制阐释之弊，并为当代中国文学理论与批评的健康发展提供有益的启发。桑塔格的《反对阐释》可视为西方理论界自觉反思的标志，她反对的是"唯一的一种阐释，即那种通过把世界纳入既定的意义系统，从而一方面导致意义的影子世界日益膨胀，另一方面却导致真实世界日益贫瘠的阐释行为"①。的确，西方文论的理论化倾向，不仅压迫了丰富的文学经验和人们的感受力，还传递着理论之外的深层价值观念，这种"将世界纳入既定意义"的阐释模式不仅困扰着西方世界，更深深影响着我们对西方文论的接受与运用。今天中国学界的批判反思以"强制阐释论"为口号，而新的起点或落脚点，则应当是对中国文学民族审美经验的重新发掘与深刻解说。

Meanings and Value of Interpretation: Problems of Literary Experience about "Theory of Peremptory Interpretation"

Cao Chengzhu

Abstract　The key to comment on the development of contemporary western literary theory and its problems lies in whether takes literary experience as core and how to do this. Keeping literary experience fresh, Going back to the textual basic and historical context of the experience, are not only the inspiration of Gadamer's "experience" view, but also an effective reference for the development of contemporary western literary theory, which took 1960s as the turning point.

Keywords　Theory of Peremptory Interpretation; Gadamer; Literary Experience; Contemporary Western Literary Theory

Author　Cao Chengzhu, Doctor of literature, is an associate Professor of Center for Theory of Literature and Aesthetics, Shandong University. His academic interests are Marxist literary theory, aesthetic anthropology, folk art and aesthetics.

---

① ［美］苏珊·桑塔格《反对阐释》，程巍译，上海译文出版社2003年版，第7页。

"设文之体有常"与"文以有体为常"

——刘勰与张融文体观之比较

李 飞

摘 要 古代文体范畴的核心是文学作品作为有机整体最基本的统一性，而从如何获得这种统一性出发，派生出体裁与体貌两个系统；但二者的产生并非同时，体裁之义产生于汉代，但体貌之义则至南朝方始流行。体貌的流行，标志着时人更多地将文体与作者情性相关联，甚至将之看作决定文体的唯一要素，其理论代表就是张融。张融主张文"以有体为常"，则"文岂有常体"，最终必然导致刘勰批判的"文体解散"。刘勰从体裁与体貌两个方面建立文之常体，以之规范作家个体情性，同时肯定了作家个体情性对于文之常体的有益影响。

关键词 体；体裁；体貌

作者简介

一

《文心雕龙·通变》篇范文澜注引张融《门律·自序》，并下按语："融说可与彦和互证。"① 盖《通变》篇云："夫设文之体有常。"《南齐

---

① 范文澜：《文心雕龙注》，人民文学出版社1958年版，第526页。本文《文心雕龙》引文皆据范注本。

书·张融传》载其《门律·自序》云："夫文岂有常体，但以有体为常，政当使常有其体。"两者字面上颇为相似，范注故云。然二说实不相同。《通变》篇云："凡诗赋书记，名理相因，此有常之体也。"则刘勰所谓"设文之体有常"，是指上篇"论文叙笔"部分讨论的"名理相因"的，也就是具有固定名称和相对稳定的写作规范的所有文类。① 张融的"体"，却不是就文类而言。《门律·自序》称："吾文章之体，多为世人所惊，汝可师耳以心，不可使耳为心师也。夫文岂有常体，但以有体为常，政当使常有其体。丈夫当删《诗》《书》，制礼乐，何至因循寄人篱下！……吾之文章，体亦何异，何尝颠温凉而错寒暑，综哀乐而横歌哭哉？政以属辞多出，比事不羁，不阡不陌，非途非路耳。然其传音振逸，鸣节竦韵，或当未极，亦已极其所矣。汝若复别得体者，吾不拘也。"本传又载其"临卒，又戒其子曰：'……吾文体英绝，变而屡奇，既不能远至汉魏，故无取嗟晋宋。"张融屡言"吾文章之体""吾之文章，体亦何异""吾文体英绝"，又告其子"汝若复别得体者，吾不拘也"。可见，他所说的"体"，是与作者个性紧密相关的作品体貌，所谓"属辞多出，比事不羁，不阡不陌，非途非路"，而与刘勰所说的文类之体无干。他所说的文须"以有体为常"，即是主张每一个创作者都应具有独特之体貌，人各有体是常，但并没有一种所有创作者都应遵循的常体，故云"文岂有常体"。

以上对二人文体观的辨析显然是遵从了最为学界认同的二分阐释模式，即将古代文论中的"体"区分为"体裁""体貌"两种含义。② 刘勰

① 杨明照谓："按自《明诗》第六至《书记》第二十五，皆研讨文体者，势不能一一标出，故约举首尾篇目以包其余。"《增订文心雕龙校注》，中华书局 2000 年版，第 399 页。

② 二分阐释模式与下文一元式阐释模式的提法取自于姚爱斌，参见姚爱斌《中国古代文体论思辨》，北京大学出版社 2012 年版，第 19—23 页。关于二分模式有多种不同名目，均是后人拟议，这里采用的是罗宗强"体裁""体貌"的说法，见罗宗强《魏晋南北朝文学思想史》，中华书局 2006 年版，第 251 页。

之体近于体裁，张融之体近于体貌，① 则二人所说虽字面相似，而内涵上竟全无相干。然而，刘勰、张融时代相近，《南齐书·张融传》载其《门律·自序》为南齐永明（483—493）中遇疾而作，与《文心雕龙》写作时代亦近，如此二人讨论"文体"与"常"之关系这同一问题，而在内容上全无关联，实不可解。若能不囿于对于古代文体的二分阐释模式，或可别有所见。

二

在二分阐释模式之外，有对古代文体的一元式阐释模式，影响较大的是徐复观提出的"形相"说。徐氏认为《文心雕龙》之体不同于文类，也就是通常所说的体裁，而是指文学的"形相"，并将之分为体裁、体要、体貌三个由下及上的次元加以系统论述。② 笔者虽不认同他对"体"的具体解释，但对他指出的"文体的最大意义，即在于表征一个作品的统一"这一点深表赞同。③ 再进一步的说，至少在刘勰那里，这种统一性是文学作品之所以成为一个有机整体的最基本要求，但这种统一性并不是实然的，而是应然的。它不仅仅是一个刘勰从文学实践中总结出的经验性概念，更是一个具有理念性质的规范性的本体概念。并不是所有的文学作品

---

① 罗根泽已指出张融之体近于体貌（罗氏称之为"体派"）之体，见《中国文学批评史》，上海书店出版社 2003 年版，第 148 页。吴承学认为"以有体为常"是指"创作中体现出作家的风格，这是普遍的情况"，"文岂有常体"是指"每种文体不必有一成不变的文体体制"，则两个"体"字所指不一，张融的主张就变成了可因个体风格之表现突破固有文体规范之限制，即是所谓"破体"。吴说亦通（见吴承学《中国古代文体学研究》，人民出版社 2011 年版，第 113 页）。

② 徐复观：《〈文心雕龙〉的文体论》，收入《中国文学精神》，上海世纪出版集团 2006 年版，第 145—209 页。

③ 徐复观：《中国文学精神》，上海世纪出版集团 2006 年版，第 170 页。姚爱斌对这一点续有发挥，指出"文体是指具有丰富特征和构成的文章整体存在，其中文章整体存在是文体范畴最基本的内在规定，而特征性和构成性则是对文章整体存在的进一步描述"（姚爱斌：《中国古代文体论思辨》，北京大学出版社 2012 年版，第 74 页）。

都具有这种统一性，所以实际创作中存在着"失体成怪""文体遂弊"（《定势》篇），"解散辞体"（《才略》篇）的现象。但倘若失去了这种统一性，那么也就意味着丧失了作为文学作品存在的内在依据，这也是刘勰在《序志》篇将"文体解散"郑重列入近代文弊的原因。一言以蔽之，文体，就是文学作品作为一个有机整体理应具备的最基本的统一性。在这个基点上，对于古代文体的二分阐释也是可以统一的。因为将文体定义为文学作品作为一个有机整体最基本的统一性，这一规定是最普遍、最广泛的，但同时可以说是最为形式而缺乏质料、最为空洞无物的。这种统一性从何而来？不外一是得自作品，准确地说是"指语言文字的形式结构，是客观存在，不与作者个人因素相关涉的语言样式"，① 二是得自作者之主体情性（包括时代、地域等因素对于作品统一性的影响也是通过作者而实现的）。② 当然，二者最终都是由作品呈现出来，但仍无妨在逻辑上作这种区分。前者如前引《通变》篇所举诗、赋、书、记等有常之体，后者如《体性》篇与作者情性"触类以推，表里必符"之八体。需注意的是，前者虽然通常被称为体裁论，但其中并不乏关于风格的论述，盖对于体裁的"囿别区分"最终必然涉及不同体裁之间风格的辨析。如《定势》篇所论之势，王元化以为即指风格的客观因素，③ 而范文澜以为："本书上篇列举文章多体，而每体必敷理以举统，即论每体应取之势。"④ 则诗、赋、书、记之所以能成有常之体的相因之名理，即风格之一部。这也是笔者不赞同称后者为风格论的原因。体裁与体貌的最大区分，在于作品内在的统一性是

---

① 龚鹏程：《〈文心雕龙〉的文体论》，《中国文学批评史论》，北京大学出版社 2008 年版，第 127 页。龚文专就此点发挥。

② 这种区分只是大略而言。吴承学总结古代文体有六义：体裁或文体类别、具体的语言特征和语言系统、章法结构与表现形式、体要或大体、体性或体貌、文章或文学之本体。其中前四种可说是得自以语言为载体的文学作品本身，第五种得自作者主体情性，第六种则源自文之为文的最大普遍性（吴承学《中国古代文体学研究》，第 17—20 页）。

③ 王元化：《文心雕龙讲疏》，三联书店 2012 年版，第 146 页。

④ 范文澜：《文心雕龙注》，第 535 页。

得自作品本身还是作者情性。

显然，在文何由得体，或者说作品作为整体何以获得其稳定的统一性
（"常"）的问题上，刘勰重视作品本身与作者情性的双重影响，而张融则只
关注后者的决定作用。这样，二人讨论就不再是貌同心异的两个问题，而是
一个问题。二人观点存在这种差别的原因，就是接下来要讨论的问题。

三

在继续讨论之前，首先要指出一个简单但却常被忽视的事实：古代文
体这一范畴诚然存在着体裁与体貌这两种不同的含义，研究者往往把二者
作为共时性的两个类型加以处理，但这两种义项的产生并非同时。

以体论文，学界一般以为起自东汉以后。① 《文心雕龙·辩骚》篇引扬
雄评论《离骚》语，称"扬雄讽味，亦言'体同诗雅'"。扬雄语已无可
考，如刘勰所引为扬雄原文，则这一时间还可上推至西汉末。② 但值得注
意的是，从最开始以体论文迄于两晋，除曹丕《典论·论文》在疑似之间
外，③ 几乎找不到其他将文体与作者情性相关联的例子，基本上都是由作
品本身赋予其"体"的统一性。大概要到南朝时，论者才更多地将文体与
作者情性相联系，一个突出的表现，是"以人名体"现象的出现。鲍照有
《学刘公干体》五首、《学陶彭泽体》一首。④ 沈约《宋书·谢灵运传论》

---

① 参钱志熙《论中国古代的文体学传统——兼论古代文学文体研究的对象与方法》，《北京
大学学报》2004 年第 5 期。

② 有学者引《史记·扁鹊仓公列传》"此谓论之大体也，必有经纪"，作为早期以体论文之
证，不确。《史记》原意，谓前引扁鹊所言不过是大致的纲领，具体诊病时还须具体分析。这里并
不是讨论"论"这种文体，"大体"是"纲领"之义，与论文无关。参见泷川资言《史记会注考
证》引多纪元简说，北岳文艺出版社 1999 年版，第 4384 页。

③ 罗根泽：《中国文学批评史》，第 147—148 页。罗先生又谓："曹丕以后的文体论，群趋
于体类的研究，研究体派者很少"（引按：罗先生体类与体派之分即本文体裁与体貌之别）。

④ 逯钦立：《先秦汉魏晋南北朝诗》，中华书局 1983 年版，分见第 1299、1300 页。

论自汉至魏文体三变，以司马相如、班彪与班固、曹植与王粲标目；萧子显《南齐书·文学传论》论当时文章三体，以谢灵运、傅咸与应璩、鲍照标目。《南齐书·武陵昭王晔传》云"（晔）与诸王共作短句诗，学谢灵运体"；《梁书·伏挺传》载伏挺"为五言诗，善效谢康乐体"；《梁书·吴均传》"均文体清拔有古气，好事者或效之，谓为吴均体"。以人名体现象的出现，说明时人开始更加关注作者情性在形成作品统一性中的作用。可见，更多地将文体与作者情性联系起来，在刘勰、张融的时代还属于比较新鲜的做法。刘勰将之与以"体裁"言体的老办法结合起来，但张融则全盘接受了这一新的做法，并且推至极致。在下面的讨论中我们将看到，张融的这一做法，其实正是刘勰严厉批评的对象。

张融的主张可以归纳为以下两点：其一，文体即作品最基本的统一性完全由作者的个体情性决定，而不由作品本身给予。因为诗、赋、书、记这些相因之名理，总是在此前的创作实践中加以总结和征验，所谓"名理有常，体必资于故实"（《通变》），张融否定了这一点，所以主张"丈夫当删《诗》《书》，制礼乐，何至因循寄人篱下"。又云："吾文体英绝，变而屡奇，既不能远至汉魏，故无取嗟晋宋。"又云："吾无师无友。"对于此前的文学遗产一无所承，这显然是刘勰绝对不能接受的。其二，张融理解的情性，限于个体之情性，一人有一人之体性，而每一个个体情性都具有正当性，不能为他人性情所掩。这从他的立身行事里看得更清楚。《南史·张融传》："融善草书，常自美其能。帝曰：'卿书殊有骨力，但恨无二王法。'答曰：'非恨臣无二王法，亦恨二王无臣法。'"又常叹云："不恨我不见古人，所恨古人又不见我。"作《海赋》，自序称："木生之作（引按：指木华有同名赋作），君自君矣。"君自君则我自我，无所谓孰优孰劣。故称："吾无师无友，不文不句，颇有孤神独逸耳。"在这个意义上，才能真正理解他所说的"夫文岂有常体，但以有体为常，政当使常有其体"。盖张融既视文体为个人情性所创造，人皆有其性情，而人之性情各不相同，故并无一种文体是恒久之范式而为他人所宜效仿，人各有其性情，于是人各有其文体，唯有此点恒常不变。可见，他虽以"常"言体，但真正注重的则是体之"变"之"奇"，故称"吾文体英绝，变而屡奇"。

值得注意的是，张融的这一主张，在当时并不是空谷足音，而是当时一种流行的文学现象的理论表达，这种现象，笔者称之为"詅痴符"现象。

> 《颜氏家训·文章》："吾见世人，至无才思，自谓清华，流布丑拙，亦以众矣，江南号为詅痴符。近在并州，有一士族，好为可笑诗赋，誂撤邢魏诸公，众共嘲弄，虚相赞说，便击牛酾酒，招延声誉。其妻，明鉴妇人也，泣而谏之。此人叹曰：'才华不为妻子所容，何况行路！'至死不觉。自见之谓明，此诚难也。"

《南史·胡僧祐传》提供了一个江南詅痴符的例子："（胡僧祐）性好读书，爱缉缀，然文辞鄙野，多被嘲谑，而自谓实工，矜伐弥甚。"

再以《南史·文学传》数人为例：

> （丘）灵鞠……在沈深座，见王俭诗，深曰："王令文章大进。"灵鞠曰："何如我未进时？"
>
> （吴）迈远好自夸而蚩鄙他人，每作诗，得称意语，辄掷地呼曰："曹子建何足数哉！"
>
> 陈郡袁嘏，自重其文。谓人云："我诗应须大材迮之，不尔飞去。"《诗品》亦有类似记载："嘏诗平平耳，多自谓能。尝语徐太尉云：'我诗有生气，须人捉著。不尔，便飞去。'"[1]

王利器引《说郛·三六·翻古丛编》释"詅痴符"云："大抵论其文

---

① 王叔岷：《钟嵘诗品笺证稿》，中华书局2007年版，第4011页。

藻骱骸，矜伐自鬻。"①以上所引诸人，无论为文工拙，共同点都是"矜伐自鬻"，即对自我文学才能的极端认可。值得注意的是"江南号为詅痴符"一语，江南于此辈人已有专称，可见南朝此辈人断不在少。较之史家对此类现象的记载更值得注意的是当时史家记载此类事迹的动机，以及对之做出的解释。《颜氏家训·文章》："文章之体，标举兴会，发引灵性，使人矜伐，故忽于持操，果于进取。今世文士，此患弥切，一事惬当，一句清巧，神厉九霄，志凌千载，自吟自赏，不觉更有傍人。"②《梁书·文学传论》："夫文者妙发性灵，独拔怀抱，易邈等夷，必兴矜露。大则凌慢侯王，小则傲蔑朋党，速忌离訧，启自此作。"所谓"一事惬当，一句清巧，神厉九霄，志凌千载，自吟自赏，不觉更有傍人""易邈等夷，必兴矜露"，正是"詅痴符"的真实写照。颜之推、姚察并没有将此一现象的成因简单地归结为作家的道德问题，而是与文学自身的本性联系起来，"原其所积，文章之体，标举兴会，发引灵性，使人矜伐，故忽于持操，果于进取""文者妙发性灵，独拔怀抱，易邈等夷，必兴矜露，"具有某种程度的必然性，而不再仅仅视为个人的偶然行为。这表明当时的文学自觉已经达到了相当深入的程度，尽管这种解释不见得正确。对于自己文学才能的认同既出自文学自身本质的要求，则这种做法从文学自身的立场上来看，就取得了一定程度的正当性。张融"夫文岂有常体，但以有体为常，政当使常有其体"的主张，便是以此种正当性为依据，是此种风气在文体问题上的理论体现。

四

张融的这一主张在《文心雕龙》中亦有反映。《风骨》篇："《周书》云：'辞尚体要，弗惟好异。'盖防文滥也。然文术多门，各适所好，明

① （隋）颜之推撰，王利器集解：《颜氏家训集解》，中华书局1993年版，第254页。
② 同上书，第238页。

者弗授，学者弗师。于是习华随侈，流遁忘反。"学者不甚留意的"文术多门，各适所好，明者弗授，学者弗师"其实甚为重要，它与张融主张背后的逻辑是一致的，既然文学只是个人情性的一种表达，这种表达没有价值判断上的高下之分，我应做的便只是依据我个人独有的方式把我的性情充分表达出来（"文术多门，各适所好"），而没有向别人学习的必要，我也没有必要把我这种只属于我个人的经验传授于人（"明者弗授，学者弗师"）。张融所以称自己"无师无友"，原因在此。

《序志》篇称："去圣久远，文体解散，辞人爱奇，言贵浮诡，饰羽尚画，文绣鞶帨，离本弥甚，将遂讹滥。"纪昀评："全书针对此数语立言。"① 所见极是。两相对照，显然《风骨》篇所说的"习华随侈，流遁忘反"的"文滥"现象，就是《序志》篇所说的"饰羽尚画，文绣鞶帨，离本弥甚，将遂讹滥"，"华""侈"即"饰羽尚画，文绣鞶帨""流遁忘反"，忘反其本，故"离本弥甚"，于是"将遂讹滥"。而在刘勰看来，这种"文术多门，各适所好，明者弗授，学者弗师"的做法，正是导致"文滥"的原因。《序志》篇则归因于"辞人爱奇，言贵浮诡"，"各适所好"与"辞人爱奇"之间，又是什么关系呢？

"辞人爱奇"的实质是东汉以来士族大夫的个体自觉在文学领域的充分以致过度表现，注重文学创作中个人情性以及写作方式的独特性。② 这种爱奇推展到极致，就是以个人情性的完全表达作为创作的原则和评价标准，而否认一个具有一般意义的客观标准，从而"各适所好"。"各适所好"，是"辞人爱奇"的最终结果，都是刘勰认为的导致六朝文弊的主体根源。而在文体问题上，"辞人爱奇""各适所好"的后果，就是《序志》篇所说的"文体解散"。

---

① 黄霖：《文心雕龙汇评》，上海古籍出版社2005年版，第163页。
② 关于"辞人爱奇"的解释，请参看拙文《由六朝任诞风气释"雅颂之博徒"——兼论〈文心雕龙·辨骚〉篇的枢纽意义》，《中国文化研究》2013年夏之卷。

《定势》篇云："自近代辞人，率好诡巧，原其为体，讹势所变，厌黩旧式，故穿凿取新，察其讹意，似难而实无他术也，反正而已。故文反正为乏，辞反正为奇。效奇之法，必颠倒文句，上字而抑下，中辞而出外，回互不常，则新色耳。夫通衢夷坦，而多行捷径者，趋近故也；正文明白，而常务反言者，适俗故也。然密会者以意新得巧，苟异者以失体成怪。旧练之才，则执正以驭奇；新学之锐，则逐奇而失正；势流不反，则文体遂弊。"

在这段论述里，刘勰明确地把"失体成怪""文体遂弊"即"文体解散"的原因归结于辞人"率好诡巧""苟异""逐奇"，而称这种做法为"适俗故也"。可见，这种风气在当时已经到了足以移人的地步。这与我们前面讨论的"訡痴符"现象的流行是一致的，爱奇好异的逻辑推到极致，必然是人自人而我自我，各适所好。张融自称"吾文体英绝，变而屡奇"，求变求奇的结果是主张文无常体而以有体为常，其创作亦与其理论相应，《南齐书》本传称其"文辞诡激，独与众异"，故自谓"吾文章之体，多为世人所惊"。《诗品》亦论其诗"有乖文体"。① 张融从理论到创作，都为"辞人爱奇""各适所好"导致文无常体，"文体解散"提供了一个鲜活的例证。

由"辞人爱奇"导致的"文体解散"，仍然可以从体裁、体貌两个角度加以理解。体貌的解散，意味着文体的统一性完全由不同的个体情性决定，文"以有体为常，政当使常有其体"的结果就是"文岂有常体"，失去了一个一般性和普遍性的评判标准，"各适所好"，如钟嵘所说"庸音杂体，各各为容""随其嗜欲，商榷不同，淄、渑并泛，朱紫相夺，喧议竞起，准的无依"（《诗品序》）。②

---

① 王叔岷：《钟嵘诗品笺证稿》，第 389 页。
② 同上书，第 81、86 页。

体裁的解散，则意味着作家不顾诗、赋、书、记等有常之体所因之名理，而强欲凭借个人才性打通文类间的壁垒。刘勰亦有举例。《颂赞》篇称："马融之《广成》《上林》，雅而似赋，何弄文而失质乎！"最为明显的例证见于《铭箴》篇："蔡邕铭思，独冠古今。桥公之钺，吐纳典谟；朱穆之鼎，全成碑文，溺所长也。"刘勰虽充分重视作家之才性，但才性之发扬有其界限，这个界限就是"有常之体"之"名理"，因为个人情性的发扬而破坏了这些规范，就是"溺所长"，即体裁意义上的"文体解散"。《才略》篇："殷仲文之孤兴，谢叔源之闲情，并解散辞体，缥渺浮音，虽滔滔风流，而大浇文意。"李曰刚谓："《体性》篇：'轻靡者，浮文弱植，缥渺附俗者也。'彦和以为殷、谢二家之文，殆即轻靡之体，故有此语。"① 所见极是。殷、谢二人正是由于轻靡之体破坏了文辞体制，故刘勰讥为"解散辞体"。

总之，刘勰与张融之文体观，字面相似，实则相反。张融主张以作家的个体情性作为决定作品统一性的唯一因素，文"以有体为常"，则"文岂有常体"，最终必然导致刘勰批判的"文体解散"。

刘勰在理论上的回应，也可分为两个方面。体裁方面，主张"设文之体有常"，在上篇"论文叙笔"部分，通过"原始以表末，释名以章义，选文以定篇，敷理以举统"，寻得每一种文体相因之名理。体貌方面，首先，刘勰认为作者体貌之形成有四个要素，才、气、学、习，"才有庸俊，气有刚柔，学有浅深，习有雅郑，并情性所铄，陶染所凝"。张融自言无师无友，于礼乐诗书、汉魏晋宋皆无所取嗟，显然只承认前两者，不承认后两者。刘勰对体貌的充实，实际上是将体裁引入了体貌之形成，最终得出了"摹体以定习，因性以练才"的"文之司南"，最终保证了在文体形成问题上体貌与体裁的两不偏废。其次，张融的理路推到极致，必然主张一人即有一体，所谓"有孤神独逸"，而父子不必相袭。刘勰虽也主张作者"各师成心，其异

---

① 李曰刚：《文心雕龙斠诠》，台北中华丛书编审委员会1982年印行，第2196页。

如面",但仍然认为可以"总其归途,则数穷八体"(《体性》),仍有大致的类型化处理,而且八体中并非不分轩轾,"于新奇、轻靡二体,稍有贬意,大抵指当时文风而言"①。验之于前举殷仲文、谢混例,范说诚是。则在刘勰看来,虽然每人皆有其情性,但并非所有情性的表现都是正当的,同时所有情性的表现均须接受诗、赋、书、记等有常之体的规范,仿照张融的话来说,即"文有常体,不以有体为常,政当使有其常体"。

但所谓诗、赋、书、记等有常之体,原不过是随其功能而约定俗成之规范,何以有规整个体情性之效力?不同个体情性表现为文体,又缘何有上下之别?换句话说,刘勰的"常体"(这个"体"不限于"体裁",也包括"体貌"),其"体"之"常",即文体的一般性、普遍性和规律性,由何而来?刘勰的答案,在"文之枢纽"的前三篇:《原道》《征圣》《宗经》。

刘勰以后世文体皆出于六经,所谓"百家腾跃,终入环内",而六经"义既埏乎性情,辞亦匠于文理""洞性灵之奥区,极文章之骨髓",为"性灵镕匠,文章奥府",在性情与文理两方面都为后世文学设定了规矩与疆界。而六经所以称为"恒久之至道,不刊之鸿教"(《宗经》),是因为"道沿圣以垂文,圣因文以明道"(《原道》),经之"常"是由道赋予的。所以《原道》的意义,不在于所原之道的内容,而在于将道的普泛性赋予文。于是,刘勰总结的诗、赋、书、记等有常之体,其名其理,便具有了道赋予的恒常性,他"释名以章义"每每溯源于经典,也是为此。而圣人之情性虽不可及,但犹有六经这些"性灵镕匠"可供钻仰,于是以之为标准而有高下。譬如《体性》篇所举八体:"一曰典雅,二曰远奥,三曰精约,四曰显附,五曰繁缛,六曰壮丽,七曰新奇,八曰轻靡。"前已指出刘勰于新奇、轻靡二体不无贬意,原因即在于典雅为经典之体,壮丽为楚辞之体,② 而"雅与奇

---

① 范文澜:《文心雕龙注》,第507页。
② 参见徐复观《中国文学精神》,第179—180页。

反""壮与轻乖",势必为刘勰所不满。其余四体,虽然"奥与显殊,繁与约舛",但经典本身即"或简言以达旨,或博文以该情,或明理以立体,或隐义以藏用"(《征圣》篇),故刘勰于此四体无所轩轾。

刘勰更结合体裁与体貌二义,提出"文能宗经,体有六义:一则情深而不诡,二则风清而不杂,三则事信而不诞,四则义贞而不回,五则体约而不芜,六则文丽而不淫"①。从而在完整的"体"的意义上完成了理想的文体标准的制定,也成为他评价作品的总原则。这一原则,显然并不是六经文本的真实面目,而是刘勰一方面吸取了魏晋以来文学自觉的成果,另一方面又试图对当时文学自觉的过度补偏救弊而"唯务折中"(《序志》篇)的结果。

最后要指出的是,刘勰虽然非常注重"体"之"常",注重有常之体("体裁")对于作家个体情性("体貌")的约束,但他的文体观并不因此而保守,他同时承认个体才性对于有常之体的创造性作用,集中表现即《杂文》篇。刘勰将对问、七体、连珠三种文体称为"智术之子,博雅之人,藻溢于辞,辞盈乎气。苑囿文情,故日新殊致。"倪其心认为,"这显然意味着他们具有首创'杂文'的'原始'地位和价值"。通过刘勰对杂文"文章之枝派,暇豫之末造"评价的分析。倪先生认为,这实际上"含蓄地点出了它们是宫廷作家、语言之臣的有积极意义的创新之作"②。创新之处,显然不仅在于三篇作品的写作,更在于这三篇作品树立了可为后人摹写的"有常之体"。可见,刘勰为纠正当时文弊,主要强调的是不能以个体情性突破有常之体的这一面,但在另一面,他也并非对当时的文学进展视而不见,也肯定了作家个体情性对有常之体的创制做出的贡献。

---

① 关于六义的具体分析,可参见王运熙《〈文心雕龙·序志〉"先哲之诰"解》,收入王运熙《文心雕龙探索》(上海古籍出版社 2005 年版,第 50—56 页)。

② 倪其心:《读〈文心雕龙·杂文〉》,载《国学研究》第二卷,北京大学出版社 1994 年版。

生态美学

Ecoaesthetics

生态美学：生态学与美学的合法联结

——兼答伯林特先生

程相占

摘　要　生态美学将其研究对象界定为生态审美，表明它并没有像伯林特批评的那样忽视了审美问题。生态美学是生态学与美学两个不同学科有机联结的美学，其合法性根据在于将二者联结起来的六种合法途径：第一，生态学揭示的生态危机及其催生的生态意识，催生了美学思想主题的生态转型与生态美学的出现；第二，生态学提供的生态知识对于审美体验有着巨大影响，甚至能够根本改变审美对象与审美体验；第三，生态学改变了人们的伦理观念，催生了生态伦理学，而生态伦理观念又在很大程度上影响甚至塑造了新的审美体验；第四，生态学揭示的生态价值引导欣赏者从生态健康出发去看待事物的审美价值，在价值序列中将生态价值置于审美价值之前，从而引发了生态美学对于审美破坏力的反思与批判；第五，生态学的核心关键词生态系统揭示了人的本性是生态存在，生命的本体是生态系统的生生特性与能力，从而为生态美学构建提供了新的本体论基石即生态本体论；第六，生态学确立的"有机体—环境关系"研究范式超越了现代哲学的心灵一元论研究思路，启发生态美学将其研究框架构想为"身体—心灵—环境"三元合一模式。综合上述六点可以断言，生态美学即基于生态学的美学，符合生态美学研究模式的环境美学可以视为生态美学的一部分。

关键词　生态美学；生态审美；伯林特；有机体—环境关系范式

作者简介　程相占（1966—）男，山东大学文艺美学研究中心副主任，山东大学生态文明与生态美学研究中心副主任，博士生导师，目前主要研究领域为中国美学、环境美学与生态美学，也涉及生态批评。

引　言

　　在 21 世纪的国际美学理论图景中，生态美学无疑是引人注目的一个亮点。作为生态美学构建的参与者之一，笔者秉持"全球共同问题，国际通行话语"的学术准则，努力改变中国传统的学术研究方式或曰知识生产方式，力图通过国际同行之间的学术交流来构建生态美学。

　　在这个过程中，笔者既得到了国际学者的热情鼓励。比如，加拿大学者艾伦·卡尔森（Allen Carlson）在其为《斯坦福哲学百科全书》撰写的"环境美学"辞条 2015 年版中论及笔者的生态美学，其参考文献列举了笔者与三位美国学者合著的《生态美学与生态规划设计》一书，并特别列举了笔者负责的两章。① 这是中国生态美学首次被写入国际权威辞书。与此同时，笔者也受到了国际学者的尖锐批判。比如，美国学者阿诺德·伯林特（Arnold Berleant）于 2015 年撰写《生态美学的几点问题》一文，比较全面地质疑了笔者生态美学的理论思路与核心要点②。

　　笔者与伯林特初识于 1993 年③，2006 年以来保持频繁的学术通信。2008 年，笔者邀请伯林特参与笔者主持的国家社会科学基金项目"西方生态美学的理论构建与实践运用"，2013 年共同出版了该项目的最终成果中

---

　　① 参见 Carlson, Allen, "Environmental Aesthetics", *The Stanford Encyclopedia of Philosophy* (*Spring **2015** Edition*), Edward N. Zalta (ed.), URL = http: //plato. stanford. edu/archives/spr2015/ entries/environmental – aesthetics/。

　　② 参见［美］阿诺德·伯林特《生态美学的几点问题》，李素杰译，《东岳论丛》2016 年第 4 期。本文所引用伯林特的话都出自这篇文章，不再一一注明。2015 年 10 月，山东大学文艺美学研究中心主办了"生态美学与生态批评的空间"国际研讨会，本文就是伯林特先生应邀提交的会议论文。该文的英文版也已经正式发表，具体信息为：Arnold Berleant, "Some Questions for Ecological Aesthetics," *Environmental Philosophy*, Spring 2016, pp. 123 – 135.

　　③ 伯林特教授曾于 1993 年应邀访问山东大学，做了题为"解构迪士尼世界"的学术演讲。笔者当时是山东大学中文系二年级博士生，参加了与伯林特教授的学术座谈。

英文对照版《生态美学与生态评估及规划》①。笔者负责撰写该书的序言、第一章和第三章，伯林特则撰写了该书的第二章。伯林特这次批评笔者的主要依据就是这本书，特别是其第三章"论生态审美的四个要点"。

对于笔者来说，国际著名学者的鼓励固然重要，但有理有据的批评更有价值，因为只有从学理上回应了对方的严厉批评，才能进一步发展与完善生态美学，最终将之建构成经得起国际学术界严格考验的新型审美理论。根据笔者的判断，伯林特批评生态美学的原因主要有两个：其一，生态学既不能作为美学研究的模型，也无法与美学研究有效地联结起来；其二，以他与卡尔森为代表的环境美学已经比较成熟，没有必要构建与环境美学并行的生态美学。因此，生态美学能否成立，关键要看它能否回答以下两个问题：其一，生态学与美学如何联结。其二，生态美学究竟如何区别于环境美学。究其实质而言，第二个问题依然是第一个问题的合理延伸，因为只要我们充分地解释了生态学与美学的合法联结，就表明它已经超越了紧紧围绕"环境审美"与"环境价值"而展开的环境美学。因此，笔者对于伯林特之批评的回应主要围绕第一个问题展开，希望借此机会将我们的学术讨论引向深入。

一　生态美学是否偏离了美学

顾名思义，"生态美学"就是"生态的美学"或者"生态学的美学"。因此，讨论生态美学必然遇到的一个前提问题是：将生态学与美学联结在一起是否合法？伯林特首先质疑的就是这个问题。

伯林特指出，在过去的半个多世纪里，对美学的一个重要影响是运用

① 程相占、［美］阿诺德·伯林特、［美］保罗·戈比斯特、［美］王昕晧：《生态美学与生态评估及规划》（中英文对照版），河南人民出版社 2013 年版。

某些特定的科学理论来解释审美现象。他并不简单地反对这种做法，但同时指出，一旦试图将审美纳入某一科学模型而偏离了审美体验的首要地位时，这种努力就误入歧途了，因为"这些尝试所蕴含的危险在于，试图通过某种形式的科学认知模型或范式来约束或解释审美的独特力量"。伯林特明确提出，他这篇文章的目的是"倡导对科学在美学中的运用加以限定，质疑其作为具有普适性的诠释模型的大一统地位"；"对把进化论理论和生态学理论应用到自然美学的做法加以限定，因为这一做法已经使得美学变成了进化论或生态学的一个分支"。究其实质而言，伯林特质疑的问题是"生态学在社会和人文科学领域的适用性"，他坚持美学研究应该将审美体验放在首要地位，不同意用生态学这样的科学理论来解释审美现象。从这种学术立场出发，伯林特含蓄地批评笔者的生态美学研究是误入歧途。

坦诚地讲，伯林特的这一质疑也是国内批评生态美学的学者们共同的疑问。笔者这里需要依次辩解的问题如下：其一，生态美学是否将审美体验放在了美学研究的首要地位。其二，如果生态美学并没有忽视审美的独特力量，那么，它是如何借助生态学展开美学论述的。其三，将生态学作为美学研究的新范式是否合理可行。

作为一个术语，"生态美学"的中心词无疑是"美学"而不是"生态学"。也就是说，生态美学必须是"美学"而不是"生态学"，笔者对此非常清楚。与此同时，生态美学作为美学，必须将审美问题而不是生态问题的研究放在首位。这不仅是伯林特的立场，笔者所构建的生态美学其实也正是这样做的。国内外研究生态美学的学者不少，不同学者对于生态美学的研究对象有着不同的理解，笔者明确将之限定为"生态审美"，笔者的《论生态审美的四个要点》一章对此进行了详细的说明①，伯林特应该

---

① 程相占、[美]阿诺德·伯林特、[美]保罗·戈比斯特、[美]王昕皓：《生态美学与生态评估及规划》（中英文对照版），河南人民出版社2013年版。

比较清楚，读者单从标题就可以明白笔者的落脚点之所在，这里无须重复。

坦诚地讲，笔者将生态美学的研究对象概括为"生态审美"受到了环境美学的启发。环境美学的学术出发点是超越艺术哲学，其着眼点是对于艺术之外的所有事物的审美欣赏，其中主要是对于自然或自然环境的审美欣赏。因此，环境美学的关键问题就是有别于"艺术审美"的"环境审美"。为了回答如何欣赏环境这个问题，环境美学家们提出了一系列的审美模式，如卡尔森的环境模式、伯林特的参与模式，最终都是为了解决环境审美问题。

环境美学清醒地意识到环境区别于艺术品的各种特性，在解释"怎样欣赏环境？"这个核心问题时涉及生态学等自然科学，认为生态学提供的科学知识有助于环境审美。这无疑是正确的。笔者看到了环境美学的这种生态取向，进一步在生态批评的启发下追问了如下一个问题：生态知识有助于环境审美吗？能否借助生态学知识去欣赏艺术？1978 年正式出现的生态批评肯定地回答了这个问题。生态批评最初被界定为生态学与文学的结合，很多生态批评论著大量借鉴了生态知识。这就意味着，生态知识的引入，必然改变包括文学在内的艺术欣赏乃至艺术创作。就艺术批评而言，除了文学意义上的生态批评之外，生态电影批评、生态绘画批评也已经出现；就艺术作品而言，生态文学、生态影视、生态绘画等也层出不穷。那么，美学研究如何面对这些新的艺术批评与艺术样式呢？如果美学也应该从审美的角度研究这些问题，这种美学的名称应该是什么呢？显然不是环境美学，因为环境美学从其出发点开始就是对于艺术品与艺术哲学的超越。因此，笔者构想的生态美学既包括对于环境的审美欣赏，也包括对于艺术的审美欣赏，与传统美学的区别在于是否借助生态知识与生态伦理，其深层底蕴在于人类中心主义还是生态整体主义。现代美学如康德美学既研究自然审美又研究艺术审美，但它显然没有涉及生态知识与生态伦理，其深层底蕴是高扬人类主体性而不是生态系统整体观。生态美学在生态学的影响日益扩大的情况下伴随着生态伦理学的兴起而产生的一种美学新形态，其核心是借助生态知识与生态伦理来进行审美欣赏，无论审美欣赏的对象是艺术品还是各种环境。简言之，笔者在构建生态美学过程中，从一开始就将"审美问题"而不是"生态问题"置于美学研究的核心或者说首要位置。比如，笔者2015年发表的《论生态美学的美学观与研究对象》一文提出了一种以"审美"为核心的美学模式，即"审美能力—审美可供性—审美体验"三元模式，尝试着以之为框架构建以"生态审美"为研究对象的生态美学①。这些事实表明，担心"生态美学"成为忽视审美问题的"生态学"是完全没有必要的。由于伯林特无法阅读汉语文献，因而无法完全把握笔者生态美学的新进展，他的误解情有可原。

二　生态美学如何借助生态学而展开美学论述

生态美学毕竟是与"生态"问题密切相关的美学，那么，它究竟怎样与生态学发生关联呢？换言之，美学与生态学的内在关联究竟何在？笔者认为首先可以概括为以下五点。

第一，生态学对于各种人文学科的最大冲击之处在于，它以科学的方式揭示了严重威胁全人类生存与发展的生态危机，如何拯救生态危机成为所有学科都无法回避的严峻问题，美学当然也不例外。简言之，生态美学就是在全球性生态危机的整体背景下展开的美学新思考、新探索。如果没有生态学揭示的生态危机及其催生的生态意识，就不可能有生态美学的产生。

第二，生态学提供了大量的生态知识，这些知识对于我们的审美体验

---

① 参见程相占《论生态美学的美学观与研究对象——兼论李泽厚美学观及其美学模式的缺陷》，《天津社会科学》2015年第1期。

有着巨大的影响，甚至能够根本改变我们的审美对象与审美体验。比如，一个科学知识丰富的生态学家对于一片风景的审美欣赏，很多地方不同于那些毫无生态知识的一般欣赏者：生态学家能够感受到特定生态系统的整体性，感受到生态系统中各个成员之间的互动关系，能够发现那些不为一般欣赏者注意的审美现象。这方面的代表性人物包括《沙乡年鉴》的作者利奥波德、《寂静的春天》的作者卡逊等，他们都是以生态学家的身份进行文学创作的，精湛的生态学造诣深刻地影响了他们的审美观念、审美体验和审美表达。环境美学家卡尔森特别重视生态学知识在自然审美欣赏活动中的重要性，他将自己的环境美学立场概括为"认知立场"，用于区别于伯林特的"交融立场"，从而形成了环境美学领域"双峰并峙"的格局。卡尔森与伯林特之间进行过许多学术争论，伯林特批评笔者追随了卡尔森的"审美认知主义"，其实只不过是二人学术论争的继续。伯林特尽管多处批评康德，但他在这里坚持了康德对于审美与认识的明确区分，甚至认为审美与认识（其结果即知识）无关。这不仅是对于康德的误解，而且是对于审美活动实际情况的无视。康德只不过是通过对比审美判断与认知判断（或曰逻辑判断）的差异来说明审美判断的特点，他丝毫没有否定审美与认知的关系；而在我们的实际审美活动中，根本无法排除知识的存在——笔者无法想象对于一个一无所知的对象，我们如何能够进行审美欣赏。就像卡尔森多次论述过的那样，知识（包括生态学知识）不但为我们"恰当地"审美欣赏提供了基础，而且能够增强或丰富我们的审美体验。正因为特别重视生态学知识的重要性，卡尔森甚至认为自己的环境美学可以部分地称为"生态美学"，或曰"环境美学框架中的生态美学"①。

---

① 参见 Carlson, Allen. "The Relationship between Eastern Ecoaesthetics and Western Environmental Aesthetics", *Philosophy East and West*, forthcoming. 该文认真细致地讨论了中国生态美学的理论思路和贡献，甚至在笔者论述的"环境美学与生态美学之关系"五种立场的基础上，提出了二者关系的第六种立场，即"借鉴生态美学发展环境美学"，表明卡尔森对于中国生态美学有着高度的重视和评价。

第三，生态学改变了人们的伦理观念，催生了生态伦理学（又称环境伦理学）而生态伦理观念又在很大程度上影响甚至塑造了新型的审美体验。究其实质而言，伦理是对于他者的态度与准则，是对于"我该做什么"这个问题的回答。传统伦理学的"他者"主要指"他人"，协调的是人与人之间的关系。与此相应，生态伦理学的核心要点是扩展伦理共同体的范围和边界，将"他者"的范围从人扩展到地球共同体及其所有成员并关怀其健康，从而改变了人类对于人类之外其他事物的态度和准则：从占有与掠夺到尊重与关怀。这种转变深刻地影响了人们的审美偏好和对于审美对象的选择，使得那些极少甚至从未出现在现代审美活动之中的对象，如荒野、湿地、蚂蟥、麋鹿尸体等，开始成为能够带来丰富审美体验的审美对象。这方面的典型例子是两位著名环境伦理学家罗尔斯顿和考利克特：前者曾经详尽讨论过对于荒野的审美体验，甚至提出过"生态美学"（ecological aesthetics）[1]；后者则曾经描述自己访问沼泽时被蚊虫叮咬皮肤的经历，认为这种体验尽管不太令人愉悦，但"总是从审美上令人满足"[2]——这是传统审美观念根本无法解释的审美现象。笔者觉得，两位生态伦理学名家讨论的审美体验，就是受到生态伦理观念根本影响的生态审美体验，这方面的理论成果值得我们认真总结[3]。简言之，生态意识、生态知识与生态伦理都会对人们的审美体验产生重要影响，这促使我们从生态视野出发重新思考知识、伦理道德与审美体验的关系，是生态美学应该深入探讨的核心问题。

第四，生态学揭示的生态价值引导欣赏者从生态健康的角度出发去看

---

[1] Rolston, Holmes, III. "From Beauty to Duty: Aesthetics of Nature and Environmental Ethics", in Arnold Berleant, ed. *Environment and the Arts: Perspectives on Environmental Aesthetics*, Aldershot: Ashgate, 2002, p. 139.

[2] Callicott, J. Baird. "The Land Aesthetic", *Environmental Review*, 7, 1983, pp. 345–58.

[3] 笔者指导的博士论文《当代环境伦理学思想中的审美问题研究》（曹苗，山东大学，2015年）对此进行了一定的探讨，可以参考。

待事物的审美价值，在价值序列中将生态价值置于审美价值之前，从而引发了生态美学对于"审美破坏力"的反思与批判。与动物只能根据本能行事不同，人类通常根据价值观而行动。问题的复杂之处就在于，人们的价值观往往是各种价值观的综合体，这些价值观之间并不总是完全一致，事物的不同价值之间也往往发生冲突。审美体验与价值的问题是审美理论的核心问题，同样是生态美学的关键问题。伯林特就此提出了一个严重质疑：生态价值与审美价值何者优先？他批评笔者赋予生物多样性和生态系统健康无与伦比的重要性，他认为，这些的确是生态系统评价中的重要考量因素，"但它们与知觉毫不相干"。所以，他认为笔者"所接受的影响是生态和伦理的价值观，而不是审美的价值观"，"在强调生物多样性和生态系统健康为生态价值原则时，好像已经完全忽略了审美"。

针对伯林特的上述批评，笔者觉得有必要理清事物的各种价值及其相关之间的关系。简单来说，事物总是包含各种价值。比如，著名生态伦理学家罗尔斯顿就提出，自然具有供养生命价值、经济价值、休闲价值、科学价值、审美价值、基因多样性价值、历史价值、文化象征价值、性格塑造价值、多样性统一价值、稳定性与自发性价值、辩证价值、生命价值、宗教价值等①。笔者这里想提出的一个关键问题是：当生态价值与审美价值发生冲突时，二者之中何者应该优先考虑？在缺少生态价值参照的情况下，传统美学毫不犹豫地将优先权赋予审美价值，似乎审美价值具有无可争辩的合法性。但是，生态美学研究者发现了审美价值并非天然合理，比如，森林的游客可能偏爱整洁而希望清除森林中的枯枝与落叶，但从森林生态系统的健康来说，这些枯枝与落叶却至关重要。那么，游客所要面对的尖锐问题就是：是坚持自己的审美偏好，还是尊重森林的生态健

---

① 参见 MacKinnon, Barbara. *Ethics：Theory and Contemporary Issues*，北京大学出版社 2003 年版，第 368—376 页。

康并改变自己的审美习惯？这个问题可以借助当前流行的减肥时尚来分析：身体健康与时尚之美，究竟哪个更重要？如果从历史的角度来看就会发现，人类不同文明形态中都出现过畸形的审美偏好，比如，中国古代文人对于所谓的"三寸金莲"的偏好，龚自珍《病梅馆记》尖锐批判的病态审美偏好。生态美学的革命性意义在于，它从生态审美的角度，一方面严厉批判忽视生态健康的传统审美偏好，另外一方面努力揭示被纳入资本运行逻辑的所谓的"审美价值"的严重破坏力。比如，对于自然美的欣赏导致自然环境的严重破坏——那些所谓的"海景房""湖景房"与"山景房"，哪一个不是那些利欲熏心的房地产开发商的谋利工具？简言之，笔者认为，因为追求审美价值而形成的"审美破坏力"是导致生态危机的罪魁祸首之一，审美价值必须在生态价值的引导下重新评价。这绝不意味着笔者忽视审美价值，而是意味着深入反思并重新定位审美价值。

第五，生态学的核心关键词"生态系统"揭示了一个基本事实：生态系统中的每一个个体都必须依赖其他事物而存在或生存，处于食物链顶端的物种必须依赖处于低端的物种，而处于低端的物种则无须依赖处于高端的物种。这个基本事实表明，人类这一自命不凡的物种必须依赖其他所谓的"低级的"物种才能生存。比如，为人类提供蔬菜的各种植物，为人类提供肉食的各种动物，而这些物种却根本不需要人类为之提供任何东西——恰恰相反，如果没有人类的干预和掠夺，它们能够生存得更好。因此，生态学向人类揭示的基本事实是，所谓的人类的存在或生存，必然是也只能是"生态存在"——依赖生态系统的存在。曾繁仁先生借鉴海德格尔的存在论治学而将其生态美学称为"生态存在论美学"①，关键原因正在于此。笔者这里愿意做更进一步的发挥：如果我们从"本源"的意义上来理解"本体"这个歧义丛生的概念的话，那么，我们可以尝试提出"生态

---

① 参见曾繁仁《生态存在论美学论稿》，吉林人民出版社 2003 年版、第 2009 年版。

本体"这个比"生态存在"更进一步的概念。所谓"生态本体"是指，生态系统是任何生命存在的本源或本根——如果没有正常运行的（也就是健康的）生态系统，生命就根本不可能产生，即使偶然产生了也不可能存在，遑论发展。简言之，笔者这里尝试提出的"生态本体"概念就是构建生态美学的本体论基础，用于取得古今中西哲学史上出现的各种本体论，如自然本体论、神学本体论、道德本体论、历史本体论、情感本体论等①。这无疑是生态学与美学的深层关联。

三　将生态学作为美学研究的新范式是否合理可行

除了上述五点外，生态学与美学的关联途径还有第六点，也就是在生态学研究范式的基础上构建新的美学研究范式。这是生态学与美学最深层、最重要的关联，也是为目前学术界忽略的一点，应该单独拿出来进行讨论。

伯林特是一位著述丰富的学者，他对于生态学在社会和人文科学领域的适用性有过严肃而深入的思考，甚至讨论过"审美生态学"。比如，他的《审美生态学与城市环境》一文提出，生态学已经从其原来的生物学意义扩大为解释人类及其文化环境关系的概念，这种转变已经形成了另外一场科学革命，其重要性堪与哥白尼革命相提并论。② 然而，颇为令人费解的是，他在批评笔者的这篇文章中似乎放弃了自己先前的观点，不同意用生态学这样的科学理论来解释审美现象。

笔者这里提出的观点与伯林特的看法正好相反。众所周知，生态学这

① 参见陈炎《形而上的诱惑与本体论的危机——兼论康德、牟宗三、李泽厚的得失》，《清华大学学报》（哲学社会科学版）2015 年第 5 期。

② ［美］阿诺德·伯林特：《审美生态学与城市环境》，程相占译，《学术月刊》2008 年 3 月号，中国人民大学书报资料复印中心《美学》2008 年第 7 期转载。

个术语的希腊文是 Oikologie，它由希腊语"家"（oikos）和"学问"（log-os），因此，从字面上来说，生态学就是"关于家的学问"，它关注的就是生物在其家园中的生活。作为一门自然科学，生态学本来是生物学的一个分支学科。德国生物学家恩斯特·海克尔（Ernst Haeckel）于 1866 年首次提出了生态学定义，将之界定为研究"有机体与其环境之关系"的科学。这个定义包括如下三个关键词：有机体、环境、关系。我们不妨以野兔为例来理解生态学的研究方法。按照传统的研究方法，要研究野兔，就要把野兔捉住关进实验室，将野兔麻醉后放在手术台上进行解剖，从而了解野兔的各种生理结构，如骨骼、内脏、血液循环等。这种研究方法固然有其价值，但是，实验室并非野兔本来的生存环境，手术台上被解剖的野兔并不是活生生的生命体，因此，通过实验室解剖所得到的野兔知识，对于我们认识野兔非常有限。要想真正地认识野兔的本来生命状态，就必须到野兔的真实生存环境之中，去观察活生生的野兔如何觅食，如何筑巢，如何躲避敌害，如何繁衍生息等。这就意味着，生态学的研究方法，就是把野兔当作活生生的有机体，研究它与其生存环境的关系。因此，相对于传统的实验室研究方法，生态学作为一种研究方法具有革命性意义。

研究方法背后隐含的是研究思路和研究框架，某一个学科之所以被称作"生态的"，如生态人类学、生态社会学、生态心理学等，其根本原因在于这些学科是研究思路与框架就是"有机体与其环境之关系"；各种以人为研究对象的人文学科之所以可以借鉴生态学的研究范式，根本原因在于人这种物种归根结底也是一种"有机体"，也像其他各种有机体一样，与其生存环境时时刻刻发生着血肉联系，如能量与信息交换。正是在借鉴生态学的研究思路与框架的基础上，芬兰学者贾伟图（Timo Järvilehto）于 1998 年提出了"有机体—环境系统"（Organism – Environment System）理论。该理论的基本假设是：在任何功能性意义上，有机体与环境都是无法分离的，二者只能形成一个一元系统。有机体没有环境就无法存在，而环

境只有在与有机体相连的情况下才具有描述属性。我们尽管为了各种实践
目的而将有机体与环境分离，但这种常识性的起点却在心理学理论中造成
了无法解决的问题。因此，有机体与环境的分离根本无法作为科学地探索
人类行为的基础。"有机体—环境系统理论"引导我们重新解释很多研究
领域的基本问题，避免将精神现象还原为神经活动或生物活动，避免将各
种精神功能之间的分离。根据这一理论，心理活动是整个有机体—环境系
统的活动，传统心理学概念仅仅描述了这个系统组织的不同方面。因此，
心理活动不能与神经系统相分离，但神经系统仅仅是有机体—环境系统的
一部分[①]。简言之，在"有机体＝环境系统"中研究人类的心理活动，就
是区别于传统心理学的"生态心理学"。

其实，早在这位芬兰学者之前，美国著名心理学家詹姆斯·吉布森
（James Jerome Gibson）就深入研究了"生态知觉理论"，其代表作就是出
版于 1979 年的《视知觉的生态立场》[②]，其核心要点是：视觉并不始于静
态的视网膜阵列，而是始于移动于视觉信息丰富的环境之中的有机体。正
因为吉布森既强调知觉者的移动功能，又强调知觉者与其所处环境的整
合，他的生态知觉理论被视为新兴的"具身认知"（Embodied Cognition）
理论的一个例证[③]。国际美学界对于具身认知理论及其与美学理论的关系
了解不多，这不能不说是一件遗憾的事情。笔者曾经从身体美学的角度论
述过"身体化的审美活动"，认为它是完整的身体美学图景的第三个层面，
传统美学理论中的关键词特别是审美主体、审美体验等，都应该增加一个

---

① Järvilehto, Timo. "The theory of the organism – environment system：I. Description of the theo-ry," *Integrative Physiological and Behavioral Science*, 1998, Vol. 33, No. 4, pp. 321 – 334.

② Gibson, James Jerome. *The Ecological Approach to Visual Perception.* Boston：Houghton Mifflin, 1986.

③ Wilson, Robert A. and Foglia, Lucia, "Embodied Cognition", The Stanford Encyclopedia of Philosophy（Winter 2015 Edition）, Edward N. Zalta （ed.）, URL = http：//plato. stanford. edu/ar-chives/win2015/entries/embodied – cognition/.

修饰语"身体化的"①。所谓"身体化的"，是三年前笔者对于英文单词embodied 的翻译，现在觉得将之翻译为"具身的"更加恰切。

将审美活动与审美体验理解为"具身的审美活动"与"具身的审美体验"，不仅是对于西方现代身心二元论哲学与美学的重大突破，而且是将美学理论研究导向生态学框架的初步尝试。我们都知道，以笛卡尔与康德为代表的现代哲学家，都特别突出心灵的功能与地位，同时贬低身体的功能与价值，甚至将之视为欲望和罪恶的根源。心灵没有广延，不占据任何空间，也不需要直接与环境进行能量交换。所以，现代哲学无不表现为突出心灵能动性的主体哲学，也就是仅仅关注心灵的一元论哲学。针对这种哲学思路和倾向，20 世纪很多哲学家开始重新思考身心关系，严厉地批判了现代心灵一元论哲学的缺陷，深入研究了身体敏锐的感知功能，身体与心灵活动密不可分的关系，身体为人的生存奠基的根本地位等，法国哲学家梅洛－庞蒂的身体知觉现象学可以作为这方面研究的突出代表。这就把心灵一元论的现代哲学改造为身心有机统一的二元论哲学。

在此基础上，笔者这里尝试着参照生态学研究范式而提出"身—心—境"三元合一的新型研究模式，其前提是对人所做的如下界定：人是身体与心灵相连、处于特定环境之中的有机体，也就是身体、心灵、环境三元融为一体的独特物种。如果这个假设成立的话，那么，任何人文学科在对人进行研究的时候，都不能忽视"身—心—境"三元中的任何一元。从当今国际美学前沿领域来看，这一研究模式贯通了环境美学、身体美学与生态美学，三种美学最终统一为坚持"人—环境系统"这个基本框架的生态美学。这就意味着，环境美学可以视为生态美学的有机组成部分。生态美学除了研究对于各种环境的生态审美欣赏之外，还研究各种生态艺术表达的生态审美观念——环境美学的逻辑起点就是对于艺术欣赏的批判与排

---

① 参见程相占《论身体美学的三个层面》，《文艺理论研究》2011 年第 6 期。

除。这就从研究范围的角度，清晰地区分了生态美学与环境美学的异同。伯林特站在自己环境美学的立场上批评生态美学的合法性，其前提应该是辨析二者的异同。

结 语

生态美学自 1972 年正式诞生以来，一直受到国内外两个学术群体的质疑乃至否定。一个群体是环境美学的研究者，其核心质疑是：相对于环境美学而言，生态美学提出并论证了哪些独特问题呢？如果没有的话，那么，在环境美学之外另起炉灶构建生态美学，就是一种多余之举乃至误导之举。另外一个群体是那些遵循美学研究的传统思路进行科研的学者，他们的核心质疑是：美学就是美学，在"美学"之前添加一个修饰语"生态的"或"生态学的"，其合法性根据何在？这个问题其实也就是追问：美学何以是"生态的"或"生态学的"？

客观地说，来自这两方面的质疑都是合理而有力的，因为到目前为止，倡导并从事生态美学研究的中外学者，并没有圆满地解答这两个问题。这固然是生态美学尚未成熟的表现，同时是生态美学走向成熟的契机——如果生态美学能够切实地回应这两方面的质疑，那么，生态美学的说服力就会大大增强。伯林特对于笔者的批评，促使笔者严肃地面对并努力回答这些问题。

生态学作为一门科学，不仅包含一系列概念与观念，而且包含独特的研究方法。笔者认为，以是否借鉴生态学的概念、观念与方法为标准，可以将整个美学学科划分为生态美学与非生态美学；而根据从生态学借鉴的内容之层次，又可以将生态美学划分为表层生态美学与深层生态美学。表层生态美学将生态学的概念及其启发的思想观念应用到美学研究中，提出并论证了一系列为非生态美学所忽略的审美问题，是生态美学的初期形态；与此相应，深层生态美学则重在借鉴生态学的研究方法，尝试在"有机体—环境"系统这一生态学研究框架中，反思和批判现代美学的哲学路径及其理论话语的根本缺陷，重新探讨人类审美活动的特性，创造新的理论话语与关键词来描述和解释审美活动，以对于生态审美体验的理论阐释为核心而构建生态美学，从而彻底反思并改造此前的非生态美学。生态美学要走向深入与成熟，必须从现有的表层研究尽快进入深层研究。这是笔者回应伯林特之批评的最大收获，也是笔者进一步完善生态美学的努力方向。

Ecological Aesthetics: The Legal Connection between Ecology and Aesthetics: An Reply to Berleant's Criticism

Cheng Xiangzhan

Abstract　Ecological aesthetics defines the ecological aesthetic appreciationas its research subject, whichindicate that it does not neglect aesthetic issue. Ecological aesthetics is a new type of aesthetics jointed by two disciplines, ecology and aesthetics. Its legal ground lies in the following six ways which connect them. The first way is that the ecological crisis and ecological awareness promote the transformation of the theme of aesthetics and the emergence of ecological aesthetics. Secondly, ecological knowledge offered by ecology plays a great role in shaping aesthetic experience and can even change fundamentally aesthetic object and aesthetic experience. Thirdly, Ecology changes human ethical conception and promotes the emergence of ecological ethics, which influences and shapes new type of aesthetic experience. Fourthly, the ecological value revealed by ecology leads the appreciator to view object's aesthetic value from the perspective of ecological heath and put ecological value before aesthetic value in the order of values, which promotes the reflection and criticism for aesthetic power of destruction. Fifthly, the core keyword ecosystem in ecology indicates that the nature of human being is ecological existence and the ultimate source of life is ecosystem's nature and power of creating life, which offers a new ground for ecological aesthetics, the ontology of ecology. Finally, the research paradigm of "organism – environment relationship" found by ecology transcends the monism of mind embodied in modern philosophy, which inspires that the proper research framework for ecological aesthetics should be a model united by "body – mind – environment". Based on the aforementioned six points, it is proper to assert that ecological aesthetics is the aesthetics based on ecology. Environmental aesthetics belongs to ecological aesthetics and consist a part of ecological aesthetics.

Keywords   Ecological Aesthetics; Ecological Aesthetic Appreciation, Berleant; the Paradigm of "Organism – Environment Relationship"

Author   Cheng Xiangzhan, a professor of research center of aesthetics and literary theory of Shandong University, with academic interests in Chinese aesthetics, ecological aesthetics and environmental aesthetics.

郭店楚简《太一生水》与生态时间的生成

——比照通行本《老子》的"水"隐喻

郑锡道

摘　要　《太一生水》篇,是一篇接近于先秦道家思想的著作。《太一生水》的形制及书体与《老子》丙种相同,故整理者认为其可能与《老子》丙种合编一册。《太一生水》的思想里面的主要对待相关性概念,即"天地""阴阳""四时"等虽然在先秦典籍中可以找到,但是"太一"至"水"的逻辑过程几乎是先秦典籍中从未见过的一种新的生成逻辑关系。一般认为"太一生水"的"水"和《老子》的"尚水"观念相比,能够找到两者之间的相似性,但是《太一生水》的"水"和《老子》的"水"存在完全不同的意义。前者与时间的生成有关,也就是说"太一生水"的"水"是时间生成的物质性替代,而后者和"统治权力的正当性(政治正当性)"相关联。与此同时,《太一生水》不属于宇宙论或宇宙生成论,而是以"水"为始的生态时间的生成论。

关键词　《太一生水》;《老子》;水;隐喻;生态时间生成论

作者简介　郑锡道,韩国加图立关东大学 VERUM 教养学院(东洋哲学)教授。

前　言

1993 年秋，荆门市博物馆考古工作人员在荆门市沙洋区四方乡郭店村纪山镇抢救性清理发掘了郭店一号楚墓。该墓虽小，发掘前又曾两次被盗，但随葬器物很丰富，有礼器、乐器、车马器、生活用器，丧葬器、料器、竹简等。由陪葬品推断该墓为战国中期偏晚的楚墓。郭店楚墓随葬物中，最引人瞩目的是出土的 804 枚竹简，有 13000 余字。文字有明显的楚系文字特征。1998 年，文物出版社出版的《郭店楚墓竹简》展示了这些竹简的图版和整理出的释文。

郭店楚简中，道家文献所占比例较小，主要是三组写本《老子》和《太一生水》。《太一生水》为一篇佚文，共存简 14 枚。竹简两端平齐，简长 26.5 厘米，上下两道编线，现存 284 字，重文 12 字，合文 10 字，夺文 7 字，大致残去 27 字。篇名是整理者依据简文拟加。《太一生水》的形制及书体与《老子》丙种相同，故整理者认为其可能与《老子》丙种合编一册。

目前，相较刚出土之时，对《太一生水》的研究没有那么活跃，这看似情有可原。因为在哲学方面对《太一生水》的研究已经相当充分。但，更具体地说来，对价值论方面的思考不多，尤其是对《太一生水》的价值论方面的总结性研究几乎没有。

众所周知，价值论所包含的学术领域有宗教学、伦理学和美学，但就《太一生水》而言，作为个案研究，重要的研究方向是从生态（学）角度入手进行总结性探究。在此，本文以现有研究为基础，主要探讨《太一生水》的"水"蕴含的原始生态（学）观念及其价值指向，同时以通行本《老子》为参照，探明中国古代生态思维体系的本质意义。

一 "太一"与相关性循环逻辑

《太一生水》一共有 14 支竹简，而在竹简上存在较多脱文和缺文，按照已有研究成果，在这里先录《太一生水》原文如下（文句前面的号码即整理的竹简号码）：

01 大一生水，水反辅大一，是以成天。天反辅大一，是以成地。天地［复相辅］02 也，是以成神明。神明复相辅也，是以成阴阳。阴阳复相辅也，是以成四时。四时 03 复相辅也，是以成沧热。沧热复相辅也，是以成湿燥。湿燥复相辅也，成岁 04 而止。故岁者，湿燥之所生也。湿燥者，沧热之所生也。沧热者，【四时之所生也】。四时 05 者，阴阳之所生【也】。阴阳者，神明之所生也。神明者，天地之所生也。天地 06 者，大一之所生也。是故太一藏于水，行于时，周而又［始，以己为］07 万物母；一缺一盈，以己为万物经。此天之所不能杀，地之所 08 不能埋，阴阳之所不能成。君子知此之谓［□，不知者谓□■］。09 天道贵弱，削成者以益生者；伐于强，责于［□；□于弱，□于□］。10 下，土也，而谓之地。上，气也，而谓之天。道也其字也，青昏其名。以 11 道从事者，必托其名，故事成而身长。圣人之从事也。亦托其 12 名，故功成而身不伤。天地名字并立，故讹其方，不思相［当：天不足］13 于西北，其下高以强。地不足于东南，其上［□以□。不足于上］14 者，有余于下。不足于下者，有余于上。■①

---

① 李零，第 316—317 页的释文参考；【】：脱文补字；［ ］：缺文补字。

《太一生水》的内容通常分别为两个部分，一是"01 大一生水（太一生水）"为首的前半部分，二是"09 天道贵弱"为首的后半部分。这两个部分的内容存在比较明显的区别：从内容上来看，前者类似于宇宙论或宇宙生成论，而后者根据"天道""圣人""以道从事者"等的表现，属于某种伦理学的范畴。① 从整体结构来看，《太一生水》的逻辑可称之为以阴阳对待为基础的循环论。研究《太一生水》的学者可能都会认同这一定义。② 在《太一生水》的全体逻辑上，可以说首先要把握的就是从"太一"到"水"的生成脉络。从"太一"与"水"开始的相关性循环逻辑关系如图1所示。

---

① 由于在竹简上所写的简文的构成顺序，《太一生水》有关初期的研究中分章的问题是引起了众多学者的争论，由于分章的看法其内容的解释也发生不同之处。就现有的其研究成果而言，一共14支简的顺序上争论集中在于第9支简（"天道贵弱，削成者以益生者；伐于强，责于［□；□于弱，□于□]"）上的有三种看法：第一种，1. 比较一般的看法就是在本文上所引用的分为两章（李零）：如果研究者不纠缠于缺文的补充，而是更多地注意简文的内容的话，那么简9摆放在原来的位置上显然无论从内容上还是文气上都比较连贯。按照这种顺序，则简文可以分为两章，简1—8为一章，简9—14为一章。2. 分为三个部分（丁四新）：丁四新先生虽然也同意这个顺序，但是他同时指出，"第9号竹简与其他5支竹简，在内容上颇不协调，我甚至怀疑它不是属于这一部分文字的"。因此，他认为："严格说来，应该把《太一生水》现有的14支简分为三个部分，前8支竹简为一部分，第9号竹简单独作为一部分，后5支竹简有作为一部分，各部分的关键词和中心内容不同。"3. 分作四章（魏启鹏）：简1—5为一章，简6—8章为一章，简9为一章，简10—14为一章，但并没有提出分章的理由。第二种，崔仁义、刘信芳和陈伟等学者的理解，他们把简9插在简12和简13之间，前二者不分章，陈伟先生则把简文分做三段。第三种，裘锡圭先生的理解，他把简9插入简14前，把简文分为三章，即简1—8为一章，称为"太一生水"章，简10—13为一章，称为"名字"章，简9、简14为一章，称为"天道贵弱"章。李小光，页11—15。

② 但是，在这里所谓的"阴阳"不是阴阳五行说那样属于概念范畴性的阴阳，而是作为现象之间的相关性的含义。在《太一生水》里面的主要有对待相关性的概念（现象）词语上看，如"天地""神明""热沧""燥湿"等属于宇宙论的范畴之外，还是与人类存在（生活）空间的生成有关系。因此，在《太一生水》里面虽说不明确地出现概念化的"阴阳"，但是就以"阴阳"为代表的对待相关性概念极为分明地显现出来的。

太一

｜

水

／　＼

天↙↗地

｜　｜

神↙↗明

｜　｜

阴↙↗阳

｜　｜

（春夏）四时（秋冬）

热↙↗　寒（沧）

｜　｜

燥↙↗湿

＼　／

岁

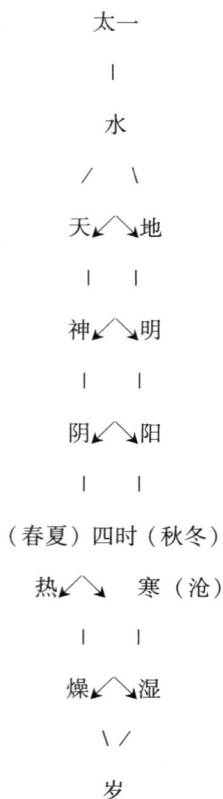

图1　《太一生水》对待相关性循环

"太一"一词约有三种路向的理解：第一种是道家思想中"一"的概念，它相当于道，是宇宙之本体或本根，一与万物之多相对。第二种是宗教、神学的"太一神"，第三种是指天文学上的"太一星"。[①]

包括道家思想哲学概念的"太一"先在《庄子》里面出现，而在《礼记》《吕氏春秋》《老子》中也曾出现过。《庄子·天下》："建之以常无有，主之以太一。"成玄英疏："太者广大之名，一以不二为称。言大道旷荡，无不制围，囊括所有，通而为一，故谓之太一也。"《礼记·礼运》：

———————————

① 丁四新，页91。

"是故夫礼，必本于太一。分而为天地，转而为阴阳，变而为四时，列而为鬼神。"《吕氏春秋·大乐》："音乐之所由来者远矣，生于度量，本于太一。太一出两仪，两仪出阴阳……万物所出，造于太一，化于阴阳""道也者，至精也，不可为名，不可为形，强为之名，谓之太一。"《老子》第二十五章："吾不知其名，字之曰道，强为之名曰大。"第四十二章："道生一，一生二，二生三，三生万物。"

作为神明的"太一"在《楚辞》《鹖冠子》《史记》等的典籍中都出现过。《楚辞·九歌》有"东皇太一"之篇名。宋玉《高唐赋》："醮诸神，礼太一。"《鹖冠子·泰鸿》："泰一者，执大同之制，调泰鸿之气，正神明之位者也。"《史记·封禅书》："天神贵者太一，太一佐曰五帝""其秋，为伐南越，告祷太一。"马王堆3号汉墓有一幅帛画《太一避兵图》，图中有文"百兵莫敢我伤"。

作为星名的"太一"在《淮南子》《史记》里面能找到。《淮南子·天文训》："太微者，太一之庭也。紫宫者，太一之居也。"《史记·天官书》："中宫天极星，其一明者，太一常居也。"

太一在古典作品中有不同的写法，如太乙、泰壹、大一等。①《庄子》《礼记》《荀子》《文子》《吕氏春秋》《淮南子》《史记》及纬书等，都出现过。《汉书·艺文志》著录了许多题名"太一"的著作，分属兵、天文、五行、杂占、神仙、房中诸方面。这说明，从战国至西汉，太一是十分流行的思想主题，但这些题名"太一"的著作，都没有留传下来。②

---

① 最早对太一身份的辨析，来自"疑古"学派。在1932年发表于《燕京学报》的一篇文章中，钱宝琮论证了太一原为一个哲学的概念，直至汉代才与北极星的太一崇拜联系在一起。进而，顾颉刚在其《三皇考》中，对太一作了深入的讨论。最近，1990年的《中国文化》发表了一篇重要的文章（在郭店墓葬发掘以前），葛兆光在文章中有力地论述了道作为哲学概念的意义，以及太一之神在战国时期已经出现。按照葛兆光的分析，太一之名表示四个重叠的语义域之一，在早期道家文献的相关思维中可以互换。它们包括：北极、北极之神（名太一）、道、太极。艾兰，页529—531。

② 强昱，页353—354。

在《太一生水》接近于道家思想的前提下，对"太一"这一概念的阐释往往与道家思想有关。从宇宙生成论的观点来看，《太一生水》的"太一"是宇宙的本体，是最高形上实体，是万物的终极创始者。① 按照古代典籍的解释与理解，"太一的名号，自然应该属于古人心目中的那个拥有时间上原初性、空间上广袤性及地位上唯一性的神祇象征物"②在古代典籍中"太一"是广泛使用的生成论方面的专有概念。在古代典籍中提出的宇宙生成序列中，可以发现与《太一生水》的"太一"概念相同的"道""太一""大一"等概念。包括《太一生水》在内的各种典籍提出的（宇宙）生成序列，大致可以表示如下表所示。③

序列	1	2	3	4	5	6	7
《老子》	道	一阴阳未分	二阴阳	三阴、阳、冲气	万物		
《太一生水》	太一	水	天地	神明	阴阳	四时	冷热湿燥
《黄帝四经》	道（一）	天地	阴阳	四时	神明	寒热燥湿	刚柔
《鹖冠子》	太一（道）	元气	阴阳（水火）	天地（文理）	日月（刑德）	四时（法令）	万物
《礼记》	大一	天地	阴阳	四时	神鬼		

---

① 郭沂，页139。
② 葛兆光，页53。
③ 强昱，页359。

续 表

序列	1	2	3	4	5	6	7
《荀子》	大一	天道	四时	万物			
《吕氏春秋》	太一	两仪	阴阳	四时	暑寒	柔刚	
《帛书易传》	大恒	两仪	四象	动静	刚柔		
《淮南子》	太一	阴阳	四时	鬼神（精）	柔刚		

参考以上各种典籍的（宇宙）生成序列可确认"太一"不是《太一生水》篇唯一的专有的概念，而是在古代典籍中较有一般性的一种观念，而且，"太一"这一观念（概念）就是古代人心目中实际存在的思维观念。以上各种典籍中，尤其《黄帝四经》与《鹖冠子》与《太一生水》的生成序列更为类似。可以说在古代典籍中，"太一""天地""阴阳"和"四时"等概念扩散的逻辑体系，存在相通之处。

"太一"生"水"的过程中，"太一""水""天""地"的关系是"反辅"的。[①] 太一生水之后，水回归于太一帮助生天，天也是回归于太一帮助生地。生地之后没有"反辅"，由于"相辅"成为"神明""阴阳""四时""热沧""燥湿"，以及成为"岁"（见图2）。

---

① "反辅"是表示正反合式的三极循环：太一生天，"太一"是正题，"水"是反题，"天"是合题；太一生地，"太一"是正题，"天"是反题，"地"是合题，包含两组循环；"相辅"是表示二元概念的对称性。李零，页317。

太 一

↓ ↗ ↓ ↗ ↓

水 天 地

↓ ↓

神 明

↓ ↓

阴 阳

↓ ↓

（春夏）四时（秋冬）

热 寒（沧）

↓ ↓

燥湿

↘ ↙

岁

|太一| ∝ 水（"太一"藏于"水"）

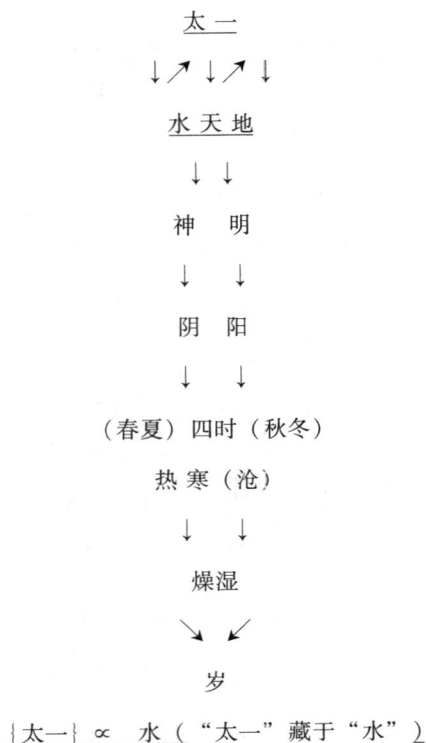

图 2 "太一""水""天地"的反辅循环关系

生成过程结束之后再次回到开头形成循环，到最后"太一"与"水"互相协调，成为所有存在物的源头。"是故太一藏于水，行于时，周而又［始，以己为］万物母；一缺一盈，以己为万物经。"①

二 "太一"生之"水"和《老子》"水"的比较

《太一生水》相关的前期研究中，较多学者的研究兴趣集中在作者、

---

① "周而或始""一缺一盈"是"太一"的运动方式；关于"太一"与万物的关系，《太一生水》也有两点：一是"以己为天下母"，这是说太一为万物的创生者；二是"以己为万物经"，这是说太一为万物之大法。郭沂，页140。

时代和学派属性以及《太一生水》与《老子》之间的关系问题上。① 除了《太一生水》的形制及书体与《老子》丙种相同，在内容上看，两者之间的相通性在于《太一生水》和《老子》之间的某种生成模式的相似性。也就是说，"太一"生"水"的生成模式与《老子》第四十二章相通。因此，较多学者认为《太一生水》和《老子》存在密切关联，有的学者认为《太一生水》本来就是《老子》的一部分。②

与此不同，虽说《太一生水》篇与《老子》之间在形制及内容上有相通之处，但并非完全相同。比如，《老子》里出现"大"和"一"这个概念性词语，可并未出现"太一"概念。在此我们可以认为"太一"就是"大"和"一"的合成词，这种理解具有一定合理性，但问题是"大"和

---

① 按照谭宝刚先生的整理已有的研究中关于作者、时代和学派属性的问题的见解是这样：1.《太一生水》是对《老子》（王弼注本）第四十二章的引申和解说（李学勤）；2.《老子》第四十二章是《太一生水》的基础上写成的（崔仁义）；3.《太一生水》就出自关尹子本人（郭沂）；4.《太一生水》可能是稷下道家遗著（黄钊）；5.《太一生水》是儒家的作品（周凤五）；6.《太一生水》属阴阳家著作；7. 楚国学人的道家作品—阴阳家的作品（丁四新）；8. 受《管子》的影响而撰写（赵建伟）；9.《太一生水》是老子（指老聃）所作（韩东育等）；10.《太一生水》是战国中后期楚国黄老道家的作品（罗炽）；11.《太一生水》与先秦数术流派的《易传》接近（陈恩林）（见谭宝刚《近十年来国内郭店楚简〈太一生水〉研究综述》，载《史学月刊》2007 年第 7 期）。

② 邢文先生根据竹简《老子》和《太一生水》之间的形制相同、内容上都是从自然到人事的引申与展开、论述形式上都具有相偶相对辩证统一与注重方位的特点等几方面认为应该把《太一生水》与丙组《老子》作为一篇文献进行编排，这样就可以把该组简文还原成一篇精心编辑、层次井然、主题鲜明、内容重要的学术著作。也就是说，郭店楚简《太一生水》及丙组《老子》不是合抄的两篇文献，而是内容连贯的一篇文献。虽然其论证有待商榷，但我们可以从字里行间看出，邢文先生主张《太一生水》文本是属于《老子》的一部分，至少是属于简本《老子》的一部分。李学勤先生认为《太一生水》是对《老子》（王弼注本）第四十二章的引申和解说。陈伟先生认为《太一生水》的内容可以分成三部分，"依次与传世本《老子》第四十二章、第二十五章和第七十七章对应，似为阐述《老子》这几章大义的传"。崔仁义先生曾经指出《老子》第四十二章的表述抽象，而《太一生水》比较具体，因而前者是在后者的基础上写成的。李二民发展了崔仁义先生的观点。他认为，按照一般的规律，具体事物的出现往往要在抽象事物之前。因此，如果传世本《老子》和《太一生水》真有密切关系的话，那么，不是《太一生水》发挥和引申了《老子》第四十二章；相反，《老子》第四十二章是对《太一生水》的抽象和概括。谭宝刚先生认为《太一生水》不仅是道家创始人老子（老聃）的作品，而且是整个郭店楚简道家著作的总纲；严格地说，《太一生水》置于郭店楚简道家著作之篇首，其他内容则是对《太一生水》的引申和阐发（谭宝刚《近十年来国内郭店楚简〈太一生水〉研究综述》，载《史学月刊》2007 年第 7 期）。

"一"并非《老子》的专有名词，如上表所示，除了《老子》，在《吕氏春秋》《鹖冠子》等古代典籍里曾直接出现过"太一"或者"大一"的概念。因此，《太一生水》和《老子》之间的相同点不完全是在"太一"这个概念上，而是在"水"的作用上。

在各种先秦文献中比较容易发现作为比喻的"水"。"水"在古代人心目中有着特殊的内涵，诸子百家思想中与"水"相关的思维比较多，具体例子不一一枚举。先秦思想中，作为比喻（隐喻）的"水"是某种思想的逻辑根据。[①] 但，在古代典籍中，由具有物质性的"水"导出（宇宙）生成逻辑，这一思路只在《太一生水》的生成模式中存在。就《太一生水》的"水"而言，与其他古代文献中的"水"相比，有着不同的理论价值。

就现有的研究成果而言，诸多学者认为"太一生水"的"水"和老子所强调的"水"之间存在着一脉相承的含义，但是笔者认为两者之间在概念价值方面存在一定差别。《老子》里面的"水"基本上是与"道"性质有关的隐喻性概念。由于"水"具有向下流的性质，所以接近"道"，这就是老子所说的"水"的形象。

> 上善若水，水善利万物而不争，处众人之所恶，故几于道。居善地，心善渊，与善仁，言善信，正善治，事善能，动善时。夫唯不争，故无尤。（《老子》第八章）

据此可知，"水"与"上善""水"与"善利万物""水"与"不争""水"与"处所恶"之间存在一定的价值论关系。《老子》"水"的意象

---

① 对于"水"，古人认识得非常早。今古文《尚书》中"水"凡27见。《尧典》云"汤汤洪水万割"，《舜典》云"汝平水土"，《大禹谟》云"水火金木土谷惟修""降水儆予"等。《易经》有《坎》卦，坎者水之象，在八卦中成为一个重要的单元。《诗经》中有许多诗篇或诗句与水密切相关，有名的如《周南·汉广》《秦风·兼葭》《陈风·衡门》等。先秦对水的思考基本上分为两派：一派是道家，注重于水的柔弱谦让、清静平正之性；另一派是儒家，儒家虽不乏反对水含清静平正之义，但更侧重于弘扬它蕴含的仁义知勇的伦理道德内涵。丁四新，页102—103。

（价值）如何形成的？是因为"水"虽然是万物生长的滋养因素，但其向下的指向性成为价值否定的原因，最终被人视为"最好"价值的意象。这可理解为从物理的位相上"最低的"就是伦理上"最好的"的概念性隐喻关系的表达。这样的"低的就是好的"蕴含的概念性隐喻最终归结为"能胜"的逻辑。"能胜"逻辑，从"水"到"江海"时更分明地显现出来的。

> 天下莫柔弱于水，而功坚强者莫之能胜，以其无以易之。弱之胜强，柔之胜刚，天下莫不知，莫能行。是以圣人云，受国之垢，是谓社稷主，受国不祥，是谓天下王。正言若反。（《老子》第七十八章）

> 江海所以能为百谷王者，以其善下之，故能为百谷王。是以欲上民，必以言下之，欲先民，必以身后之。是以圣人处上而民不重，处前而民不害，是以天下推而不厌。以其不争，故天下莫能与之争。（《老子》第六十六章）

通过以上引用的《老子》第七十八章可以发现，由老子强调的"水"的作用或其隐喻性作用的逻辑扩散到了"社稷主"和"百谷王"的逻辑。据此，由"太一"产生出来的"水"最终成了政治（统治）的隐喻。就更具体地讲，老子的"水"的意象主要蕴含着政治（统治）权力的正当性或者政治正当性。

与《老子》的"水"不同，《太一生水》的"水"虽然也可以说是"太一"的具象性取代，尤其从"太一藏于水"来看，它也可以说是某种隐喻，但因为它是作为某种媒介从观念性（"太一"）到实在性（"天地""阴阳""四时"等）进行转换，因此，"太一"生的"水"最终脱离隐喻的范畴，成了作为概念的概念。《老子》中的"水"主要是"道"有关的隐喻，但"水"不是"道"的物质化。"太一"生的"水"就作为与"太一"同等价值的概念，是"太一"的物质化。

三　生态时间的生成

那么，"太一生水"是在何种意义上提出的，哲学？天文？术数，还是其他？① 如果《太一生水》是道家著作，最有可能的根据是两者在（宇宙）生成论方面具有相似性。笔者在上面已经探讨过在各种古代典籍中（宇宙）生成逻辑的相通性和差别性。包括"太一""天地""阴阳"等概念都存在于各种古代典籍中，尤其是在《黄帝四经》《鹖冠子》等（宇宙）生成逻辑中出现的各个概念，与《太一生水》的生成序列具有很强的相似性，但是除了《老子》之外，大部分不是直接连续出现的逻辑序列，而是比较间接连续的逻辑脉络。这里，为了明确揭示《太一生水》表达的某种生成逻辑的本质意义及其在生成论方面的定义，还是继续以与《老子》比较的方式进行探讨。

---

① 这方面的研究成果很多，就其内容，大致可以分为两个方面：其一，宇宙生成论方面的理解：1. 艾兰（Sarah Allan）先生：《太一生水》之"太一"乃是"道"的别名；是作为宇宙中心的北极，是宇宙之水的不竭源泉；道的哲学概念即植根于从自然之源中源源不断流出的水的隐喻。2. 彭浩先生：《太一生水》阐述了一种前所未见的宇宙生成理论，它以太一为宇宙的中心和本源，由此推动宇宙的运动，这一思想与先秦流行的以北辰为中宫、以太一为天帝的看法密切相关，具有浓重的术数和阴阳家理论色彩。3. 庞朴先生："与迄今已知的宇宙生成诸说——'太极生两仪，两仪生四象'，'道生一，一生二，二生三'以及'有太阳，有太初，有太始，有太素'——不同，太一生水说在时间上看来更早些，在内容上更生动些，与希腊、希伯来的一些古老说法有更多的相似性，因而更值得注意。"4. 萧汉明先生：明确表示对把《太一生水》归属为道家思想的怀疑，他认为，到战国时期，对宇宙发生与演化以及结构问题的关心，已经远远不止道家，因此不能将所有关于宇宙论方面的著作的学派属性统统定为道家。其二，阴阳术数论方面的理解：1. 李学勤先生："简文有一处确凿无误的术数性质的证据，即'太一藏于水，行于时'。这两句只有作术数解释，才能够讲通。原来，这里说的是后世所谓太一行九宫术数的雏形。2. 彭浩先生：简文中的"神明""阴阳""四时""湿燥""沧热"以及"太一藏于水，行于时，周而或［始］"等无不与阴阳家理论相合。因此，从整体上来看，《太一生水》应是经术数和阴阳家对道家学说充分改造过的理论。3. 丁四新先生："《太一生水》的基本概念和观念在战国中期的阴阳家思想系统中当都已存在。从《汉书》所言的术数家和阴阳家的情况看，我以为《太一生水》属于阴阳家的可能性更大一些。原因在于《太一生水》的宇宙观是一系统的宇宙生成论，它对太一的强调显然已超出了一般术数的理解，而具有极强的宇宙本根论和哲学本体论的设定。这一点，当是由思想更为深刻、自然哲学性质更强的阴阳家来完成的。"李小光，页21—29。

《老子》的宇宙（万物）生成论，从抽象到具象的逻辑序列上，的确与《太一生水》的生成序列相通。但是，笔者认为《老子》的宇宙（万物）生成论和《太一生水》的某种生成论之间，存在着观念上的差别。《老子》的万物生成模式是从"道"开始至万物为止，即"道生一，一生二，二生三，三生万物"（《老子》第四十二章）。这个模式的图式化的表达是："道"—"一（阴阳未分）"—"二（阴阳）"—"三（阴、阳、冲气）"—万物。从"道"开始连续到"一""二""三"的逻辑过程是万物存在或万物生成有关的抽象逻辑过程。这样的过程和"太一"—"水"—"天地"—"神明"—"阴阳"—"四时"—"冷热、湿燥"的逻辑过程之间有两个方面的差别：一是某种生成过程中表达的差别；二是从"道"开始的《老子》生成论是以抽象至具体的序列为构成方式。这种逻辑过程，大体与《太一生水》相通，但在内部还是存在不同的结构。

《老子》的逻辑脉络是从"道"开始之后到最终的"万物"，都是抽象的过程。与此不同，《太一生水》的逻辑脉络是从"太一"起源之后直接连续到具象性（物质性）的"水"，然后继续连续扩散到包括"天地"等作为人类生活空间的各种环境和气候有关的"阴阳""四时""冷热、湿燥"等概念。

诸多学者将《老子》的"道生一，一生二，二生三，三生万物"的某种生成论定义为宇宙生成论，但从笔者的观点来看，这个定义不适合老子思想的总体结构。老子的思维范围并不属于作为哲学或科学思维的对象——"宇宙"的范畴和范围。从老子总体思想的角度上来看，作为老子的第一概念"道"虽然抽象性强，但其指向性并不在宇宙，而在于现实生活空间和政治空间的秩序上。这意味着老子思想并没有脱离当时的历史脉络。同理，更准确地说，《老子》的"道生一"至"三生万物"的生成模式本不是宇宙生成论，"万物生成论"的表述似乎更为妥当。

在《太一生水》和《老子》生成论存在的另外一个差别，与以上探讨的两种生成论之间的最终逻辑到达点的指向性有关系。两种生成论的最终逻辑就在于"万物"和"岁"。《太一生水》的逻辑总结词语（概念）与各种古代典籍中的生成逻辑总结词语不同。无论将其定义为宇宙生成论、天地生成论还是万物生成论，从总体逻辑脉络来看，包括老子生成论在内的古代各种典籍中的生成论，其基本逻辑脉络是从抽象到具象，与此同时，其最后的逻辑总结与具体事物或具体现象存在关联。《太一生水》以"水"为主导的生成论，就是因为抽象的起源以后被抽象性概念的物质性理论代替，具有特别与众不同的含义。

一方面，"水"在空间上形态万千，可凝如坚冰，可蒸腾为汽，可化而为云，可降而为雨，汇集成江河湖海，如大地血脉流淌不息。另一方面，水又很容易让人联想到时间的流逝。从"似水流年""逝者如斯夫，不舍昼夜"这些耳熟能详的语句中可以感受到水和时间在人们心中的紧密联系。《太一生水》的衍生思想从"太一生水"始，以"成岁而止"终，有一个从空间到时间的转换。我们通过翻译成现代汉语的《太一生水》，能够理解生成循环模式和与作为"太一"和"水"之间运行的理论背景相关的逻辑脉络。

太一首先创生出水，水又反过来辅助太一，于是形成了天。天又反过来辅助太一，于是形成了地。天和地相互辅助，于是形成了神、明。神和明又相互辅助，于是形成了阴、阳。阴和阳又相互辅助，于是形成了四季。四季之间又相互辅助，于是形成了寒、热。寒和热又互相辅助，于是形成了湿、燥。湿和燥又相互辅助，最后形成岁（一年）。

太一是隐藏水中的，并在时间的长河里运行。它周而复始，循环不已，把自己作为天下万物的母亲；它一缺一盈，以至无穷，把自己作为天下万物的典范。

如引文所述，这种最后以"岁"（一年）总结的衍生模式与《老子》以及各种典籍中的模式完全不同，这样到"岁"（时间）的总结唯一出现在《太一生水》的逻辑中。从这个事实上讲，《太一生水》的某种生成论不是宇宙生成论，而是与各种典籍记载的一样，类似于天地生成论。虽然将其定义为天地生成论更为恰切，但是由于最后到"岁"（即"一年"）以及如上所述以"水"实际主导的逻辑脉络，加上到"岁"之前的逻辑概念，从这个意义上来说，《太一生水》的生成论可以定义为"生态时间的生成论"。这里的"水"虽然是纯粹概念化的"水"，但是这里的"水"就是包括天地空间的形成乃至"一年"的时间内相关性气候变化的生态性意义蕴含的内在契机。

结　语

《太一生水》的生成模式不是宇宙生成论，而是以"水"为主导的人类生态环境和气候有关的"时间生成论"，更具体的定义为"生态时间的生成论"。两者相比，老子的思想在"尚水"方面确实存在一定的共同点，但若深究可以发现，《老子》的"水"只是与"道"的隐喻有关。由于"太一"生的"水"与《老子》的不同，成为纯粹概念化的"水"，所以可以说是作为独立性概念的"水"。虽说《老子》强调的"水"的含义中也有着一定的概念性质，但比起《太一生水》，其概念性相对小，因此在概念性质方面，两者存在一定的差别。除此之外，作为隐喻性概念，《老子》思想中的"水"蕴含着政治权力的正当性或政治正当性，而"太一"生的"水"就是作为"太一"的物质性契机，是"岁"（一年）产生的内在理论根据。《老子》的万物生成模式是从抽象的"道"开始，经过抽象性（符号性）概念，最终达到万物存在的状态，与此不同，《太一生水》从抽象的"太一"开始，后直接连续到作为"太一"的实在性理论根据以及其背景的"水"，最后达到时间的形成，从而最终达到生态时间的生成。

Tai Yi Sheng Shui and Creating of Ecological Time: Comparing with the "Water" Metaphor in *Lao Zi*

Jung Seok – do

Abstract　*Tai Yi Sheng Shui* 太一生水 is a book that is close to Daoism in the pre – Qin period. The form and body of *Tai Yi Sheng Shui* has something in common with *Lao Zi* 老子, so the organizer thinks *Tai Yi Sheng Shui* and *Lao Zi* may be the same book originally. Including "Taiyi 太一", *Tai Yi Sheng Shui's* main idea is to deal with correlative concept "Tian 天 and Di 地," "Yin 陰 and Yang 陽", "Sishi 四时," and etc. which already found in the pre – Qin classics. However, the logical process from "Taiyi" to "Water" is a very new logical flow about creation of all things which does not seen in books of the Pre – Qin. It is generally believed that the "water" of *Tai Yi Sheng Shui* can be compared with the concept of "water" of *Lao Zi* to find the similarity between the two, but the "water" of *Tai Yi Sheng Shui* and that of *Lao Zi* has a completely different meaning. The former is related to the creation of time, that is, the "water" of *Tai Yi Sheng Shui* is a materialization of creating time, and the latter is associated with the "legitimate (political legitimacy) of the ruling power. " At the same time, *Tai Yi Sheng Shui* does not belong to cosmology or cosmogony, but it is the creation theory of ecological time originating from the "water".

Keywords　*Tai Yi Sheng Shui*; Lao Zi; Water; Metaphor; Creating Ecological Time

Author　Jung Seok – do, The Professor of VERUM School of Education(Eastern Philosophy) at Catholic Kwandong University.

东亚山水画艺术中蕴含的生态意蕴

——以濯足图为中心

朴智慧

摘　要　"山水画"是人们在顺应自然和理解自然之美的基础上，通过美的再创造来实现的与自然之间的和谐。山水画与我们今天所说的生态学观点有很多相通的地方。因为，鉴赏山水画可以说是用的美的视角来感知"置身于山水之间的自我"的过程。在东亚的思想和文学中，水是自然的象征物，并往往超越其存在本身成为道的形象与媒介。因此，濯足的行为是与山水自然合一的"物我一体"，是试图与道相合的姿态。通过濯足体会到的共感被创作者通过画与诗表现出来。而将濯足进行视觉呈现的画（或诗）又成为一个媒介，通过这个媒介使得鉴赏者能够对自然生态进行间接体验。在这个过程中，鉴赏者在理想化的自然空间和文学空间之中可以进行一种美的体验。

关键词　山水画；濯足；生态艺术；美的体验

作者简介　朴智慧，成均馆大学校大学院博士课程（东洋哲学科艺术哲学专攻），韩国美术研究所（CAS）研究员。

译者简介　陈涵，成均馆大学校大学院硕士（东洋哲学科）。

引　言

山水画是指描绘山水自然的绘画作品。在近代西方，随着风景画（landscape painting）的发展"风景的发现"逐渐成为了近代视角的核心。与此相对的，在东亚的绘画艺术上，占据中心位置的山水画便是一个能体现出东亚文化特征的重要因素。在东亚的传统文化中，山水画是一种体现自然美的表现手法，同时它本身就象征着对德和道的具体展示。它是可以让文人忘却世间痛苦和烦恼，实现和体验审美的重要方式。

山水画是人类在适应自然、理解自然美的基础上创造出的美，因此它与主张人和自然可以达成和谐的生态学观点有很多相通的地方。山水画不仅仅是一种对自然（山水、溪谷、江、海）单纯的呈现和对象化表现的结果，更是把"置身于山水之间的自我"本身视为一种美学的过程。而这一点在山水画中的"濯足"题材里就有充分的体现。

"濯足图"，顾名思义是指在画作中描绘人物"在流水中洗脚"的动作，画家通过这样的动作表现出隐者悠然自得的姿态。同时，濯足图中的人物会直接参与山水空间中。濯足这一体裁在文学作品中其实已经由来已久，我们可以在《楚辞·渔父词》和《孟子·离娄》篇里找到"濯缨濯足"的痕迹。最初出现在文学作品里的濯足自宋代开始逐渐成为深受文人墨客喜爱的创作主题。在本论文中，笔者将通过对绘画作品和诗文的考察，发掘濯足题材中蕴含的生态学意义。

一　从"浊清"到"清浊"

清代出版的《芥子园画传·人物屋宇谱》中收录有"濯足图"的画本。① 该作品里刻画了一位戴着斗笠的渔夫坐在岩石上，望着水面，翘着

---

① 《芥子园画传》刊行于清代。1679 年（康熙十六年），王概对明末文人画家李流芳（1575—1629）的《山水画谱》进行了增补编辑。《人物屋宇谱》收录于《芥子园画传》初集五卷中的第四卷，主要描述了点景、人物、桥梁、家屋等对象的绘画方法。

一只脚，而另一只脚泡在水里的场景。画面上端附有"濯足万里流"字样的画题。这个画题源于西晋文学家左思《咏史诗》中的"振衣千仞岗，濯足万里流"。

> 皓天舒白日，灵景照神州。列宅紫宫里，飞宇若云浮。
>
> 峨峨高门内，蔼蔼皆王侯。自非攀龙客，何为欻来游？
>
> 被褐出阊阖，高步追许由。振衣千仞岗，濯足万里流！①

这首诗中的，诗人左思勾画出了象征隐士的许由，用"追许由"这样的一个动作来表现出自己追求脱俗的理想。像这样的濯足图像不仅出现在《芥子园画传》中，在年代更为久远的明代《顾氏画谱》中也能够被找到。②这些被呈现在画谱上的形象对于当时的绘画作品而言极具代表性，为后人研究绘画的时代特征提供了重要的资料。同时，对于学习绘画的人来说画谱充当着教科书的角色，因此我们可以在很多作品中找到相似的图像。

而濯足在文学作品里最初的登场是在《楚辞·渔夫词》里屈原和渔夫的问答之中。

> 沧浪之水清兮可以濯吾缨，沧浪之水浊兮可以濯吾足。③

《渔父词》中记录的是渔夫对被放逐的诗人屈原所唱的歌。在这首歌里，渔夫嘲弄起了屈原，唱道"沧浪之水清又清，可以洗我的帽缨，沧浪之水混又浊，可以洗我的泥脚"。④

---

① （晋）左思：《咏史》八首其五。

② 《顾氏画谱》中收录的萧照的山水画中有描绘坐在江边一只脚濯足的人物形象。

③ 《楚辞·渔父词》中。

④ 据说歌词中讲述的是汨罗水上自杀身亡的屈原的悲惨命运。这首歌是当时楚国的民谣，也有传言说它是为了追悼屈原的后代而特意添加的歌谣。

使得濯足成为一个脍炙人口的词语的这首《沧浪歌》还被引用在了《孟子·离娄》里。在《离娄》中作者听到了孺子吟唱的《沧浪歌》后，借由孔子的口发出了自己对人生的感叹：人背负的那如同流水一般的幸与不幸都归结于自身的人格修养和处世方法之上。《沧浪歌》里的濯足表达的是水在遇到障碍物之后会绕过障碍物流淌，这是一种"与世推移"的适应世界的态度。同时，哪怕江水并不清澈，也会把脚伸入水中，这是对这个世界的不放弃，是一种想要踏踏实实活下去的人生态度。作者将江水区分出清与浊，它们分别对应着缨和足，清与浊不仅仅是对江水状态好坏的区分，它还象征着戴斗笠的头部和踩在地上的脚之间高下区别。[①]

与濯足相关的画作还有宋代刘松年的《松溪濯足图》、作者不详的《濯足图》，元代钱选的《松溪濯足图》，明代吴伟的《溪山濯足图》、王諤的《濯足图》、文徵明的《长林濯足图》、沈周的《桐荫濯足图》、周臣的《沧浪濯足图》等，以及虽然未以濯足为题，但是实实在在描绘了濯足的宋代李公麟的《山庄图》、李唐的《坐石看云》。在上述的画作中，画家大多描绘的是在茂密森林中的溪谷或是江边，濯足的主人公坐在岩石或沙滩上，或是乘着船悠悠自适的形象。此外，这些画作中濯足的对象不再是"浊水"，而是变为了"清水"。[②]

这样的"清水"的形象在诗作中最早的出现是在王维（669—759）的《纳凉》一诗中。王维将自己"漱流复濯足"的空间描写为"乔木万余株，清流贯其中"。

---

① 宋健友：《濯足小谈》，《寻根》5，大象出版社有限公司2015年版，第44—46页。
② 笔者主张濯足的空间在后世转变为了"清泉"，与濯足有着最紧密联系的场所——沧浪的形象也不是意指"清浊"的空间，而是指向有清澈水流的理想空间。

乔木万余株，清流贯其中。

前临大川口，豁达来长风。

涟漪涵白沙，素鲔如游空。

偃卧磐石上，翻涛沃微躬。

漱流复濯足，前对钓鱼翁。

贪饵凡几许，徒思莲叶东。①

在这首诗中虽然诗人直接使用了"清流"一词，但哪怕没有这个直接性的描述，单凭诗句勾画出的整体氛围，读者也充分地可以感受到清澈与平静。除此之外，诗人白居易（772—846）在《冷泉亭记》等诗作中也常常使用了清泉、清溪、清流等意象，将濯足与清泉的画面结合起来。

《沧浪歌》中描绘的水的状态（水质）象征一种社会现象，而洗脚（或洗缨）的行为则可以从社会参与的角度来进行解释。在诗文和绘画作品中，水是一种可以清洗尘世的污秽、与尘世保持距离的存在。从这一点看，我们需要将濯足图和濯足诗中出现的濯足行为与《庄子》中许由"箕山颍水"的故事一同进行理解，挖掘出二者蕴含的对"隐逸"的追求，以及可以发掘出濯足和左思《咏史诗》中出现的"被褐"和"追许由"的行为之间的相通性。

这样的例子不只是出现在中国，在韩国的绘画中也可以被找到。在今天的韩国，虽然只有朝鲜中期以后的濯足图流传了下来，但是朝鲜早期的文人李承召（1422—1484）在《三滩集》留有诗人观赏到绘有濯足图的屏风后吟出的诗句，洪裕孙（1431—1529）也留下了《题江石》一诗。通过这两首诗我们可以了解到，在韩国最迟至15世纪开始已经有濯足图登场，并且在文人之间流传。此处所言的两首诗内容如下：

---

① （唐）王维：《纳凉》。

百年心思寄沧浪，

闲来濯足苔几下，

回首风尘隔渺茫。①

濯足清江卧白沙，

心神潜寂入无何。

天教风浪长喧耳，

闻人间万事多。②

从这两首诗中我们可以看出，同中国的文人一样朝鲜的文人也在广袤的山水自然之间选择濯足来表露自己想要脱俗和进入隐逸世界的态度。

二　通过濯足行为和濯足图进行的美的体验

濯足的行为是与山水自然合为一体的物我一体，通常被理解为一种想与道合为一体的意愿。在东亚思想中，水往往象征着自然，它不仅仅是大自然的一部分，同时是道的媒介。《道德经》第八章中有"上善若水……故几于道"③的说法，第七十八章中还有用水的性格比喻道的例子。④《庄子·德充符》中还有这样的句子——"人莫鉴于流水，而鉴于止水"。在这句话中水则是被当作体现德的工具。

同时，在《论语·雍也》中孔子说道"知者乐水，仁者乐山"。孔子想要表达的是山水的某种特点和人的道德属性具有相似的层面。因此人们

---

① ［韩］李承召：《三滩集·题画屏》。

② ［韩］洪裕孙：《筱丛遗稿·题江石》。

③ 《道德经》第八章：上善若水。水善万物而不争，处众人之所恶。故几于道。居善地，心善渊，与善仁，言善信，正善治，事善能。动善时，夫唯不争，故无尤。

④ 《道德经》第七十八章："天下莫柔弱于水而攻坚强者，莫之能胜，以其无以易之。弱之胜强，柔之胜刚，天下莫不知，莫能行。是以圣人云，受国之垢是谓社稷主，受国不祥是谓天下王。正言若反。"

在喜爱和享受自然美的时候可以将其与道德相联系，同时可以用自然物来象征人的道德属性。①

儒教对待自然的态度受到《论语·先进》中登场的曾点"浴沂"的许多影响。在这里也是如此，山水不单单是游乐的空间，而是可以看作对想要涵养性情的意志的一种表露。② 除此之外，还有"饮水思源"的故事以及刘禹锡（772—842）在《陋室铭》里写的"山不在高，有仙则名，水不在深，有龙则灵"。在这两个例子里，作者都用水来比喻和表现哲学概念。这样的事例在中国乃至整个东亚的传统文化中都有很多。

水在道家的思想中被看作道的形象化表现，而在儒家的思想中则成了一种与君子相配的空间。因此，以水为素材的画题十分多样化，不仅仅是濯足，还有观瀑、观水、独钓、归帆等，同时这些场面时常会出现在同一个画面里（这只是笔者进行的一个大致的分类，对于以水为画题的细分这里按住不表）。大体上，濯足的人物具有以上这些因素。那么，我们又要如何从美学的角度来理解濯足的空间和濯足行为呢？

濯足图里表现出的空间大体上可以归纳为溪谷和大江。同时在画面中呈现出的主要是人物独处一隅，哪怕是身边有侍从，登场人物大体上也不会超过三个。可以说，画家表现出的是深山或是人迹罕至、与俗世分离的空间。因此，人物会表现出走路时膝盖前倾的姿态，或是敞着领口。这说明画面里的是一个使得人物可以进行休息的空间，自由舒适并且十分安

---

① 这样一来，自然美的欣赏中便包含了道德内容。到后来，无论是战国时期或在现代，学者们纷纷对孔子的这一命题进行了解释，并形成了所谓"比德"理论。中国古代绘画中"比德"思想的形成与变迁过程，以及中国古代绘画与道德间的相互关系等内容，可参见照徐东树《中国传统绘画中的比德观》（南京艺术学院博士论文，2005）。

② "浴沂"表现的是道存于与人们日常生活很接近的地方。山水的道也正是如此，不在远方，而是遍布在我们触手可及的地方。这样的态度与濯足的行为可以进行贯通，即濯足的进行不需要深入山水，而是在临近的山水自然之间就可以得到体验。高丽末期李齐贤（1287—1367）在追忆松都时所作的《熊川襐饮》中濯足的场面与浴沂的场面一同登场（"沙头酒尽欲斜晖，濯足清流看鸟飞。此意自佳谁领取，孔门吾与舞雩归。"见李齐贤《益斋乱稿·忆松都八咏》第 5 咏，熊川襐饮）。

逸。同时，哪怕是不具备某种特殊的自然条件。比如，哪怕没有水的落差和流量营造出的瀑布，或是没有供人垂钓的钓鱼台这样的人造物，只有濯足的身体人物便可以完成濯足的行为，反而是在表现这些部分的时候，人物与自然间的距离更近了一层。①

这样的濯足空间不仅能带给人们一种与世界远离的平和，同时如同我们可以从王维《纳凉》诗的题目感觉到的一样，在凉爽的水中濯足的行为本身就可以让人们体验到一种清凉感，而这样的清凉感便是人们可以在山水空间里体会到的美的快感。朝鲜中期的文人黄赫（1551—1612）在《独石集》中留下了观赏屏风时作的题画诗——"濯足俯沧浪，江干朱夏凉"。在这首诗中黄赫表现出了在炎热夏日里濯足消暑的样子。无论是在中国还是韩国，濯足作为一种纳凉的方式流行于文人之间。②

对于东亚的文人而言，濯足可以说是人格修养、出处、隐逸以及高蹈的象征。在现实社会中，濯足还被当作一种纳凉的方式被人们接纳。山水画的绘制往往与一些脍炙人口的故事关系紧密。属于山水画分支的濯足图也可以被看作对一些文学故事进行的再创作。但是因为濯足图和题画诗的创作往往还对于实际濯足行为的描绘，因此濯足图的意义还不止于此，即创作者（画家）在描述实际濯足行为之后，鉴赏者通过作品中的描述在想象中体验到山水自然。

与这样的想象层面相反，在实际进行濯足行为的时候，屈原与《沧浪歌》、左思或是王维的诗以及孔子与曾点的沂水浴与之前展示的濯足图都

---

① 曾繁仁主张在人与自然间距离逐渐消减之中，实现与中国画家追求的"可行""可望""可游""可居"之间的契合（曾繁仁《试论中国传统绘画艺术中所蕴涵的生态审美智慧》，《河南大学学报》（社会科学版）2010 年第 4 期）。

② 朝鲜时代称颂各地区名胜的"八景诗"中也有描绘作为纳凉文化出现的濯足的内容。与朝鲜时代濯足文化的相关内容参照 Rho，Jae‐Hyun &Seo，Hyo‐Seog & Choi，Jong‐Hee，A Review on the Background of Takjok（濯足；Washing Feet）and the Landscape Architectual Meaning of Its Cultural Phenomenon‐Focused on Takjokjiyu（濯足之游）Shown on Poetry，Prose，and Painting‐，*Journal of Korean Institute of Landscape Architecture*，Vol. 41，No. 6，2013，pp. 75‐77。

表现了相同的艺术形象。在这样的过程中，濯足图（诗）其实已经超出了实际的濯足空间，表现出的是更为丰盛的美的经验。而这一过程我们可以称为"濯足之游"。

在一定的生态环境中积极"参与"的美的体验中，鉴赏的对象和鉴赏者是不可分离的。认知到的自然被从美的角度感知到的时候，自然便具有了其特有的价值。[①] 也正因如此，濯足的行为与其说是与山水自然之间间隔的消失，更确切地来说是一种使得直接紧密地"参与"自然的美的体验得以实现的行为。与观瀑、观水这样的旁观式自然体验不同，濯足通过与山水自然的直接接触可以感受到前者无法感知的水的冰冷、波浪的流动，以及水中的水草、苔藓和挠脚背的鱼，这使得人物可以重新感知自然对象。

鉴赏者通过这种全新的体验，人物作为一个自身已经处于平静状态的存在，可以认知到山水自然间存在的事物。通过濯足体验到的新感觉可以说与庄子追求的"游"的境界是相通的，是一种沉浸于自然之中的、想要达到物我一体、想要与道合为一体的心境。

这样的例子还可以从提出"卧游"概念的宗炳（373—443）处找到。宗炳自知年事已高，不能再游历名山大川，便将过去游览过的地方画成画挂在房间里，每每躺着欣赏这些画的时候便是在"逍遥游"。他在《画山水序》说道，山水画不只是单纯地描绘自然风光，更是在通过山水画来体现大自然庄重的精神。同时，可以反映出自然美的山水画的作用是"畅神"，即对精神进行的展现。并且，没有什么比山水画更能使人精神愉快的了。

明代的文征明曾经创作过包括濯足图在内的观瀑图、归舟图等，并有多幅濯足图流传至今。其中有《临流濯足图》一作，我们可以通过画上的题画诗来体会到鉴赏者体验到的美感。

[①] Arnold Berleant（1932—）主张观察自然与对象和观察自然对象的感想者相互融合的"参与景观"的关联性中把握。Arnold Berleant, *Living in the Landscape：Toward an Aesthetics of Environment*, Lawrence：University Press of Kansas, 1997, p. 30。

老归林下意，萧闲燕坐时。

俯碧湾足底，元无尘可濯。

这样的鉴赏，可以说是将濯足图放在眼前进行参禅，通过想象来真实体会到濯足时的清凉感和氛围。

结　语

总的来说，我们可以在两个大方向上从濯足图中发掘生态要素。首先，参与实际濯足行为时，人们可以获得对自然生态的感官认识。在山水空间中进行对于自然美的体验，这时候获得的共感被通过画与诗得以表现。同时，再现濯足的画（或诗）会成为一个媒介，使得鉴赏者可以间接体验自然生态。在这个过程中，人们在理想化的自然空间以及文学空间里得以实现美的体验。

随着文明的发展，自然正在不断荒废，人类也正在渐渐失去感知自然美中的宁静与独特的生命价值的机会。体验自然的美，并通过对自然美的体验来获得"美好生活"的过程是人类可以享有的美的权利和不可取代的价值。"自然而然"的自然是实现道的媒介，是一个可以扩大人类"美好生活"的空间。因此，从生态艺术的角度对文人山水画的研究不仅仅可以扩展我们对于东亚文化的理解，更可以赋予对自然的新观点。

A Study of The Ecological Art in East Asian Landscape painting: Mainly the"Takjok(濯足)"

Park Ji – hye

Abstract　Landscape painting is in common with today's ecological point of view in terms of being able to harmonize with nature by recreating beauty on the basis of man's conformity to nature and natural beauty. The appreciation of landscape painting can be regarded as one of the process of aesthetically perceiving itself as a"self – situation in the space of arithmetic". In East Asian thought and culture, water is a symbol representing nature and acts as a form and a mediator of "Tao(道) "beyond a part of nature. Therefore, "Takjok(濯足) ", that is, the act of immersing the feet in water, can be interpreted with the intention of reconciling with the"bodily unity"which is united with the nature of nature. And the sensory experiences obtained at this time are expressed in pictures and poetry. The visual representation of the painting (or poem) is mediated by the viewer and enables the viewer to experience indirect experience of the natural ecology. In the process, a new level of aesthetic experience is achieved, moving to an ideal natural or literary space.

Keywords Landscape Painting; Takjok(濯足) ; Ecological Art; Esthetisches Erlebnis

Author ParkJi – hye, The doctor's course of Eastern Philosophy at Sungkyunkwan University Graduate School (major in philosophy of art) , Research Associate of Center for Art studies, Korea(CAS) .

Translator Chen Han, Master of Eastern Philosophy at Sungkyunkwan University Graduate School.

名篇选译

Translated Papers

与美辞别：西方现代主义视觉
艺术倾向的缘由及背景

［德］史蒂凡·马耶夏克　著

［德］王卓斐　译

摘　要　在大约始于1860年的现代艺术的发展历程中，众多所谓不言而喻的、在数个世纪里构成艺术品的熟悉外观的特征（如美、摹仿等）以一种激进的方式消失了，使得西奥多·阿多诺在回首现代艺术的百年历史时，在《美学理论》写下的第一句话便是："不言而喻的是，关于艺术的一切不再是不证自明的了，这不单指艺术的内在生命，还指艺术与世界的关联，甚至包括艺术存在的权利。"原因是，在现代时期，一切事物均可称为"艺术"，而无须考虑其物质结构或形式外观。新的艺术形式（如行为艺术或装置艺术）出现在现代艺术的世界里。新的材料如油脂或排泄物已在原先不认可其审美价值的艺术作品中得到使用。在这个过程中，西方艺术概念的界限有时会消失，使得在特殊情况下，艺术品和单调的生活物件在观察者的眼里可能是一模一样的，就像马塞尔·杜尚的早期作品清楚显示的那样。

这一不断丧失神圣的自明性的过程并非视觉艺术的肆意妄为，而是出于多种缘由。在本文中，笔者想重点谈其中的几点，即现代艺术与美辞别的理由何在。对这些原因的分析和探讨将涉及在这方面造诣深厚的艺术理论家康拉德·费德勒、让－弗朗索瓦·利奥塔以及艺术家巴尼特·纽曼、约瑟夫·科苏斯。

关键词　视觉艺术；西方现代主义；美；艺术作品的观念

作者简介　史蒂凡·马耶夏克，德国卡塞尔大学哲学系与艺术学系教授，主要研究领域为语言哲学、美学与艺术理论。

译者简介 王卓斐，德国卡塞尔大学哲学系与艺术学系助理教授，主要研究领域为身体现象学、美学与艺术理论。

人的感性知觉艺术以"美"的展示为宗旨，无论是诉诸听觉的音乐作品，还是关乎视觉的美术作品，皆是如此。直到今天，对众多的艺术爱好者而言，这似乎是无须任何理由的信念。尽管我们常常说不出美的含义究竟何在，美却被像列奥纳多·达·芬奇的《蒙娜丽莎》这样的经典艺术品以感性的方式明明白白地呈现在我们眼前（见图1）。

图1 达·芬奇《蒙娜丽莎》（1505—1514）

即使18世纪中叶以来鲍姆嘉登、康德或黑格尔绘制的宏伟的美学蓝图，也将这一信念看作无须辩解的前提条件。正因为这似乎是不言而喻的，因此，如果现代艺术作品刻意地摧毁甚至嘲讽这样那样的所谓自明特征的话，不少自认为是艺术家的人士至今仍觉得愤愤不平（见图2）。

图2 马塞尔·杜尚《蒙娜丽莎》（1919）

不过，在现代时期，艺术的兴趣点已不在这方面，许多作品恰恰有意地抛开了那些源于经典艺术、耳熟能详的自明性（如美、摹仿自然等），而在过去数个世纪里，它们往往被视为艺术不可或缺的现象特征。

众所周知，在大约始于19世纪60年代的现代主义艺术的发展过程中，这种对自明性的信念发生了动摇，其程度是如此之深，以至于西奥多·阿多诺（Theodor W. Adorno）在《美学理论》开篇回顾现代艺术的首个百年历程时尖锐地指出："不言而喻的是，关于艺术的一切不再是不证自明的了，这不仅指艺术的内在生命，还指艺术与世界的关联，甚至包括艺术存在的权利。"①原因是，正如人们见到的那样，在现代语境中，**一切**皆可被

---

① ［德］西奥多·阿多诺:《美学理论》，格莱特·阿多诺、罗尔夫·蒂特曼主编，法兰克福1977年版，第9页。

称作"艺术",完全不用考虑其物质结构或形式外观。曾被视为美的艺术形式渐渐退场了,传统领域中默默无闻的新艺术形式(如行为艺术、装置艺术等)大行其道。所使用的材料涵盖了食物、油脂甚至排泄物。放在从前,人们是不会将其外观与艺术扯上关系的。

有时候,艺术观念过多地超越了如今规定的艺术作品的边界,甚至造成了与艺术的经典外观无须有什么共同之处。通过欣赏马塞尔·杜尚(Marcel Duchamp)的作品《残臂之前》(*In Advance of the Broken Arm*),我们或许能体会到这一点(见图3)。

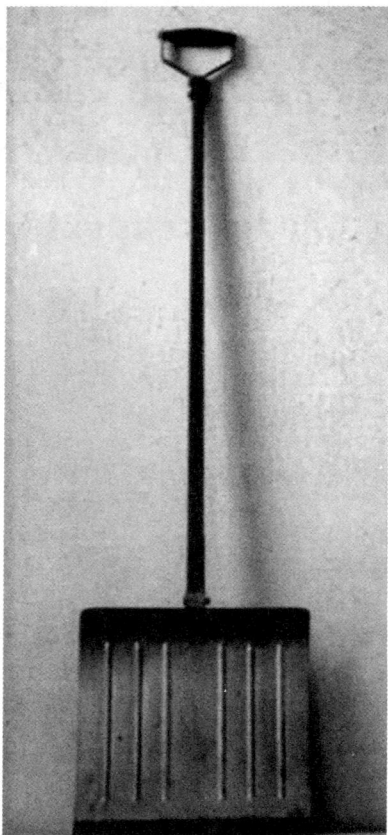

图3 马歇尔·杜尚《断臂之前》(1915)

经典外观丧失自明性的过程并非艺术的肆意妄为，当然也不是为了挑衅。相反，笔者倒认为，这方面有很多充足的理由。接下来，笔者想至少通过一个例子说明这一点，这便是视觉艺术中美的辞别。它引导一些理论家就美学对艺术的责任问题提出了质疑。接下来，笔者将以几位相关的艺术理论家或艺术家为例，阐述这些原因。他们分别是康拉德·费德勒（Konrad Fiedler）、让－弗朗索瓦·利奥塔（Jean－François Lyotard）、巴尼特·纽曼（Barnett Newman）和约瑟夫·科苏斯（Josef Kosuth）。

德国艺术哲学家康拉德·费德勒或许是第一位将艺术从美的束缚中解放出来的倡导者。尽管他在19世纪80年代撰写自己的艺术哲学代表作时，尚不能全面地把握现代艺术推动这一解放运动的激进程度，但在当时，他极为敏锐地认识到了，那个悠久的论点——艺术以创造美为使命，是所有美学理论的一个未被论证的前提。"艺术以美为目标"，是"一个随意得出的、未经论证的臆测"①。因为依照审美鉴赏的标准，"艺术作品"有可能"既引人不悦，同时又是好的"②。没错，在一定意义上，甚至可以说，"艺术的开端恰恰"③ 在于克服以"美的"面目呈现于一般艺术欣赏者眼前的东西。通常来说，使人感到"美的"，正是那些以自身形式为艺术欣赏者的日常视觉带来审美愉悦的事物。它们符合了人的视觉习惯及对出色的形式的感知的目的。可是，一般艺术欣赏中美的显现同样可以适用于艺术家的审美准则吗？对费德勒来说，答案无疑是否定的。因为可以证明的是，人们对世界可见形状的平均感知在很大程度上是不清晰且需要改善的，所以，给人美感的东西，并不能成为衡量艺术品质量的标准。费德勒认为，这可以算是对人类视觉的一项公正研究。人的视觉不应理解成对世界外观

---

① ［德］康拉德·费德勒：《艺术论稿》卷2，戈特弗里德·贝姆主编，慕尼黑芬克出版社1991年版，第16页。

② 同上书，第13页。

③ 同上书，第65页。

形态的相片式映现，而是对事物直观形式的阐释性把握。不过，在非艺术的日常视觉活动中，像这样一种对世界可见形态的阐释性把握，在很大程度上仍未得到发展。原因是，多数人平时几乎不在意自己看到的东西。不管怎么说，他们最多只能做到将所见之物纳入概念之中，之后便不再进一步观审，从而也就很难意识到事物实际看起来是怎样的。

另外，费德勒还指出，日常视觉是"多数人的平均直观"。它在很大程度上受"不自觉的习惯做法"①与"规则"②的影响，而这些因素则决定了可见世界的形状具体地被认成什么。同时，在费德勒看来，只有当人们认识到人的日常面部图像的不发达与因循性，方能够理解艺术家真正的兴趣所在。他关注的，是一种具体、明确、统一的有关世界外观的知识，而这种知识在艺术作品中以视觉的形式展现出来。

按照这一思路，视觉"艺术"（尤其是绘画）的"本质""实际上可以概括成一个非常简单的公式：由不发达的、晦暗的直观认识状态升华至精确与清晰的层面"。他认为，"由这个简单的公式可以推导出一切"③。这意味着，艺术活动刚好起步于日常视觉的不发达直观止步的地方④。同时，作为一项有意识的"视觉工作"⑤，它力求在作品中将世界的视觉形态变为现实并跃然艺术画面之上。对费德勒而言，关键在于认识到艺术的"视觉机制的演变"⑥不应同艺术之手对材料的造型活动分开，相反，恰恰是通过这个活动方得以实现。单凭肉眼，艺术家看到的不会比非艺术

---

① ［德］康拉德·费德勒：《艺术论稿》卷2，戈特弗里德·贝姆主编，慕尼黑芬克出版社1991年版，第154页。
② 同上书，第123页。
③ 同上书，第48页。
④ ［德］康拉德·费德勒：《艺术论稿》卷1，戈特弗里德·贝姆主编。慕尼黑芬克出版社1991年版，第172页。
⑤ 同上书，第146页。
⑥ 同上书，第168页。

人士更好或更清楚。毋宁说，手的活动能够"成为视觉活动的延伸"①。以这样的方式，艺术家可以通过艺术品成功地完成非艺术人士单凭一己之力永远无法做到的事情，即实现对世界可见形态的稳定且清晰的直观。

显然，即使怀有那个古老的观念——艺术的使命在于展示美，也从未妨碍创造出在上述方面**真正**成功的作品。事实上，这样的作品必须看上去明显不同于日常视觉活动本身注意的东西，并有可能敞开原先未曾留意的可见世界的新样态。它们在受惯例影响的眼中，即依照传统的视觉期待，通常被认为是有别于传统意义上美的事物。不过，传统的目光往往对富有创新精神的新型艺术采取抵制的态度，毁谤它们是"丑陋的"或"拙劣的"，就像许多艺术家不得不经历的那样。可是，这些作品当然可以是"好的"，即新颖而有启发的，也**无须**在欣赏者的眼里显得多么"美丽"。谈到新型艺术的地位，弗德勒认为，它给那些**通过**它学习重新理解现实的人呈献了"自然启示录"②。因此，按照弗德勒的观点，"杰出的艺术家之所以重要"，并不在于他们创造了赏心悦目的美，从而确认了对世界外观的传统观念，而在于"通过艺术手段为人的认知意识增添了新的内容"③，即展现了对世界之可见形态的新见识。如果涉及的主要是视觉艺术，那么应当明确的是，反思艺术之知识创造能力的"艺术哲学的基本问题"为何在费德勒看来根本"不同于"古典意义上以对美本质的研究为焦点的"美学的基本问题"④。

正如德国战后先锋艺术的领袖人物之一、卡尔·奥托·格茨（Karl Otto Götz）在回忆录中强调的，弗德勒的论著对于"其同辈画家和现代早些

---

① ［德］康拉德·费德勒：《艺术论稿》卷 1，戈特弗里德·贝姆主编，慕尼黑芬克出版社 1991 年版，第 174 页。

② 同上书，第 259 页。

③ 康拉德·费德勒：《艺术论稿》卷 2，戈特弗里德·贝姆主编，慕尼黑芬克出版社 1991 年版，第 42 页。

④ 同上，第 10 页。

时候的经典画家具有启发意义"①。在此，他们发现自己对艺术的见解得到了表达，并能够为一种或许已被自身奉行的观点——**视觉艺术关注的是美以外的东西**找到艺术哲学的依据。当然，通过这种对艺术哲学与古典美学研究问题的区分，传统的美的观念并非是无意义或者甚至是无关紧要的。但是，由于弗德勒对现代艺术的开创性见解，这些概念无疑被挤出了曾在艺术诠释中拥有的中心地位。就像笔者刚才所提到的，不管怎样，艺术往往不再十分认真地对待这些古老的美的概念。同时，在现代发展历程中，艺术更激进地摆脱了对伴有快感的美的审美形式的义务，使得"不再美丽的艺术"在现代已深入人心。

自现代艺术发端以来，这种与美挥别的实例比比皆是，从而有可能使得法国哲学家让－弗朗索瓦·利奥塔在否定美的概念对现代艺术（和艺术哲学）的重要性问题上表现出几乎不亚于弗德勒的激进姿态。根据美国画家巴内特·纽曼的艺术创作实践与理论观点，利奥塔同样主张，以美为核心的美学学说对20世纪欧洲和北美的现代主义艺术不再具有约束力。于是，在弗德勒的百年之后，利奥塔确证了，在现代时期艺术家早就将美抛到了脑后。正如他所说的，人们认识到，"现代艺术"的"原动力"不是美的美学，而是"崇高的美学"②。他指出，"崇高"概念描绘了"体现现代特征的艺术感受方式"③。因此，"若想弄清楚在绘画和音乐中有着先锋称号的现代主义的内涵，不免要回到康德《判断力批判》"④ 的"**崇高分析论**"。

这里简要地回顾一下：在《判断力批判》的"崇高分析论"中，康德把崇高体验描绘成一种与美的体验对立的审美经验。根据康德，如果其形

①　[德] 卡尔·奥托·格茨：《回忆录》卷1：1914—1945，亚琛，1993年版，第211页。
②　[法] 让－弗朗索瓦·利奥塔：《回答这个问题：什么是后现代?》，选自《向儿童解释后现代：1982—1985的通信》，维也纳，1996年第2版，第22页。
③　[法] 让－弗朗索瓦·利奥塔：《非人：时间漫谈》，维也纳，2001年第2版，第111页。
④　同上书，第157页。

式在直观中显示为合目的的并能轻易地被人的知性所掌握，那么该事物便被视为"美的"。与之相反，被视为"崇高"的事物在直观中呈现为"**绝对地**""**超越一切比较的大**"①，即跃出一切"美的形式"，从而游离于主体有限的理解力之外。究其原因，当某物竭力为我们创造一幅画面的时候，如果它显得不可把握、不定形并有可能在"极度无序"② 中呈现出"混乱"或"带有威胁性的"超人的"力量"③，那么我们便断定该物是崇高的。不管怎么说，想要在此为人的知性找到一种主观合目的的秩序是不可能的。在这个意义上，康德列举了几个相关的体验对象：怒涛汹涌的大海象征着无形无序的混乱，而高耸入云的群山则意指超人的力量。对我们的理解力而言，这是一个从"不定形"④ "不合目的"⑤ 的角度呈现出的自然世界，而对判断主体而言，相关的体验（直接对立于对美的自然的体验）唤起的首先是一种"不快的情绪"⑥。如果我们能做到将不可把握之物解释成对实际无法表现之物（如我们无限的理性观念）的间接体现，那么这种最初由不可捉摸之物引发并完全源自直观的不悦之感便悄然化作一种喜悦之情。比方说，波涛汹涌的、以不可捉摸的、势不可挡的混乱面目呈现的海洋本身绝不是我们以喜悦的心情欣赏的对象，用康德的话来讲，它"令人惊骇"⑦，是令人不快的对象，即令人心生畏惧的对象。但是，如果我们能够站在安全的位置审视它，将其看作某种观念（如自然的无穷力量）的含蓄表现，那么其外观便令人暗生一种愉悦之情，即以一种敬畏之

---

① ［德］伊曼努尔·康德：《判断力批判》，选自《康德全集》卷5，普鲁士皇家科学院主编，柏林，1968 年，第248 页。

② 同上书，第246 页。

③ 同上书，第260 页。

④ 同上书，第247 页。

⑤ 同上书，第252 页。

⑥ 同上书，第257 页。

⑦ 同上书，第245 页。

情（用康德的话来讲，就是"掺有畏惧的快感"①）将其当作"崇高"之物去体验。

康德认为，唯有在超强的或巨大的自然物面前，方可能有崇高的体验。而利奥塔则干脆要证明，众多现代艺术的实例对古典美的形式的公开摧毁事实上正是捍卫了康德"崇高分析论"中的观点——将"**无形之物、形式的缺席**"用作"不可表现之物"的隐晦表征，其目的是（如在现代绘画中）含蓄地"揭示：存在着这样的事物，人们可以对其思考，却"无法以直观的方式直接"观看或使之可见"②。在这个观点上，利奥塔选择了巴内特·纽曼作为主要见证人，并对其画作进行了大量的研究。通过反构图的、往往以巨幅形式出现并对所有传统意义上的美的形式予以否定的创作，纽曼刻意地推行了这个方案。

这里给大家列举一幅纽曼的油画作品《崇高的英雄》（见图4）。

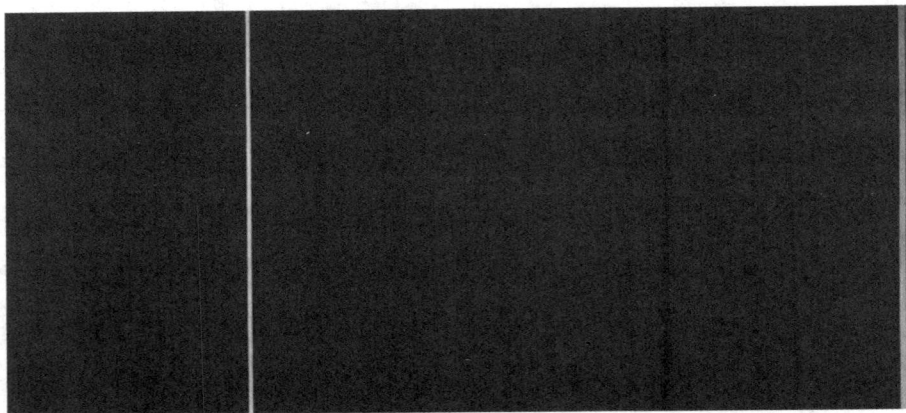

图4　巴内特·纽曼《崇高的英雄》（1950/1951）

---

① ［德］曼努尔·康德：《论美感与崇高感》卷2，威廉·韦施得尔主编，法兰克福，1982年，第826页。

② 利奥塔，1996年，第24页。

为便于对这件巨幅画作的尺度有个大概的了解，再请看一张纽曼本人在作品前的照片（见图5）。

图5　巴内特·纽曼在他的画作《崇高的英雄》前

我们看到，画面是如此巨大，以至于令观众难以一眼纵览其全貌。为了敞开崇高体验的维度，他们应抛开一切具体的形式经验。而这一维度同时含有的思想的不可表现性，使得艺术家只能以暗示的方式予以表达。坦率地讲，若是纽曼的作品像现在这样用投影仪观看，或是在大型博物馆的展厅内展出，使人能够从远处一览无遗地感受它们，那么其创作便是失败的。在那样的情况下，它们依旧是无意义的色块！崇高感包含的那种纽曼从欣赏者的角度期盼的排山倒海似的效果，唯有在近距离欣赏的情况下方能产生，就像当时的一幅照片展示的那样（见图6）。

图6　两位观众在画作《崇高的英雄》前

　　只有这样，它们才会令欣赏者产生被色彩的不定形存在征服的感觉，并升华至观念层面。在此，美的体验或审美享受是不存在的。

　　当然，纽曼不仅在绘画创作中践行着艺术对美的放逐，同时进行了理论的反思。在1948年的论文《崇高即现在》（*The Sublime is Now*）中，纽曼已指出（先于利奥塔的论断）：为了一种通过艺术品创造出来的崇高经验而"主张""摧毁""美"的做法，不只是其个人的冲动，而是欧洲与北美"现代艺术"自身发展的实际"动力"[①]。尽管视觉艺术一向致力于表现观念，但只有在现代才算真正获得了成功。这方面的开路先锋，是被纽曼及众多艺术家视为现代艺术先驱的"印象派"。它"摒弃了美的理念"[②]，从而以一种为现代示范的姿态率先将艺术从美的义务中解放出来。

　　看看下面这幅印象主义由此得名的绘画吧（见图7）。

---

　　① ［美］巴纳特·纽曼：《崇高即现在》，选自约翰·奥尼尔主编的《论文与访谈：1925—1970》，伯尔尼/柏林，1996年，第178页。

　　② 同上。

图7　莫奈《日出·印象》（1872）

　　或许您会同意纽曼的论点。单从当时绘画技巧的角度衡量，莫奈的作品当然不能说是成功的。它在短时间内被迅速地完成，缺乏精心的构思，而且对透视的精确度也不够重视。显然，用传统的眼光看，它并不美。正如艺术评论家路易·勒鲁瓦轻蔑地指出的：它不过是"印象主义"。可是，美真的是莫奈作品追求的目标吗？站在纽曼的立场，大可不必理会这样的质疑。因为果真如此，人们就该劝莫奈换个行当了。但是，美并非莫奈创作的初衷。

　　在纽曼看来，自莫奈以来印象派画家的功绩是首次在现代背景下粉碎了美的桎梏。同时，他也认为，印象派尚未做到像他一样尝试含蓄地表达崇高的观念。他指出，由于缺少了崇高的元素，在没有其他内容可选择的情况下，他们的作品颂扬的往往不过是"自身的生活方式"①。总之，他证

　　① ［美］巴纳特·纽曼：《崇高即现在》，选自约翰·奥尼尔主编的《论文与访谈：1925—1970》，伯尔尼/柏林，1996年，第178页。

明了不只是印象派，同时包括直至二战后美国抽象表现主义在内的整个现代艺术都无法重新填补美退场后的空白。他指出，只有"我们美国的"一些"卸掉欧洲文化重负的艺术形式找到了"对美的替代方案，办法是"不管什么情况下，我们的艺术都坚定地排除美的问题"①。唯有如此，艺术家才会将目光投向艺术的新内涵。他写道："我们创造的画面，其现实是自明的，并且在没有依据或关联的情况下妥善地对待古老的画面，不管它们是崇高的还是美的。我们卸下了记忆、联想、怀旧、传说、神话或任何属于西欧绘画的发明的包袱。"这样一来，由抽象表现主义画家创造的"画面，令所有不佩戴艺术史怀旧镜片的人也能看得懂"②。

纽曼相信，在新的艺术形式中，能在美受到艺术拒斥的地方发挥替代作用的，是崇高。为此，他试图用自己的艺术创作在观众中唤起一种情绪。在许多继抽象表现主义之后出现的年轻艺术家看来，这似乎有些言过其实。尤其在 20 世纪 60 年代两个最重要的艺术运动——波普艺术和观念艺术中，人们认识到这一点。年轻的艺术家不愿再同绘画的"准宗教"内容（就像人们在纽曼及他的一些当代盟友那里发现的那样）扯上任何关系。他们也会努力地为艺术寻找新的内容。例如，在波普艺术中向资本主义生活世界的主题开放，或在观念艺术中对艺术的本质进行反思。尽管如此，他们仍坚守着纽曼的立场，即要想准确地理解现代艺术中发生的事情，就应放弃古典美学的视角（特别是艺术对美的责任）。

笔者最后要列举的人物，是一位观念艺术家，同时是现代主义艺术理论的代表人物——约瑟夫·克苏斯（Joseph Kosuth）。在 1969 年发表的、后来影响深远的论文《哲学之后的艺术》（*Art after Philosophy*）中，他阐明了自己的观点。正如其文章标题揭示的，克苏斯认为，在现代艺术本身

---

① ［美］巴纳特·纽曼：《崇高即现在》，选自约翰·奥尼尔主编的《论文与访谈：1925—1970》，伯尼/柏林，1996 年，第 179 页。

② 同上。

承担了一些原属哲学领域的关键任务。它接过的、以前由哲学负责的首要任务，便是为艺术找到合理的定义，方式不是借助理论的反思，而是常说的自反式的，即借助艺术去发展艺术。此类艺术在作品中探讨当代背景下艺术的可能形态，而这是很难从美学的角度充分领会的。同时，从古典的立场上出发抱怨这样的艺术不美，则意味着对该艺术的彻底误解，因为美的体验不再是它的目标。克苏斯在文中强调，这就是为什么"有必要将美学与艺术分割开来，因为美学"① 研究的话题也许同现代艺术的目标不再相关。他指出："在过去，装饰价值是衡量艺术功能的标准之一。因此，凡是关注'美'及趣味的哲学分支，同样对艺术研究负有不可推卸的责任。从这个'传统'中产生的观念是：艺术与美学之间有着概念上的关联。"② 在艺术不再关注装饰价值的同时，美学视域下对艺术品的审视无疑也失去了合理性。克苏斯认为，在现代时期，艺术已经意识到，美的体验无处不在，比方说还可以出现在自然界中，这就是为什么美、装饰再也不是艺术关注的焦点问题。

克苏斯将在当今条件下仍主要从美学角度审视的艺术称为"形式主义的"，并表现出强烈的抵制态度，这同样针对克莱门特·格林伯格（Clement Greenberg）侧重作品的审美说服力的形式主义批评。他认为，"形式主义艺术（绘画与雕塑）是装饰艺术的先锋。严格说来，可以合理地断定，它所表现的艺术观念是如此粗陋，以至于在功能上根本不算是艺术，而纯粹是一种审美训练。"③ 他引用了目前仍不太受关注的美国画家儒勒·奥里斯基（Jules Olitski）的作品为例，来说明这种受到贬抑的形式主义艺术。通过这个例子，人们可以"获知"，"形式主义艺术使用的是一种完全基于

---

① ［德］约瑟夫·克苏斯：《哲学之后的艺术》，选自查尔斯·哈里森、保尔·伍德主编的《20 世纪的艺术理论》卷 2，奥斯特菲尔敦，1998 年，第 1031 页。
② 同上。
③ 同上。

形态学前提的艺术定义"①，即基于形式对欣赏者直观的作用。在此，克苏斯像费德勒一样清醒地认识到，大多数艺术欣赏者仅凭直觉去偏好那些自己已经知道的东西，即那些熟悉且看上去有几分"艺术形状"的东西。奥里斯基的绘画依据的便是这样一种艺术直观，在克苏斯看来，它像是视觉的"背景音乐"②（Muzak），即无关紧要的视觉消遣，这好比是电梯里为打破寂静而时常播放的背景音乐。克苏斯认为，奥里斯基的绘画首先并未涉及（他认为的）所有重要的现代艺术形态关注的东西，即对艺术本质的发问。他指出："形式主义批评家及类似的艺术家""不探讨艺术的本质。"其次，在当今时代，"艺术家的身份"意味着"对艺术的本质发问"③，即在作品中引导有关艺术的本质和功能的所谓后哲学话语。最后，就质量本身而言，关键的是基本的观念，而不是美的外形。

杜尚以"非视网膜艺术"的著名创作主张，成为这种从外观向观念转化的首批倡导者之一，这也是克苏斯将其视为现代主义艺术的真正奠基人的原因。克苏斯指出，"艺术的功能""是最初由马塞尔·杜尚提出的问题。事实上，马塞尔·杜尚的功绩在于，他为艺术赋予了独特的身份"④。原因是，他用所谓的"现成品艺术"（Ready - Mades）（在本文讲开始的时候，我们曾欣赏过其中的一件作品）提出了这个问题。

他的这些作品，尤其是1917年创作的《泉》（Fountain），实际体现了一种创新的举动，是艺术史上的一座里程碑。因为在克苏斯看来，它们在艺术史上首次阐明了，艺术中起关键作用的不是像美一样的审美属性，而是它的反思性内容。就像许多其他的西方现代作品一样，它们刻意摒弃了对美的使命，从而就不再适合用这个欧洲的古典美学范畴去评价。

---

① ［德］约瑟夫·克苏斯：《哲学之后的艺术》，选自查尔斯·哈里森、保尔·伍德主编的《20世纪的艺术理论》卷2，奥斯特菲尔敦，1998年，第1031页。

② 同上书，第1033页。

③ 同上书，第1034页。

④ 同上。

Farewell to Beauty: Grounds and Backgrounds of a Tendency in the Visual Arts of Western Modernism

Stefan Majetschak

Abstract   During the development of western modern arts since around 1860, many allegedly self – evident features – like beauty, mimesis or others – which constituted the well – known appearance of artworks over centuries, have vanished in such a radical way that Theodor W. Adorno, looking back at hundred years of modern art, was able to write in the first sentence of his *Aesthetic Theory*: "It is self – evident that nothing concerning art is self – evident anymore, not its inner life, not its relation to the world, not even its right to exist. " For it seemed that in modern times everything could claim to be art, indeed independently of its material constitution or its formal appearance. New genres of artworks like performances or installations have emerged within modern art world. And new materials – like greases or faeces – have come into use in artworks which traditionally could hardly demand acceptance of their aesthetic value. In this process the boundaries of the western concept of art occasionally dissolved to such an extent that in borderline cases works of art and humdrum everyday objects could appear identical to the eye of an observer, as early works of Marcel Duchamp have clearly shown. The visual arts did not arbitrarily perform this continuous process of losing venerable self – evident features, but rather for a number of reasons. In this paper I intend to focus on just a few of them: the reasons for modern art's evident farewell to beauty. These reasons will be presented and discussed with respect to two art theorists Konrad Fiedler and Jean – François Lyotard as well as to two artists Barnett Newman and Josef Kosuth who deliberated on them.

Keywords   Visual Arts; Western Modernism; Beauty; Conceptions of the Artwork.

Author   Stefan Majetschak is a professor of philosophy with a focus on aesthetics and art theory at the School of Art and Design at the University of Kassel, Germany.

Translator   Zhuofei Wang, assistant professor, Department of Art.

History and Department of Philosophy, University of Kassel, Germany.

想象——文学和认知的交汇点[①]

[美] 艾伦·理查德森　著

余雅萍　译　　何辉斌　校

摘　要　想象的复兴为文学和认知科学架起了一座合作的桥梁。认知科学认为，想象以三种方式展开。每一种方式又和文学认知研究的特定领域相关。首先，想象被理解为心智意象。其次，想象是通过"概念混合"的方式进行的。最后，想象被认为是大脑的"默认模式"，包括回忆过去、展望未来、白日做梦、心智理论（揣摩他人心思）等。想象在各个文学时期和运动中的表现不仅表现出了作家们古雅的文学好奇心，而且证实了它和神经科学的高度相关性。

关键词　想象；意象；混合；回忆；心智理论

作者简介　艾伦·理查德森，美国波士顿学院英语系教授，主要研究领域为英国浪漫主义文学、文学和帝国、诗学及早期英国儿童文学。目前研究兴趣为浪漫主义文学理论、文学认知等。

译者简介　余雅萍，浙江大学外国语言文化与国际交流学院博士研究生，主要从事英美文学研究和文学认知批评研究。何辉斌，浙江大学外国语言文化与国际交流学院教授、博士生导师，主要从事中西比较文学和文学认知批评研究。

　　"想象"可以作以下定义：它是一种心智功能或者是一套相互联系的

---

　　①　本文译自 Richardson, Alan. "Imagination: Literary and Cognitive Intersections", in *The Oxford Handbook of Cognitive Literary Studies*. edited by Lisa Zunshine. New York: Oxford University Press, 2015, pp. 225 – 244。

实体及事件（并非能即刻被感知到的，可能在日常生活中有它的对应物，也可能没有）相关的心智功能及活动。我可以闭上双眼，想象一个成熟的红苹果，即使它并不在场。我也可以将脑中储存的苹果意象和金色的雕像或珠宝混合，想象一个金苹果，即使我未曾见过。我也可以想象一些生理上毫无可能的东西：外星生物将我的女儿囚禁在月球的某个洞穴中，我吃下一个由酷闪的火焰制成的苹果，就能获得魔法，救出女儿。

自古以来，想象和创新及虚构有着密不可分的联系，因此一直以来它在文学和文化领域均是热门话题。文学理论界对想象的研究在浪漫主义时期达到顶峰，近些年处于低谷①。然而，即使没有"恐惧和憎恶"②，想象在科学界已被忽视了近两个世纪之多，最近才作为一个严肃的研究话题重新出现在认知科学领域。科学界对想象态度之转变让我们想起了过去几千年以来哲学家们对这个话题的关注，这个哲学传统甚至可以追溯到柏拉图。想象在 21 世纪心灵科学和脑科学领域的迅速崛起，以及它在文学哲学领域的深厚底蕴，使之成为了跨越文学研究和认知研究的最具潜力的研究领域之一。

从认知视角看，想象可以用三种基本的方式来解释，每一种方式又和文学认知研究领域的某些内容相关。其一，想象被理解为心智意象（视觉和其他知觉意象的形成，如刚才我想象的红苹果以及现在我脑海中想象的是披头士乐队（又译"甲壳虫乐队"）的歌曲"Eleanor Rigby"前奏）。其二，想象是通过"概念混合"的方式进行的，如想象一个从未见过的金苹果。其三，心灵和大脑的研究认为想象是大脑的"默认模式"（default mode），它包括对过去的记忆（memory），对未来的预期（prospection into

---

① Richard Kearney, *The Wake of Imagination*：*Toward a Postmodern Culture*, Minneapolis：University of Minnesota Press, 1988.

② Lorraine Daston, "Fear and Loathing of the Imagination in Science", *Daedalus*, 127. 1 winter 1998, pp. 73 - 95.

the future），心智理论（theory of mind，也称心力理论），心智游移（mind wandering）以及漫游（navigation）等。下面我将简单介绍前两种情况，具体讨论第三种模式，因为它是文学认知研究较为重要、发展较为迅速的新领域。

一　想象，成像，文学反应的潜在行为

试想：我闭上眼睛再一次想象那个红苹果，苹果上有一个白色刻痕，恰在我的视野中央。我慢慢地让苹果旋转，白色刻痕向右移动直至消失。我继续让苹果旋转直至白色刻痕再次出现在视野左侧，继而慢慢移至中心。我睁开双眼，苹果消失了。

我发觉这种想象难度不大，但是认知科学家们却对此争论不休①。我的大脑处理这些视觉信息的方式和实际的视觉感知是相似的吗？我想象自己看到苹果在"心眼中"旋转是一种虚幻的人为的过程，涉及的不是编码表征，而是用一种像语言一样的命题形式（如红色、球形、轨道、封闭、物体恒存）吗？这种争论的风险是极高的：所有的心智过程都可以在机器上运作，都可以进行命题编码的计算处理吗？我们的人脑、神经系统、身体以及社会物质环境造就了我们的认知架构，同时限制了我们的认知活动吗？意象派认为，大脑能直接控制带有某些属性的空间表征。这些属性和它们在现实世界中是相似的。意象派还认为，人脑是具身的，是有神经系统的湿件（wetware）②而非软件。

日益发达的神经影像技术给意象派的观点极大的支持。FMRI（功能磁

---

① Michael Tye，*The Imaginary Debate*，Cambridge：MIT Press，2000.
② Stephen Kosslyn and Olivier Koenig，*Wet Mind*：*The New Cognitive Neuroscience*，New York：Free Press，1992.

共振成像）研究表明，"心理意象激发了特定形态的视觉皮质区域。"① 换言之，在没有任何实际视觉材料输入的情况下，仅仅是想象一个苹果，脑部和被感知的颜色以及圆形相关的区域就能被激活。无论这场争论是否会有定论，这已经激励了很多人开始致力于研究认知科学领域的成像和哲学文学理论家长期关注的想象这两者之间的联系。哲学家伊娃·布兰（Eva Brann），对过去两千年以来关于想象的研究做了大量的调查。1992 年她就这个主题作了相关文献综述②。两年以后，文学学者爱伦·爱斯洛克（Ellen Esrock）发现阅读时能形成心理意象的活动，这个曾被认为是文学反应的标准元素，在 20 世纪却被忽视了③。文学理论上的这个重大转变对于文学课堂有着严重的影响：课堂上老师不鼓励学生在阅读文学文本时对一些文学场景和动作进行视觉想象，更不要提专门训练了。

对于意象的争论，文学批评界较有影响的是伊莱恩·斯卡利（Elaine Scarry）的《由书而梦》（*Dreaming by the Book*）④。显然她是站在意象派一边的，然而她依靠的是对于阅读的自省，且形成了自己的一套批评术语。她很有创见地给我们展示了那些"伟大的感官作家们"如何赋予他们的视觉图像生命力。在她看来，读者在相同作家的"指导下"能想象出一个个充满生命力的意象。从古希腊的荷马到如今的诗人、小说家，通过对他们内省式的研究和对过去的伟大感官作家的模仿学习，已经学会了如何复制"认知结构"，详细地传达了"墙之所以成为墙"的方式比告诉读者想象一面实体墙更为可靠。这个过程可能会需要增加一些动作，例如在微弱的灯

---

① Martha J. Farah, "The Neural Bases of Mental Imaginary", in*The New Cognitive Neurosciences*, ed. Michael S. Gazzaniga, 2nd ed. Cambridge：MIT Press, 2000, pp. 965 – 974.

② Eva T. H. Brann, *The World of the Imagination：Sum and Substance*, Sacage, MD：Rowman and Littlefield, 1991.

③ Ellen J. Esrock, *The Reader's Eye：Visual Imagining as Reader Response*, Baltimore；Johns Hopkins University Press, 1994.

④ Elaine Scarry, *Dreaming by the Book*, New York：Farrar, Straus and Giroux, 1999.

光下想象一面白色的墙，然后想象一下车子在黑夜中开着车灯一闪而过时显现的那面墙。如果在第二种情境下，这面白色的墙在读者心中的形象更为具体，那么斯卡利对于意象的认知研究确实做出了原创性的贡献。

普通读者一般不会注意到作者在描述一个影子从谷仓一侧挪动或太阳下行进的荷马时代的军队的矛尖上闪闪发光，其实是想训练他们的思维。斯卡利《由书而梦》的最大优点在于她确实是想训练读者"在作者的指导下进行想象"，或许在这个过程中，我们至少了解了过去的一些读者是如何想象的。笔者在以前的文章中曾经提到，19世纪末以来，不仅阅读时的想象活动变少了，而且曾经因为善于感官描述而闻名遐迩的作家也渐渐变得不受待见了。如詹姆斯·汤姆森（James Thomson）和沃尔特·司各特（Walter Scott），曾被认为是最伟大的诗人，现在只有个别研究者对他们尚存兴趣[1]。作为小说家，司各特生动地描绘了他的主人公爱德华·威弗利（Edward Waverley）在阅读和白日梦时是如何展开想象的，连续数小时"这大脑内的魔法将过去或想象的事件通过行动一一呈现"[2]。司各特这位"北方奇才"，似乎比谁都更清楚这种心理活动的原则。

视觉感知能控制我们的感官经验（据说将近一半的大脑皮层是用来处理我们的视觉需求的）。因此无论是在科学还是在文学领域，视觉化主导了我们感官意象的研究[3]。然而，其他的感知形态也能产生相应的意象：听觉（脑中想起的歌声），触觉（想象花岗岩镇纸放在手掌感受它的重量以及它光滑冰凉的表面），动觉（想象着将一块花岗岩扔向墙面，感受一下你身体的动作）。有些感官意象很难随意产生。如有不少人难以形成味觉、嗅觉等意象。在一个实验中，被试者在进行视觉和其他类型的想象任

---

① Alan Richardson, *The Neural Sublime*：*Cognitive Theories and Romantic Texts*, Baltimore：Johns Hopkins University Press, 2010, pp. 38 – 57.

② Sir Walter Scott, *Waverley*, ed. Andrew Hook, Harmondsworth：Penguin, 1972, p. 53.

③ Donald D. Hoffman, *Visual Intelligence*：*How We Create What We See*, New York：Norton, 1998, p. xi.

务时，表现出了个体差异①。文学家们发掘独创性的方式，通过不同的形态表述传达意象。然而，正如加布里埃尔·斯塔尔（G. Gabrielle Starr）的研究显示，作家们会同时使用多种感知形态②。斯卡利也认为，动作想象在艺术审美经验中发挥了特别重要的作用③。

二　合成的想象：隐喻，混合和文学的心灵

长久以来人们一致认为，文学艺术家们擅长在异中寻同：在《诗学》中，亚里士多德将"掌握隐喻"（command of metaphor）看作诗学想象的最高标志，因为"擅长使用隐喻的能力意味着感知相似性的能力"④。浪漫主义诗人和理论家柯勒律治（S. T. Coleridge）将想象的特征总结为"合成的魔力"（synthetic and magical power）。和他同时代的浪漫主义诗人雪莱（P. B. Shelley）将具有分析辨别功能的说理和具有合成功能的想象做了对比："说理关注的是差异性，而想象则关注相似性。"⑤ 因此，于雪莱而言，想象成为了包括诗歌在内的所有创造性活动的动力，如法律文件、政府管理、科学、哲学等等。即使向来被认为是诗人之敌的柏拉图，本质上也成

---

① 具体请参见 Laura Otis, "The Value of Qualitative Research for Cognitive Literary Studies", in *The Oxford Handbook of Cognitive Literary Studies*. Edited by Lisa Zunshine. New York: Oxford University Press, 2015, pp. 505 – 524。

② G. Gabrielle Starr, "Multi – sensory Imaginary", in *Introduction to Cognitive Cultural Studies*, ed. Lisa Zunshine, Baltimore: Johns Hopkins University Press, 2011, 275 – 291, and "Theorizing Imagery, Aesthetics, and Doubly Directed States", in this volume.

③ Starr, "Theorizing Imagery", and *Feeling Beauty: The Sister Arts and the Neuroscience ofAesthetic Experience*, Cambridge: MIT Press, 2013.

④ Aristotle, Poetics, in *Classical Literary Criticism*, ed. T. S. Dorsch, Harmondsworth: Penguin, 1965, p. 65.

⑤ Samuel Taylor Coleridge, *BiographiaLiteraria or Biographical Sketches of My Literary Lofeand Opinions*, ed. James Engell and W. J. Bate, 2 vols. Princeton University Press, 1983, p. 16; Percy Bysshe Shelley, *Shelley's Prose*, or, *The trumpet of a Prophecy*, ed. David Lee Clark, Albuquerque: University of New Mexico Press, 1954, p. 277.

为了"诗人"①。想象同时创造了意义，能识别事物的"意义"，对于伦理道德行为而言，也是必不可少的。

然而令人意想不到的是，浪漫主义的合成创新之想象在最近的认知理论中又重回热点。在《我们的思维方式》（*The Way We Think*，2002）中，认知语言学家吉勒斯·福柯尼耶（Gilles Fauconnier）和文学认知研究的先驱马克·特纳（Mark Turner）对概念混合理论（conceptual integration or "blending"）做了概述。他们"把想象的复兴看作基本的科学主题"②。在《想象和意义非凡的大脑》（*Imagination and the Meaningful Brain*，2003）一书中，社会精神病学专家阿诺德·莫德尔（Arnold Modell）认为，人类大脑的独特之处在于我们的语言能力以及我们"想象的能力，而想象本身需要使用隐喻作为认知的工具"。③ 借助认知语言学家乔治·莱考夫（George Lakoff）、马克·约翰逊（Mark Johnson）、特纳及莫德尔等人的观点，"在想象中，重组的隐喻过程"（"在不同的域之间映射和传递意义"）是必不可少的④。虽然想象在科学界的"复兴"直到21世纪才出现，然而雪莱早在19世纪就提出了想象的伦理功能——于雪莱而言，"想要成为一个极好的人，必须具有强烈全面的想象能力"。这一点约翰逊在他的《道德想象》（*The Moral Imagination*，1994）一书中也早有所提及，他认为"道德理性是完全富于想象的"⑤。

关于隐喻和"想象性"混合的认知理论在科学和人文学科间架起了桥

---

① Percy Bysshe Shelley, *Shelley's Prose*, *or*, *The trumpet of a Prophecy*, ed. David Lee Clark, Albuquerque：University of New Mexico Press, 1954, p. 280.

② Gilles Fauconnier and Mark Turner, *The Way We Think*：*Conceptual Blending and the Mind's Hidden Complexities*, New York：Basic Books, 2002, pp. 15, 89.

③ Arnold H. Modell, *Imagination and the Meaningful Brain*, Cambridge：MIT Press, 2003, p. xiii.

④ Ibid., p. 27.

⑤ Shelley, *Shelley's Prose*, 283；Mark Johnson, *Moral Imagination*：*Implications of Cognitive Science for Ethics*, Chicago：University of Chicago Press, 1993, p. 11.

梁。特纳作为文学教授，开始致力于研究由语言学家莱考夫提出的概念隐喻理论。哲学家约翰逊于 1989 年和莱考夫合写了一本书①。概念混合理论是特纳和福柯尼耶协力合著的。在概念混合理论的阐释过程中，想象那久违的文学底蕴扑面而来。马克·伯伦（Mark Bruhn）说，这对于浪漫主义文学的研究专家而言有种特殊的感觉，他们在读概念隐喻和概念混合理论时，时常有种强烈的似曾相识的感觉②。研究柯勒律治的学者，"听到混合是想象最佳的操作方式此类说法时，大概都不会感到惊讶。柯勒律治认为，意识的功能是将表征和概念混合，这种功能可以称之为'想象'"③。

伯伦认为，认知理论家在忽视他们的浪漫主义传统时错过的和浪漫主义早期作家提出的细致的"求同存异"的主张有关。这个主张至今都能用来"检验和改善"福柯尼耶和特纳概念混合理论中的"隐藏的复杂性"④。伯伦的解释，与其说是给概念隐喻和概念混合理论作注释矫正，不如说是抛砖引玉，希冀对于复杂的想象思考和诗意的诠释时，能使用更为系统的高度相关的主体。

例如，在华兹华斯的《廷腾寺》一诗中，看似偶然的隐喻却是从概念混合中找到的灵感，同时让概念混合更加复杂化。根据概念混合理论，意义在两个"域"或"输入空间"之间传递⑤。例如，我想到诗歌里的某一

---

① George Lakoff and Mark Turner, *More Than Cool Reason: A Field Guide to Poetic Metaphor*, Chicago: University of Chicago Press, 1989.

② Mark Bruhn, "Romanticism and the Cognitive Science of Imagination", *Studies in Romanticism*, Vol. 48, No. 4, 2009, p. 543.

③ Ibid., p. 548.

④ Bruhn, "Romanticism", 544 and Bruhn, "Harmonious Madness: The Poetics of Analogy at the Limits of Blending Theory", *Poetics Today* Vol. 32, No. 4, 2011, p. 620. See also Bruhn, "Time as Space in the Structure of (Literary) Experience: The Prelude", chapter 29 in this volume.

⑤ William Wordsworth, "Lines Composed a Few Miles above Tintern Abbey", in *Wordsworth and Samuel Taylor Coleridge*, *Lyrical Ballads and Related Writings*, ed. William Richey and Daniel Robinson, Boston: Houghton Mifflin, 2002, pp. 110 – 115; Modell, *Imagination*, p. 27.

小段 "树篱，算不算树篱也难说，无非是几行活泼欢快的、野性难驯的杂树"①。除非你已经对概念隐喻了如指掌，能自如地感知日常话语中无处不在的隐喻，否则你可能感受不到有机成排的植物和抽象理想的几何线条之间的类比（第二种修辞便是把篱墙拟人化为贪玩的自然之子，或许正是拟人把人们的注意力从它之前的隐喻中转移了）。但是当我们将篱墙和线条"混合"时，丰富的内涵便涌现出来：强调抽象人为的分析模式和主张将世界毫无规矩的倾向性组织起来的有机自然之间对立起来。这里的隐喻体现的是诗中的主要对比和反差。不仅如此，人类特意栽下篱墙用以标记领地和地产边界，而此处的篱墙重申了自己天生的嬉戏性格。隐喻展现的是自然对人类试图建立秩序的反抗，在这个过程中，隐喻缓和了两者之间的对立：几何秩序在我们眼前甜蜜的混乱和失调，篱墙不再一排一排整齐划一。在混合过程中产生的很多层创意义中，我们几乎可以确信完美的人类计划终将失败，浪漫主义的信念、自然世界的野性终将会在人类的努力下回归，受其驯服。

然而，混合变得更丰富也更难图解，当我们看到可度量的"线条"模糊而又明显的内涵。对于一首主张创造性的诗歌，"几行……野性难驯"（"little lines…runs wild"）唤起了人们对高度混合，刻意随性的无韵诗的想象，这首诗就是这样写成的。在诗句"野性难驯的杂树"（"sportive wood run wild"）中，意义的复杂网络就这样从自然和文化的二元对立中产生了——这种对立局部被消解了——并与诗和对话（批评家们认为"廷腾寺"是一首"对话诗"）、技巧和自然、有韵律的组织和自由的思想等几组对立产生的意义网络混合。伊丽莎白·哈特（F. Elizabeth Hart）几年前提出，修辞丰富、自我指涉的文学话语的复杂性对于概念隐喻理论提出的分

① 译文参考［英］华兹华斯《湖畔诗魂——华兹华斯诗》，杨德豫译，人民文学出版社1990年版，第149页。

析模式带来了极大的挑战，而如今伯伦也论证了这种复杂性对概念混合理论带来的挑战①。

三　天生的梦中人：想象与大脑的默认网络

在阅读这篇文章的时候，请您进行以下操作：想象一个新鲜的苹果，一个金苹果，一个现实中绝不可能的冒着烈焰的苹果；在脑海中演奏一首曲子；将上述苹果360°旋转；想象在两种不同情境下的一面墙；接着想象将一大块花岗石扔向那面墙。现在请继续闭上眼睛，除了休息，什么都不要做。您脑海中是否已经有了答案？

如果您跟其他的被试者一样，那么闭上眼睛什么都不干的时候，您的脑袋就是一片空白的状态。但即使空白状态，它也和您执行任务时一样活跃，只不过是以另一种方式。人类的心智在未聚焦的状态下，亦即默认状态下，会进行一系列心理活动——反思过去，规划未来，幻想不可能的事件，揣度别人说这做这或不说这、不做这的真正用意。在过去15个世纪里，佛教冥想者称之为"心猿"（monkey mind）。在过去的十几年里，神经科学家们给它起了新的名字，叫大脑的"默认模式"②。

默认模式及其背后神经系统的存在对于发现它的神经科学家而言，无疑是一大惊喜③。为了更正确地阐释神经成像研究，脑科学家们试着将带

---

① F. Elizabeth Hart, "Cognitive Linguistics: The Experiential Dynamics of Metaphor", *Mosaic*, 28, 1995, pp. 1 – 23.

② Marcus E. Raichle, Ann Mary Macleod, Abraham Z. Snyder, William J. Powers, Debra A. Gusnard, and Gordon L. Shulman, "A Default Mode of Brain Function", *PNAS* 98. 2, January 2001, pp. 676 – 682.

③ Marcus E. Raichle and Abraham Z. Snyder, "A Default Mode of Brain Function: A Brief History of An Evolving Idea", *NeuroImage*, 37, 2007, pp. 1083 – 1090; Randy L. Buckner, Jessica R. Andrews – Hanna, and Daniel L. Schacter, "The Brain's Default Network: Anatomy, Function, and Relevence to Disease", *Annals of the New York Academy of Science*, 1124, 2008, pp. 1 – 38.

着各种任务的大脑激发模式和处于休息状态的大脑激发模式进行对比。有趣的是，两种状态下神经活动的总体值没有太大差别。除此之外，被试者在身带任务时，某些区域的活性度反而下降。那么问题就来了，在没有知觉刺激和指导性活动的情况下，被试者的脑袋都在忙些什么？

大脑的默认模式网络（default mode network）存在于时空中。默认模式是一个系统，并非单个定位。它是由空间上各自分布，功能上相互联结的脑部区域构成，"功能连接"暗指"时间相关"：相互捆绑的区域通常合作产生想象机制①。研究者们关于默认模式网络在大脑中究竟起什么作用，意见各一，但是有一点很清楚，即"大脑在休息状态下也是异常活跃的"②。人们通常会认为：未聚焦的心理活动是任意的、不定时的。然而研究证明，在这种情况下，大脑激活模式是非常连贯且一致的。刚才提及的相互联结的大脑区域——内侧前额叶皮质、后扣带回皮质、压后皮质、双侧顶下小叶、内侧颞叶——在心智活动中也显现激活模式③。大脑放空时，会真正经历的现象经验，这些活动包括：回忆过去、展望未来、白日做梦、心智理论（揣摩他人心思）等等。

白日梦是想象的别名，虽然前者在形式上更随意，内容上更随机。设想一下未来可能的情景似乎更可行，除非那个情景指的是赢彩票或是和安东尼奥·班德拉斯（Antonio Banderas，西班牙的演员兼歌手）约会。但是就其本质而言，未来的时间是属于想象的，它们只有发生了才能变成真实的。回忆往往是想过去发生的一些事情，并非乌有之事，因此似乎和想象

---

① Martijn P. van den Heuvel and Hilleke E. Hulshoff Pol，"Exploring the Brain Network：A Review on Resting – State Fmri Functional Connectivity"，*European Neuropsychopharmacology*，20，2010，pp. 519 – 534；Susan Whitfield – Gabrieli and Judith M. Ford，"Default Mode Network Activity and Connectivity in Psychopathology"，*Annual Review of Clinical Psychology*，8，2012，p. 49.

② Susan Whitfield – Gabrieli and Judith M. Ford，"Default Mode Network Activity and Connectivity in Psychopathology"，*Annual Review of Clinical Psychology*，8，2012，p. 51.

③ Ibid.，p. 52.

毫无瓜葛。但是对于神经科学的记忆研究者来说，回忆和想象也有着密切的联系①。另一种和默认模式网络相关的心理活动——漫游——看上去真实多了，虽然它和记忆有一种直觉上的联系。叙事被认为是将各种默认模式串联起来的主线——涉及叙事的神经区域和涉及默认网络的神经区域有显著的重合②。我们似乎从一个全新的意想不到的方向被与概念隐喻及概念混合理论相关的神经科学家聚合在一起：本质上，人的心灵可被称为"诗意的"或"文学的"心灵③。

在认知科学发现人类大脑的默认模式之前，早就有文学作品探讨过这个话题：当人脑处于空闲状态时，它自然倾向于在时空中遨游。18 世纪最伟大的作家之一塞缪尔·约翰逊博士（Dr. Samuel Johnson）在他的小说《雷塞拉斯》（*Rasselas*）中阐述道，"没有一个心灵是存在于当下的：回忆过去和期待未来充斥着我们几乎所有的瞬间片刻"④。他在其著名的双周刊散文集《漫步者》（*Rambler*）中也表达了类似的观点，"人类的心灵从不满足于当下的事物，总是从当下时刻中抽身，幻想一些计划"⑤。而后，在同一期刊上他又发表了一篇文章认为，人们在对过去、现在及未来的思考

---

① Daniel L. Schacter and Donna Rose Addis, "The Cognitive Neuroscience of ConstructiveMemory：Remembering the Past and Imagining the Future", *Philosophical Transactions of the Royal Society B*, 362, 2007, pp. 773 – 786.

② Robert Stickgold, "Memory in Sleep and Dreams：The Construction of Meaning," in *TheMemory Process：Neuroscientific and Humanistic Perspectives*, ed. Suzanne Nalbantian Paul Matthews, and James L. McLelland, Cambridge：MIT Press, 2011, pp. 90 – 91; R. Nathan Spreng, Raymond A. Mar, and Alice S. N. Kim, "The Common Neural Basis of Autobiographical Memory, Prospection, Navigation, Theory of Mind, and the Default Mode：A Quantitative Meta – analysis," *Journal of Cognitive Neuroscience*, Vol. 21, No. 3, 2008, pp. 501 –503.

③ Raymond W. Gibbs Jr. , *The Poetics of Mind：Figurative Thought, Language, and Understanding*, Cambridge：Cambridge University Press, 1994; Mark Turner, *The Literary Mind*, New York：Oxford University Press, 1996.

④ Samuel Johnson, *The History of Rasselas, Prince of Abisinnia [and] Ellis Cornelia Knight, Dinarbas：A Tale, ed. Lynne Melocarro*, London：Everyman, 1994, p. 60.

⑤ Johnson, *Selected Essays from the "Rambler", "Adventure", and "Idler"*, ed. W. J. Bate, New Haven：Yale University Press, 1968, p. 3.

时需律己，此时便有了道德需求。约翰逊将心灵的习惯性状态定义为"永不停息的认知"①。约翰逊同时为心灵的这种自然倾向命名，不是"默认模式"，不是"冥想"，而是"想象"②。

读着约翰逊文字长大的浪漫主义诗人和理论家们对于约翰逊认为想象具有危害性的观点不以为然。然而他们和约翰逊一样，认为想象在人类的精神和道德生活中无处不在，非常关键。浪漫主义文学写作——半个世纪关于想象功能及副作用的持续不间断的深入思考——给想象这个母题带来了极为丰富的理论、代表作和批评。虽然浪漫主义诗人或批评家未曾提出过像今天认知科学"默认模式网络"这样的说法，但是两百年前的浪漫主义作家们确确实实提到各种默认模式活动之间的键连接（key connections）。值得争辩的是，浪漫主义作家给我们留下的想象行为比起认知科学家们提到的更细微更全面。将19世纪和21世纪的想象理论并置，使我们能更好地欣赏浪漫主义的想象（它在20世纪八九十年代已经丧失了作为文学批评概念的主要地位），同时能为认知神经科学提供更多的参考，使之对想象的概念有更准确地把握，产生更多丰富的研究议题。想象因此成为文学认知研究的跨学科新领域。以下只是给文学研究和科学研究之间关于想象的双向交流之各种可能提供一种框架。

回忆过去和想象未来对我们来说意味着两种相互对立和相互排斥的心理活动。前者处理过去的业已成为事实的事件，后者处理将来的，仅仅是可能的事件。但是在默认模式网络被全面接受之前，认知科学已经设想了一种双重的记忆——想象认知体系③。起初，记忆研究者发现情景记忆

---

① Johnson, *Selected Essays from the "Rambler", "Adventure", and "Idler"*, ed. W. J. Bate, New Haven: Yale University Press, 1968, p. 22.

② Ibid. .

③ See, for example, Schacter and Addis, "Cognitive Neuroscience"; and DemisHassabis and E. A. McGuire, "Deconstructing Episodic Memory with Construction," *Trends in Cognitive Sciences*, 11, 2007, pp. 299 – 306.

（丰富的具体的自传式记忆，如你在祖母家门前的私人车道处，从自行车上摔下来，磕掉了门牙）的不足与想象相对详细的未来事件的不足结伴而行的。大量的研究包括专业的神经成像研究证实，对于未来的预期依靠完整的情景记忆，会牵涉到很多处理记忆时需要用到的神经区域。著名的记忆研究专家丹尼尔·沙克特（Daniel Schacter）谈及"回忆过去以想象未来"说，经证实，我们的记忆是可分解的（因此较容易产生错误或遭到歪曲），主要原因在于记忆的碎片拼凑起来可以为未来可能的行为提供一些有用的场景①。

虽然沙克特等人把它当作新奇的事物作了介绍，然而对过去的回忆和对未来的想象的单系统概念只是对浪漫主义作家们提出的两者联系的再发现。心理学的联想论者认为，浪漫主义产生于也反抗于记忆和想象的同一性，这一点是不言而喻的。托马斯·霍布斯（Thomas Hobbs）认为，"想象和记忆其实是一回事"②，想象未来是将储存在记忆中的意象重新呈现，要么不变如初，要么拆散重组。后者让如霍布斯和洛克等理性主义者焦虑不已。霍布斯认为，那些幻想出来的连接会导致"心灵的虚构"③。

然而对于柯勒律治等浪漫主义理论家而言，将储存于记忆中的意象分解后可以产生创造性的想象，也可产生所有真实的概念创新以及持久的艺术。这种可怕的想法让柯勒律治成为了"回忆以想象"的关于情景记忆观点的早期支持者。柯勒律治认为，想象"分解、扩散以重新创造"（对比一下沙克特的观点，他认为"建设性的"记忆体系可以吸收利用过去的

---

① Daniel L. Schacter, Donna Rose Addis, and Randy L. Buckner, "Remembering the Past to I-magine the Future： The Prospective Brain," *Nature Review： Neuroscience* , 8, September 2007, pp. 657 – 661.

② Thomas Hobbes, *Leviathan： Or the Matter, Forme and Power of a CommonwealthEcclesiasticall and Civil*, ed. *Michael Oakeshott*, New York： Collier, 1962, pp. 22 – 24.

③ Ibid. , p. 24.

"元素""将它们重组成一些从未发生过的虚构想象的事件")①。柯勒律治和华兹华斯的"对话诗"（conversation poems）精彩地阐释了记忆以未来为导向这一特点。在有些诗中记忆的力量很强大，因此未来导向主要集中于未来的回忆行动。在《离开一个归隐地之后的断想》（"Reflections on Having Left a Place of Retirement"）一诗中，柯勒律治详述了他对田园乡村小屋的记忆，结束时他想象道，他会在梦中重游故居："我的灵魂将会再次回到你这里，亲切的小屋!②"华兹华斯在柯勒律治的影响下，写了《廷腾寺》（"Lines Composed a Few Miles above Tintern Abbey"）。正如批评家们所言，这首诗充满了各种回忆。然而，"默认模式"强调了记忆变成未来导向的随意性：说话人不仅将自己五年前出游的记忆想象成当下的感知，而且记忆在当下的处理将会成为有助于记忆的"全部精神生活的灵魂"③。

在这些诗中，回忆过去和想象未来的联系并非进入如此循环模式。如在《夜莺》（"The Nightingale"）一诗中，柯勒律治回忆起他带着哭泣的小儿外出赏月，小儿立时静默了，止住了呜咽，安恬地笑了起来。对于未来，他承诺以后让儿子厮伴着夜莺的啼啭长大，"让他的夜晚融合着快乐"④。夜晚和美（此时的关联就是构建模块记忆）之间重复的关联会改变他儿对自然的未来体验，让自然不再是负面的暗黑的。华兹华斯在《廷腾寺》的结尾处，转向了他的小妹妹，一开始我们在她身上看到的只是他过

---

① Samuel Taylor Coleridge, *BiographiaLiteria or Biographical Sketches of My Literary Life and Opinions*, ed. James Engell and W. J. Bate, 2 vols, Princeton：Princeton University Press, 1983, p. 304；Daniel L. Schacter and Donna Rose Addis, "The Ghosts of Past and Future," *Nature*, 445, January 2007, p. 27.

② Quotations follow the text in Samuel Taylor Coleridge, *The Complete Poems*, ed. William Keach (Harmondsworth：Penguin 1997). 译文参考［英］柯勒律治《柯勒律治诗选》，袁宪军译，福建教育出版社 2015 年版，第 46 页。

③ 译文参考［英］华兹华斯《湖畔诗魂——华兹华斯诗》，杨德豫译，人民文学出版社 1990 年版，第 153 页。

④ 译文参考［英］柯尔律治《柯尔律治诗选》，杨德豫译，广西师范大学出版社 2009 年版，第 100 页。

去的影子。然而，投射到未来，说话人成功地为她设想了一个发展的将来：一开始虽然还是他自身发展的镜像，但当她比哥哥还活得更久远，她最终会离开他，把他置于自己的记忆中，包括诗人撰写诗歌时的瞬间他们共同编织的记忆。在《午夜寒霜》（"Frost at Midnight"）一诗中，柯勒律治从当下转移到对孩童时代的记忆（伦敦基督慈幼学校），为他尚处于襁褓中的儿子哈特利（Hartley，跟一个联想论心理学家同名）投射一个未来。哈特利的未来补偿了他父亲自己不堪回首的童年经历，严厉的校长在哈特利这里让位于上帝这位"宇宙的恩师"，他的循道并非通过课本中僵硬的语言而是通过自然这个"永久的语言"①。

神经科学对于记忆——想象体系的解释在时间维度上具有向后和向前两面性——雅努斯假设（Janus，古罗马的两面神）——它强调这种安排的实用性，给情景式记忆的脆弱性提供了自适应理性（等等，我好像并非在祖母家，而是在阿姨家门口把手腕给跌折了。至于牙齿，是去黄石公园旅行时磕伤的）。但是对于文学专家来说，无论他们看似有多吸引人，新达尔文主义认为，想象的很多特征之间是相互影响的，而人文学者则认为这是理所当然的，包括那些完全不适应的人②。换言之，像约翰逊博士等道德家们表现出来的对想象的焦虑，是有充分的理由的，虽然他们有时候表现得过于焦虑，类似的情绪在无数虚构作品中都有体现。塞万提斯塑造的堂吉诃德是第一个虚构的梦中人，他回忆起书中看到过的意象并与现实混淆，因此他对未来的思考也以失败告终。

浪漫主义时期的小说出现了一些堂吉诃德式的人物，如夏洛特·伦诺

---

① These readings of "Tintern Abbey" and "Frost at Midnight" are developed in more detail in my essay, "Defaulting to Fiction: Neuroscience Rediscovers the Romantic Imagination," *Poetics Today*, Vol. 32, No. 4, 2011, pp. 663 – 692. 译文参考 ［英］柯尔律治《柯尔律治诗选》，杨德豫译，广西师范大学出版社 2009 年版，第 75 页。

② YadinDudai and Mary Carruthers, "The Hanus Face of Mnemosyne," *Nature*, 434, March 2005, p. 567.

克斯（Charlotte Lennox）塑造的女版堂吉诃德混淆了记忆和想象，真实和"浪漫"（从"虚构的爱情小说"这一意义上看），对于刚踏入社会的年轻女子来说是个特别的陷阱。在简·奥斯汀的小说《诺桑觉寺》（*Northanger Abbey*）中，女主人公把之前看过的哥特小说中的某些情节，人物及场景和近代英国社会混为一谈，当然这只是众多例子中的一个。但是像威廉·戈德温（William Godwin）的《凯莱布·威廉斯》（*Caleb Williams*，一部早期的政治小说）和司各特的《威弗利》（*Waverley*，历史小说的原型，虽然不是第一部）表明虚构的记忆——想象体系可以标记角色，在众多小说流派中特色明显。这两部小说中的主人公福克兰（Falkland）和威弗利（Waverley）像堂吉诃德一样，热衷于看爱情小说，总是将在骑士文学中看到的内容和他们对现实世界的事件记忆混合。霍布斯将出现这种心理故障的可能性纳入了他早期的记忆——想象体系，他写道，"当一个人把自己想象成赫拉克勒斯（Hercules）或者亚历山大（Alexander）时，他将自己的形象和其他人的行动混合在一起，这在阅读中是较为常见的。这是一种复合想象，是一种心灵的虚构。"① 21 世纪的神经科学对于"回忆过去以想象未来"的解释尚未意识到霍布斯在他的理论中提到的以及浪漫主义小说中阐述的遭虚构影响的潜在可能；有时，神经科学似乎提供给我们的是剥除了想象外衣的想象②。

认知科学家坚持想象是"自适应的"、功能性的理论，这使他们对想象的理解和之前的传统有所不同，导致了很多评论家的疑问。有一群认知心理学家引进了"情景式未来思索"来描述记忆研究者们有时候所谓的"未来期望"或更为简单的"想象"。他们强调"在情景式未来思索时，

① Thomas Hobbes, *Leviathan*: *Or the Matter*, *Forme and Power of a Commonwealth Ecclesiasticall and Civil*, ed. Michael Oakeshott, New York: Collier, 1962, p. 24.
② Daniel L. Schacter, Donna Rose Addis, and Randy L. Buckner, "Remembering the Past to Imagine the Future: The Prospective Brain," *Nature Review*: *Neuroscience*, 8, September 2007, pp. 657 –661.

想象并非是自由的，相反，这种投射是受约束的"①。但是，具体生动的在统计学上难以置信的赢彩票的白日梦、不可能的性征服、意外的遗产、毫无希望的职业晋升等和不受约束的幻想有着很多共同的特征，因此在现实生活中还是有可能实现的。每一个小时内，数字一个接着一个地被宣布，赢得强力球的概率从一开始的1.5亿分之一到1/10，从何时起，对于奖金的幻想变成了"情景式未来思索"，这个概率会变成1/2或是3/5？类似的做法可用来区分"消遣式"的想象（可用于脑部刺激和反事实推理）以及完全"创造性"的（依靠虚构和幻想）想象，但是似乎并不能解释以下文学现象，作家塑造"圆型"但是完全虚构的人物，需用上我们现实世界中用来了解他人的"心智理论"来理解这个人物（这是一种"消遣式的"而非"创造性的"活动）②。

有些神经科学家把默认模式网络看作"内在固有的"和"自我指涉的"（我们从对外部世界的感知和活动转向自己的思维活动），他们对把心智理论放进默认模式表示不解③。有个假设认为，"社会认知"的主要方面和默认模式网络有很多重合，可能是因为"思考别人在想什么的认知过程和思考自己的认知过程有很多相似之处"④。此处，认知科学似乎重新发现了一个古老的联结：浪漫主义理论家威廉·哈滋里特（William Hazlitt）在二百多年前提出的思考别人和思考未来的自己需要同样的心理能力。"我只能将自己从当下的状态下抽离出来，然后饶有兴趣地想着未来的自己"，

① Christine M. Atance and Daniela K. O' Neill, "Episodic Future Thinking," *Trends in Cognitive Sciences* Vol. 5, No. 12, 2001, pp. 533 – 539.

② Gregory Currie and Ian Ravenscroft, *Recreative Minds*: *Imagination in Philosophy and Psychology*, Oxford: Clarendon Press, 2002, p. 1.

③ Raichle and Snyder, "Default Mode"; Edward A. Vessell, G. Gabrielle Starr, and Nada Rubin, "The Brain on Art: Intense Aesthetic Experience Activates the Default Mode Network," *Frontiers in Human Neuroscience* Vol. 6, No. 66, 2012, pp. 1 – 17.

④ Susan Whitfield – Gabrieli and Judith M. Ford, "Default Mode Network Activity and Connectivity in Psychopathology," *Annual Review of Clinical Psychology*, 8, 2012, p. 54.

哈滋里特写道，"同样，我也可以完全从自己这儿抽身，进入他人脑中"。这些心理动作经历"同样的过程"，这个过程"只有通过想象才能实现"①。

一般而言，心智理论不仅和想象重合，而且和文学想象有更多的相似之处。丽莎·詹塞恩（Lisa Zunshine）曾撰文表示，文学作品如何"普遍利用和刺激心智理论机制，让人们学会如何和现实中的人打交道"；事实上，"心智理论使文学成为可能"②。沃缪勒（Vermeule）认为"文学性"本身，至少是叙事作品，需要读者使用它们的心智理论能力③。由于詹塞恩开创性的研究，心智理论作为默认模式网络，已经和文学研究很好地融合在一起。认知科学业已发现，詹塞恩对于小说和心智理论的研究已经被研究默认模式网络的神经科学研究综述文章和元分析文章引用④。

白日梦是另一种默认模式，它和小说、叙事和文学想象有着明显的联系。对于"随机情景式的沉默思考"，正电子发射断层成像（PET）研究比大脑默认模式的研究领先了十几年，南希·安德森（Nancy Andreason）和她的同事们将白日梦和创造性，冥想和其他宗教状态以及夜间做梦联系起来⑤。将对过去的思索和未来的规划混合，将个人想法和经验自由联结——这种描述很显然指的是默认模式状态下的随意情景式沉默式思考，

① William Hazlitt, *An Essay on the Principles of Human Action and Some Remarks on the Systems of Hartley and Helvetius* （1805）, ed. John R. Nabholtz, Gainesville: Scholars' Facsimiles&Reprints, 1969, pp. 3, 22, 113 – 114.

② Lisa Zunshine, "Theory of Mind and Experimental Representations of Fictional Consciousness," in *Zunshine*, *Introduction to Cognitive Cultural Studies*, p. 198.

③ BlakeyVermeule, "Machiavellian Narratives," in *Zunshine*, *Introduction to Cognitive Cultural Studies*, 214, 221.

④ R. Nathan Spreng, Raymond A. Mar, and Alice S. N. Kim, "The Common Neural Basis ofAutobiographical Memory, Prospection, Navigation, Theory of Mind, and the Default Mode: A Quantitative Meta – analysis," *Journal of Cognitive Neuroscience*, Vol. 21, No. 3, 2008, p. 501.

⑤ Nancy C. Andreason, Daniel S. O' Leary, Ted Cizadlo, Stephan Arndt, Karim Rezai, G. Leonard Watkins, Laura L. Boles, and Richard D. Hichwa, "Remembering the Past: Two Facets of Episodic Memory Explored with Positron Emission Tomography," *American Journal of Psychiatry* Vol. 152, No. 11, 1995, pp. 1576 – 1585.

在 20 世纪早期詹姆斯·乔伊斯（James Joyce）和威廉·福克纳（William Faulkner）的意识流小说中很典型。对安德森而言，大脑的默认模式有着杰出的文学谱系，也有着深刻的文学意蕴。然而，近期更多的研究则试图为白日梦找到一个适应的实用功能，明显是基于以下假设：任何习惯性的大脑活动必须是明显有助于健康的[1]。这种说法尚未被证实其可信度，而白日梦（或心智游移）的相对频次被临床用来诊断抑郁和日常忧愁的指标[2]。长久以来文学家们在追求创作灵感的过程中少不了培育遐想的状态，有时会通过喝酒、抽烟或采用神经毒素等方式，必须有一定形式的付出。文学和哲学史上对想象的矛盾情绪应该会慢慢明确，对于心智游移和其他默认模式下的行为之狭隘的自适应原理，对于复杂的想象力充盈的精神生活而言是缺乏说服力的。

在默认模式网络的所有心智功能中，漫游最易被忽视。对于心智默认模式的研究继续由回忆和想象的镜像活动主导，有时这些被统称为过去未来的"心理时间之旅/心理穿越"[3]。但是在一些关于默认系统的重大研究中，漫游被纳入其中，我们很容易发现在空间中的旅行由于通过时间往过去穿行，因此它和大脑的能力有普遍交互。漫游包括将自己投射到空间和时间中，特别是在徒步穿越不可预知的环境中时，一路上计算时间（如日出和日落等）被认为是生存必不可少的能力。原路返回的最终需求涉及在行走过程中形成和维持情景式记忆（如"在大铁杉附近分裂的巨石上离开

---

① Jonathan Smallwood and Jonathan W. Schooler, "The Restless Mind", *Psychological Bulletin*, Vol. 132, No. 6, 2006, p. 956.

② Smallwood and Schooler, "The Restless Mind," 952; Matthew A. Killingsworth and Daniel T. Gilbert, "A Wandering Mind Is an Unhappy Mind," *Science*, 330, November 12, 2010, p. 932.

③ Daniel L. Schacter, Donna Rose Addis, DemisHassabis, Victoria C. Martin, R. Nathan Spreng, and Karl K. Szpunar, "The Future of Memory: Remembering, Imagining, and the Brain," *Neuron*, 76, November 2012, pp. 677–694; Thomas Suddendorf and Michael C. Corballis, "The Evolution of Foresight: What Is Mental Time Travel, and Is It Unique to Humans?" *Behavioral and Brain Sciences*, Vol. 30, No. 3, pp. 299–351.

溪流往高处行走，沿着山脊一直走，直至露头处，你会看到鹰"）。将完整的路线存于长期记忆中以备未来需要，这能激发创造以未来为导向的结合叙事的场景和生动的意象。将这种叙事化了的路线详细地叙述给其他的旅行者，意味着考虑到了其他旅行者们自己的视角和观点（如他们或许没有看到鹰）。如果这么理解漫游（人类"深度历史"的一个重要能力）的话，我们发现它其实是默认模式的核心。

史蒂文·米森（Steven Mithen）写了一篇名为"想象的进化"的文章。文章中他详细解释了漫游（远距离出行，回程的时候掌握更多陌生地方的信息）在早期人类社会中所起的重要作用。① 他认为，想象的兴起，一部分可能是"前语言时期人类交流的需要"以传达方位信息，"如果能够将别人用肢体语言描述出来的新地点想象出来，你就有更多的机会占有新的资源，也即能处于更加有利的地位"②。在一群能使用语言的非文盲人群中，口头的旅行叙事需要同样的想象能力③。即使现在的人们出行于识别清楚的道路，如阿巴拉契亚山道（Appalachian Trail），还是会广泛利用叙事进行口头的信息交换（如关于水源、关于道路的重新定位等），在小道庇护所的旅行日志中给未来的旅行者留下信息丰富的逸闻逸事。一本分析"AT"叙事化过程的书往往自带合适的如剧情（Story Line）之类的标题④。

南希·伊斯特林（Nancy Easterlin）写过很多文章关于文学研究的影响，特别是关于人类"寻路"⑤ 时的认知倾向之类的叙事。她的研究与旅

---

① Steven Mithen, "The Evolution of Imagination: An Archaeological Perspective," *Substance*, Vol. 30, No. 1 – 2, 2001, pp. 28 – 54.

② Ibid., p. 41.

③ Ibid., p. 50.

④ Ian Marshall, Story Line: Exploring the Literature of the Appalachian Trail, Charlottesville: University of Virginia Press, 1998.

⑤ Nancy Easterlin, "Cognitive Ecocriticism: Human Wayfinding, Society, and Literary Interpretation," in Zunshine, *Introduction to Cognitive Cultural Studies*, pp. 257 – 273.

行叙事、流浪汉小说、爱情叙事、与空间旅行相关的诗歌和小说，从荷马的《奥德赛》（*Odyssey*）到乔伊斯的《尤利西斯》（*Ulysses*）等有很明显的关联。如果涉及漫游的认知研究的确证明和记忆——想象这一网络有着很大的重合性，那么这种研究必定会产生丰硕的成果。

回到浪漫主义的对话诗，柯勒律治的《这椴树凉亭——我的牢房》（"This Lime Tree Bower My Prison"）给我们展现了一副复杂生动的画面。在画里，作者的想象在回忆、期望、漫游和心智理论（对"社会漫游"意义重大）中来回跳跃①。诗人由于意外，不能同行，只能留在家中，开始想象这个唯独他缺席的旅行以及他将要失去的对未来的记忆，这和《廷腾寺》很不一样。"我早已失去了美的风致和情感——这些呵，哪怕我老得眼睛都瞎了，也还是心底无比温馨的回忆！"② 诗人详细描绘他推荐给朋友们的路线，将对过去的回忆和对未来的想象的浪漫主义混合过渡到了漫游。

> 怡然漫步，也许，还盘旋而下，
> 走向我说过的那片山谷；
> 那山谷幽深狭仄，林木蔚然，
> 中午才偶有阳光斑驳洒落；③

我们发现此处诗人给朋友们提供的是叙事化的旅行指南（"我说过的"），他能感觉到朋友们空间上的位移和时间上的行进（在"中午"他们能抵达有林木的山谷），漫游将一路上每一个逗留过的地点，生动的情

---

① R. Nathan Spreng, Raymond A. Mar, and Alice S. N. Kim, "The Common Neural Basis of Auto-biographical Memory, Prospection, Navigation, Theory of Mind, and the Default Mode: A Quantitative Meta – analysis," *Journal of Cognitive Neuroscience*, Vol. 21, No. 3, 2008, p. 490.

② 译文参考［英］柯尔律治《柯尔律治诗选》，杨德豫译，广西师范大学出版社 2009 年版，第 10 页。

③ 同上。

景式记忆被利用起来。

> 我那些友人
> 正伫望一列墨绿的野蕨，蓦地
> （绝妙的奇观！）野蕨都都动起来，
> 还淋漓滴水，原来高处的青岩
> 也往下淋漓滴水呢。①

诗人继续在思绪上紧跟同伴们的时空之旅（"又见我那些友人"）他开始运用他心智理论的能力，尽可能地想象自己的朋友查尔斯（Charles）的想法和情感反应。查尔斯多年来闲居都市，少有机会踏足自然。

> 而照我想来，兴致最高的是你，
> 温良的查尔斯！因为你渴慕自然，
> 多年来却闲居都市，如入樊笼。②

这种移情让诗人在想象中和查尔斯完全融合一起，将自己对过去的回忆和查尔斯当下的情境混合。

> 让我的友人
> 也像我那样，感受到深沉的欢愉，
> 肃立无言，思潮涌溢；③

诗人在这种复杂的交织想象活动中，通过回忆、展望、漫游、心智理论和遐想（"肃立无言，思潮涌溢"）等，将不能同游的遗憾转为想象的信息，将落寞转为团契，将孤立的情绪转为诗歌创作的契机。

---

① 译文参考［英］柯尔律治《柯尔律治诗选》，杨德豫译，广西师范大学出版社 2009 年版，第 10 页。
② 同上书，第 11 页。
③ 同上。

四　结论

从霍布斯到约翰逊到柯勒律治、华兹华斯等浪漫主义诗人，无一不是孜孜不倦，尊崇独创的自省者，他们似乎生来就熟谙想象传统的门道，因此能在各种构成大脑默认模式网络的心智功能的交叠和摇摆间游刃有余（浪漫主义时期的小说家如司各特、奥斯汀等也一样用他们自己特殊的方式阐释着想象的功能）①。在这一点上，笔者和马克·伯伦的意见一致，浪漫主义时期的文学理论涉及很多"问题和区别"，这和当下关于想象的实证研究是相关的。浪漫主义诗歌提供了大量"典型的例子，揭露了很多极端情境"，这有助于在认知科学和神经科学领域内"厘清细化，甚至通过实验验证想象理论的进化过程"②。

像笔者和伯伦之类研究浪漫主义的学者都这么认为，浪漫主义时期的很多理论和作品与当下的想象科学产生了巨大共鸣。然而，浪漫主义时期并非仅有，独树一帜。关于记忆和想象的研究概述了想象在各个文学时期和运动中的表现（从中世纪的作品到现代的小说和自传）③。记忆研究专家亚丁·杜达伊（Yadin Dudai）和文化史学家玛丽·卡拉瑟斯（Mary Carruthers）认为，过去的文学作品中很多涉及情景式记忆和其他默认模式能力的内容，这不仅表现出了作家们古雅的文学好奇心，且证实了和神经科学的高度相关性。割裂过去只会限制科学研究的创新性，且得出的结论也

---

① Alan Richardson，"Defaulting to Fiction：Neuroscience Rediscovers the Romantic Imagination，" Poetics Today Vol. 32，No. 4，2011，pp. 679 – 685.

② Mark Bruhn，"Romanticism and the Cognitive Science of Imagination，" *Studies in Romanticism*，Vol. 48，No. 4，2009，pp. 548 – 549.

③ Dudai and Carruthers，"Janus Face of Mnemosyne"；Suzanne Nalbantian，"Autobiographical Memory in Modernist Literature and Neuroscience，" in The Memory Process：Neuroscientific and Humanistic Perspectives，ed. Suzanne Nalbantian，Paul M. Matthews，and James L. McLelland Cambridge：MIT Press，2011，pp. 255 – 275.

缺乏完整性，有失偏颇①。

同时，文学研究者也可以充分利用科学领域在想象研究上的最新成果，以更好地阐释他们研究的文学理论，以及他们教授的诗歌小说文本。认知科学领域关于想象的争论，有助于复兴文学领域对想象的兴趣，概念隐喻和概念混合的研究重新唤起了文学研究领域对隐喻的兴趣，因此神经科学对于大脑默认模式网络的研究给多面的、动态的想象系统研究提供了文学的视角。想象的复兴给文学和科学研究者带来了合作的机遇，这势必会促进两个领域的新发展。

Imagination—Literary and Cognitive Intersections

Alan Richardson

Abstract   The revitalization of imagination has set up a bridge between literature and cognitive science. On the cognitive side imagination has been construed in three basic ways, each of which can be related to a distinct area within cognitive literary studies. First, imagination has been investigated in terms of mental imaging; Second, imagination has been understood in terms of the conceptual "blending" operations; Third, and only quite recently, mind and brain research has placed imagination prominently within a larger suite of mental abilities and procedures collectively termed the brain's "default mode network", relating imagination to memory, prospection into the future, theory of mind, mind wandering, and even navigation. Promising work on memory and imagination has already been outlined in relation to literary periods and movements, past models and representations of episodic memory and other default mode capacities are not just so many quaint literary curiosities but can prove highly relevant to neuroscience today.

Keywords   Imagination; Image; Blending; Memory; Theory of Mind

Author   Alan Richardson is a professor of Boston College, specializing in British Romantic

---

① Yadin Dudai and Mary Carruthers, "The Hanus Face of Mnemosyne," Nature, Vol. 434, No. 31, 2005, p. 567.

literature and culture, literature and empire, poetics, and early children's literature. His current research involves Romantic theories and representations of subjectivity, embodied agency, and language in relation to 18th – and early 19th – century neuroscientific speculation and experimentation, and the prospects in general for work at the intersection of literary studies and the cognitive sciences.

Translators　Yu Yaping is a Ph. D. candidate of the School of International Studies, Zhejiang University. She is currently doing research in British literature. He Huibin is professor at the Institute of English Literature of the School of International Studies, Zhejiang University. He is currently doing comparative research in Chinese and Western drama and cognitive literary criticism.